FOLIO POLICIER

Frédéric Paulin

Prémices de la chute

Gallimard

© Éditions Agullo, 2019.

Frédéric Paulin vit à Rennes et écrit des romans noirs depuis presque dix ans. Il utilise la récente histoire comme une matière première dont le travail peut faire surgir des vérités parfois cachées ou falsifiées par le discours officiel. Ses héros sont bien souvent plus corrompus ou faillibles que les mauvais garçons qu'ils sont censés neutraliser, mais ils ne sont que les témoins d'un monde où les frontières ne seront jamais plus parfaitement lisibles. Il a notamment écrit *Le monde est notre patrie* (Goater, 2016), *La peste soit des mangeurs de viande* (La Manufacture de livres, 2017) et *Les cancrelats à coups de machette* (Goater, 2018). *La guerre est une ruse* a été récompensé par le prix Étoile du polar 2018 du journal *Le Parisien*, le prix des lecteurs Quais du polar - *20 minutes* 2019, le Grand Prix du roman noir français 2019 du Festival du film policier de Beaune, le prix du Noir historique 2019 des Rendez-vous de l'histoire de Blois et le prix Marguerite Puhl-Demange 2019. En 2019, *Prémices de la chute* a reçu le prix Moussa Konaté du roman policier francophone du Festival Vins noirs de Limoges. *La fabrique de la terreur* (Éditions Agullo, 2020) clôt ce cycle consacré au terrorisme. Pour ce triptyque, Frédéric Paulin a reçu le Grand Prix de littérature policière 2020.

À Julie

Un camp a le capital, la main-d'œuvre, la technologie, les armées, les agences de renseignements, les villes, les lois, la police et les prisons.

L'autre camp a quelques hommes prêts à mourir.

DON DELILLO,
L'homme qui tombe

Seuls les gens normaux ne savent pas que tout est possible.

DAVID ROUSSET,
Les jours de notre mort

1996

On ne se prépare pas à la guerre.

Parfois on s'est entraîné, parfois on s'est armé, parfois on a dressé des plans d'attaque ou de défense, mais rien ne prépare à la guerre. À l'absence d'issue, à la violence totalisante, à la peur qui vous paralyse, à l'avenir qui n'est plus que hasard. Il n'y a pas de préparation à la guerre, il n'y a que des mensonges qui poussent les hommes à y partir.

On ne se prépare pas à la guerre.

On fait face, au dernier moment.

«Stop priorité. On nous a tiré dessus, un collègue est touché. Ils sont plusieurs...» Des coups de feu claquent. Gros calibre, pas de celui que les flics ont déjà pu croiser dans les rues.

«Attention! Ça tire encore! Il est derrière, il est pas loin, là! Il nous a tiré dessus encore une fois!»

La guerre a commencé.

Des véhicules de police foncent vers le point névralgique de la guerre, là où la bataille s'est engagée. Il en vient de Lille, de Roubaix, de partout. Leurs sirènes rompent le silence nocturne dans un vacarme ahurissant.

« Il y en a un qui a un fusil à pompe ! Il nous a fait feu. Ils sont en face, je sais pas. C'est la panique, là... »

Dans la 405 de la PJ qui fonce à tombeau ouvert, le capitaine Joël Attia et le lieutenant Riva Hocq sont muets. Les yeux écarquillés, ils sont hypnotisés par la voix de leur collègue, le major Cardon, sur la bande passante. Ils sont entraînés, ils sont armés, mais ils n'ont jamais imaginé partir à la guerre. Jusqu'à cette minute.

Autour d'eux, les rues de Croix sont désertes. Les petites maisons cossues ou les grandes demeures à colombages qui défilent sont plongées dans le sommeil, contrastant avec la fureur qui se déchaîne tout près. Les façades sont seulement zébrées par la lumière du gyrophare posé sur le tableau de bord.

Attia est pied au plancher. Dans l'habitacle, la tension coupe le souffle des flics.

— Bordel ! Mais qu'est-ce qui se passe ? demande Hocq en dégainant son pistolet.

— Ils sont en train de se faire fumer, grogne Attia. Putain ! Mais ils ont quoi, comme flingue ?

Les minutes sont pareilles à des heures et les kilomètres, interminables. Le compteur indique 127 km/h. En ville, c'est suicidaire. Mais dans la confusion, Attia a désormais compris que des flics qui s'apprêtaient à contrôler une Audi se font arroser à l'arme de guerre. Philippe Gouget et Didier Cardon sont ses collègues, ses amis, il travaille avec eux depuis longtemps.

Hocq ne parle pas, elle voudrait lui dire d'aller plus vite encore. C'est étrange : la peur n'empêche pas de se précipiter vers la guerre. Les mensonges que l'on vous a répétés avant sont plus forts que la peur : la

justesse de votre cause, la supériorité de la justice…
Des mensonges.

À la radio, une rafale se fait entendre. On n'entend même pas ça dans les films, le tacatac ne correspond pas au bruit que peut faire une arme, le bruit sature la bande passante dans un gros bourdonnement.

Puis le silence qui tire sur les nerfs.

« Il va m'achever, il va m'achever. Je vais mourir. »

On entend un autre homme, au loin, hurler : « Termine-le ! »

À nouveau le silence.

Deux voitures de patrouille, gyrophares striant la nuit, apparaissent dans le rétroviseur intérieur de la 405 comme elle dépasse la station de tramway Villa-Cavrois. La ville est toujours calme, figée. Comment est-ce possible ? Comment cette fusillade ne réveille-t-elle pas le monde entier ?

Attia accélère encore.

La résidence apparaît enfin au bout de l'avenue. Quelques silhouettes sont penchées aux fenêtres.

— Tu fais gaffe, ces mecs veulent nous fumer, hein !

Hocq ne répond pas, elle chambre une balle dans son semi-automatique.

Rue Verte, le parking est silencieux.

Il n'y a plus d'Audi ; dans le halo des phares de la 405, Cardon et Goujet sont assis contre la voiture de la BAC criblée d'impacts de balles. Des traces de sang maculent le sol. Attia et Hocq bondissent de leur véhicule, pistolet au poing, imités par leurs collègues en uniforme.

Une odeur de poudre à canon flotte dans l'air, elle se mélange aux relents de caoutchouc brûlé des pneus et aux émanations de carburant des voitures qui viennent de freiner brutalement. C'est ça, l'odeur de la guerre ?

— Cardon est touché ! gueule le brigadier Philippe Gouget, paniqué.

Son regard trahit une peur démente, son corps est secoué de tremblements.

La guerre dans la banlieue de Roubaix, comment pouvait-on prévoir ?

*

Ça tangue. Là, ça tangue méchamment.

C'est la vodka ou la coke, il le sait, il connaît, mais cette fois, c'est plus violent que d'habitude. Jamais ça n'a tangué aussi fort. Réif Arno repousse la jeune femme qui somnole sur le sofa, à moitié nue. Il se dirige vers la salle de bains. Il est en caleçon et a gardé ses chaussettes.

Black Celebration de Depeche Mode tourne en boucle sur la platine.

L'eau froide qu'il se passe sur le visage lui fait du bien. Quelques secondes seulement. Le roulis reprend. Il se regarde dans le miroir, ses pupilles sont dilatées et les bords de ses narines, rougis. *Il faudrait mettre un frein à ces conneries*, se dit-il en s'asseyant sur les toilettes.

La sonnerie du téléphone lui vrille les tympans. Il ferme la porte machinalement. Sa montre indique 2 heures : quel est l'abruti qui l'appelle à 2 heures du matin, bordel ?

— Ouais, quoi ? fait la jeune fille dans la pièce à côté.

Comment elle s'appelle, déjà ? Impossible de s'en

souvenir. Il se rappelle seulement ses cicatrices : son corps et son visage sont couverts d'anciennes brûlures.

Elle passe la tête dans l'entrebâillement de la porte :

— Un type qui dit qu'il est ton rédacteur en chef veut te parler.

Elle est jolie malgré les cicatrices.

Arno réussit à lui sourire en prenant le combiné sans fil.

Elle retourne se coucher sur le sofa ; il ne parvient toujours pas à se rappeler son nom. Il l'observe en se demandant si elle a vraiment dix-neuf ans, comme elle le lui a dit tout à l'heure.

— Putain, mais tu as vu l'heure ? grogne-t-il.

— Vire ta gonzesse, Réif, et fonce à Croix ! ordonne Gérard Wattelet.

Il a la voix des jours de bouclage serré, un mélange d'excitation et de colère.

— Quoi ? Mais putain, t'as vu l'heure...

— Des flics se sont fait allumer à la kalachnikov, coupe l'autre. Ce sont les mêmes mecs qui se sont fait la supérette à Wattrelos, la semaine dernière. Enfin, les flics le croient. C'est bien toi qui suis l'affaire, non ?

— Si on veut, ouais.

— Tu files là-bas, et vite !

Wattelet raccroche.

Arno reste les bras ballants, assis sur ses chiottes. Comment elle s'appelle ? Et quel âge a-t-elle vraiment ?

Il trouve un jean dans le panier de linge sale, un pull sur le porte-serviette fixé au dos de la porte. Sa gueule dans le miroir fait peur à voir. Les flics ont d'autres chats à fouetter, et de toute façon il est quasi certain qu'il n'aura pas accès au théâtre des opérations. Pas ce soir.

Il sort de la salle de bains, glisse une main sous la table basse à la recherche de ses chaussures.

— Si tu veux, va dans le lit, dit-il à la jeune fille.

Elle relève difficilement la tête. Elle a son compte, même si elle n'a pas pris de coke, elle.

— Je dois aller quelque part. Je t'ai dit que j'étais journaliste?

Elle répond par un borborygme incompréhensible, se lève et se dirige vers la chambre d'un pas mal assuré. Elle a remis son T-shirt et sa culotte pendant qu'il était reclus dans la salle de bains. Arno retrouve ses godasses et, lorsqu'il a fini de les lacer, il voit la fille déjà endormie sous les draps.

Il s'assied sur le sofa sans quitter le corps inerte des yeux et, à tâtons, fouille dans le sac à main sur le fauteuil. Il en retire un portefeuille.

— Putain! fait-il à mi-voix en voyant une carte de lycéenne.

Lycée Van-Dongen, Lagny-sur-Marne. Qu'est-ce qu'elle fout aussi loin de la région parisienne? Elle s'appelle Vanessa. *Ça ne me dit vraiment rien, j'ai la mémoire qui se barre en couille. On a quel âge en terminale B? Il y avait un type qui avait quinze ans avec moi en terminale. Merde de bordel de merde…*

Deux, trois minutes passent avant qu'il puisse se lever. L'alcool et la drogue, mais pas uniquement. Le portefeuille remis en place, il enfile son trois-quarts, éteint les lumières du petit salon et quitte son appartement comme on quitte le lieu d'un crime. À bien y réfléchir, d'ailleurs, c'est peut-être un crime qu'il vient de commettre. *On a quel âge en terminale? Merde de bordel de merde…*

Au volant de sa Citroën ZX, Réif Arno s'aperçoit qu'il a oublié ses cigarettes chez lui. Il hésite un instant, mais préfère ne pas y retourner. Pour l'heure, s'éloigner de cette Vanessa est la chose la plus intelligente à faire. Il rattrape la nationale 356 et s'élance vers Roubaix.

Le 20 janvier dernier, trois types ont braqué une supérette, rue Corneille, à Wattrelos. «Un braquage de plus», a d'abord dit Wattelet. Sauf que les mecs ont pris 645 000 francs. Une belle somme qui a poussé le rédacteur en chef Faits divers de *La Voix du Nord* à réserver une demi-page au braquage. C'est Arno qui s'en est chargé. Voilà pourquoi il se retrouve cette nuit, défoncé comme un maillot jaune du Tour de France, à rouler vers Croix.

Par-delà les vapeurs qui empêchent son cerveau de fonctionner à plein régime, Arno comprend que si ces mêmes types viennent de tirer sur les flics à la kalachnikov, on entre dans le domaine du grand banditisme. Du grand grand banditisme, même. *Ça peut valoir le coup*, se dit-il en essayant d'ignorer l'anxiété qui ne le quitte pas depuis qu'il a vu la carte de lycéenne.

Wattelet aussi a flairé le gros coup. Lui, il voudrait bien une enquête au long cours, un truc qui «redorerait le blason de la presse quotidienne régionale», comme il le répète sans arrêt. Wattelet n'est pas le mauvais bougre. Il sous-paye ses journalistes, les fait bosser comme des travailleurs sans-papiers, mais il croit en son boulot. Ça se fait rare dans la profession. Et puis, il est au courant pour «Arno» et accepte qu'il signe sous ce pseudonyme. Sans doute une frange importante du lectorat du journal répugnerait-elle à lire la prose d'un «Arnotovic». Ça sonne étranger, ça rappelle qu'en ex-Yougoslavie il y a une guerre et des Serbes, des barbares criminels qui massacrent des civils. Ça pourrait éroder les ventes davantage encore – elles diminuent chaque année, même sans signature aux sonorités étrangères. Depuis que Kelkal et ses copains foutent des bombes un peu partout en France, on sent bien que Le Pen et ses potes, eux, se frottent les mains en engrangeant les nouvelles cotisations.

Arno s'est toujours fait appeler Arno. Le «tovic», il l'a abandonné en entrant à la fac, en socio. Ça lui a simplifié la vie. Le suffixe «tovic» sonne bosniaque, bien sûr, pour des oreilles informées, mais aussi rom, mafieux et tout le toutim. Bref, pas d'ici, suspect. Arno l'a appris à ses dépens, adolescent. «Arno» tout court, ça sonne belge. Dans le coin, ça passe mieux.

— Tiens, par exemple, rumine-t-il en pénétrant dans Croix, si je me fais choper pour détournement de mineure, on dira que c'est pas étonnant quand on s'appelle machin-truc-tovic.

Il n'a aucun mal à trouver l'endroit où les flics se sont fait canarder.

Il gare la ZX non loin de la rue Verte et récupère l'appareil photo sous le siège passager. Ce n'est pas le sien, il appartient à la rédaction. Le sien, il ne le laisserait pas traîner sur le sol de sa voiture.

Après une licence en sociologie, Réif Arno a tenté une école de journaliste. Son rêve inavouable, c'était de devenir photographe de guerre.

Au milieu des années quatre-vingt, la Yougoslavie

était déjà traversée par des antagonismes nationalistes. Après la mort de Tito en 1980, il ne fallait pas être devin pour comprendre que la partition du pays était en marche. Arno n'a jamais connu son pays : ses parents se sont installés en France deux ans avant sa naissance ; la Yougoslavie, ils n'y sont plus retournés. C'est à la télévision française que les Arnotovic ont assisté à l'effondrement de la Fédération yougoslave. Leur fils a pensé un moment aller témoigner de ce qui se passait là-bas.

Ses rêves n'ont pas été couronnés de succès, ni à l'école de journalisme, ni dans le domaine de la photographie de guerre. Il a commencé à piger pour *Le Parisien*, arpentant la banlieue sud tous les week-ends. Parfois, il refilait une ou deux photos avec son papier. Au bout d'une demi-douzaine d'années, il a été embauché comme journaliste aux faits divers. Son petit salaire payait l'appartement et sa consommation de cocaïne.

La coke, c'est son problème. Une nuit, des flics l'ont serré à Bastille avec trois ou quatre grammes dans les poches : il a été viré du *Parisien* le lendemain. Les flics veulent bien bosser avec les pisse-copie, mais point trop n'en faut. Surtout, Arno avait sauté la copine d'un commandant de la PJ dans les chiottes de la Scala, un soir. Il croit encore que c'est pour ça que les flics ont appelé le procureur et la direction du journal. Possible.

Grillé dans les rédactions parisiennes, il est monté à Lille. Wattelet l'a embauché sans trop se soucier de ses erreurs de jeunesse. Le rédacteur en chef disait voir dans le jeune homme un véritable journaliste en devenir. Il appréciait ses photos.

Arno bossait bien, rien à dire. Et il a continué à sniffer. Son problème, c'est qu'il n'a aucune envie d'arrêter. Il est accro, bon, et alors ? Combien de gars au journal picolent comme des éponges, même pendant les heures de boulot ? C'est pourtant évident que des nuits comme celle-ci, il y en a trop depuis trop longtemps.

Après une vingtaine de minutes passées à piétiner devant le cordon de sécurité, à quelques dizaines de mètres du parking d'une petite résidence, il repère le lieutenant Riva Hocq. Elle, elle bosse à la PJ de Roubaix. Ils ont couché ensemble il y a trois mois, il a même envisagé une histoire avec la jeune flic. Mais elle lui a immédiatement fait comprendre qu'un plan cul lui suffisait. Un plan, unique : Réif n'a même pas réussi à dealer une relation épisodique. Depuis, elle est passée à autre chose.

Il lui fait signe.

— Riva !

Elle se retourne. Son visage est blême, elle hésite puis s'approche.

— Tu vas bien ? demande-t-il. Tu étais dans le truc ?

Elle secoue la tête.

— Pas moi, non.

— Il y a des blessés ?

Elle hoche la tête et le fixe. Arno ne parvient pas à qualifier son regard : elle a l'air choquée.

— C'est qui, les mecs qui ont fait ça ?

Elle s'approche de lui jusqu'à venir le toucher. Elle n'est pas en colère, ni même méprisante lorsqu'elle lui dit :

— Réif, on a couché une fois ensemble. Si tu crois que je vais te filer quelque chose à mettre dans ton article parce qu'on a couché une fois ensemble, tu es encore plus à côté de la plaque que je l'imaginais.

Réif retient un rire jaune.

— C'est mon boulot, Riva, je…

— Le proc fera une conférence de presse demain matin. Comme d'hab.

Elle s'éloigne en secouant la tête. Arno croise le regard d'un des collègues de la flic, près de l'ambulance : c'est le capitaine Joël Attia – on l'appelle Jo Attia, c'est de l'humour de flics. Arno l'a vu la nuit où il est rentré avec Riva. Planté contre le bar de la boîte de nuit, il lui a lancé le même regard, celui d'un type qui se fait piquer la femme dont il est secrètement amoureux.

Arno prend quelques photos. Il n'en saura pas plus ce soir. En retournant à sa voiture, il se dit qu'il devrait améliorer ses rapports avec les flics. Les conneries d'un soir risquent de lui revenir dans la gueule façon taloche. Il ne devrait pas se sentir blessé par la fin de non-recevoir de Riva ; c'est une chouette fille, pour ce qu'il en sait. Vanessa aussi semble être une chouette fille, mais elle, elle n'a pas dix-huit ans.

— Quel con, murmure-t-il en prenant la direction de Lille.

Il roule lentement : il espère que la fille aura quitté son appartement au matin, ça lui éviterait de lui avouer qu'il n'a aucune envie d'une relation. Il s'efforce de penser au boulot : si les mecs qui ont tiré sur les collègues de Riva sont ceux qui ont braqué la supérette à Wattrelos, ils vont remettre ça. Et des mecs qui défouraillent à la Kalach ne doivent pas passer inaperçus dans le milieu.

Il n'a pas d'indic à proprement parler dans la sphère

du grand banditisme, mais il connaît des types qui fréquentent la marge du milieu. En échange de quelques billets, il lui est arrivé d'obtenir des renseignements intéressants. Il passe en revue la demi-douzaine d'individus qui l'ont déjà aidé. Rien de très probant. Seul Saïd Ben Arfa pourrait être au courant de quelque chose. Encore faut-il qu'il ne soit pas en taule...

Saïd Ben Arfa est ce qu'on appelle un petit truand, juste à la limite du gros business. Il ne bosse pas à la kalachnikov, mais il a écopé de cinq ans pour deux braquages de stations-service en 1991. Il est sorti au début de l'année dernière : remise de peine pour bonne conduite. Quand on voit sa gueule et qu'on entend comment il parle, on peut parfois se demander ce qui passe par la tête du JAP au moment d'accorder une remise de peine, a pensé Arno lorsqu'il l'a rencontré pour la première fois.

Il travaille officiellement comme « physionomiste » au Macumba, une boîte à Englos. Un videur avec une Rolex au poignet, ça pose son homme. Son vrai boulot, il l'a révélé à Arno un soir sur le parking de la boîte de nuit, accoudé contre sa BMW M3 GT orange : il ramène de la came d'Amsterdam. Pas dans le genre « *go fast* », Ben Arfa serait plutôt du genre « *go slow* ». Au volant de vieux 4 × 4, lui et ses amis empruntent de toutes petites routes, des chemins forestiers, selon différents itinéraires qu'ils ont mis en place. On ne peut pas dire que c'est du très gros trafic, mais ça paye les Rolex et la BMW.

Avec un peu de chance, Ben Arfa travaille ce soir. Avec un peu de chance, il lâchera quelque chose d'intéressant. Avec un peu de chance, ça laissera le temps à Vanessa de débarrasser le plancher.

Le Macumba ferme à 5 heures. Déjà, des clients sortent sur le parking. Certains sont visiblement très, très bourrés. Deux gars se menacent de l'index, l'un tente d'envoyer un coup de poing à l'autre, manque sa cible et se retrouve à terre sous les rires de quelques spectateurs. Deux videurs demandent aux jeunes de dégager. Le gars à terre braille un truc pas très poli. Saïd Ben Arfa lui enfonce un puissant coup de pied dans les reins. L'ivrogne hurle à la mort, tousse, crache difficilement et file à quatre pattes jusqu'aux premières rangées de voitures.

Arno claque sa portière et s'avance vers l'entrée. Il remonte le col de son trois-quarts avec une grimace : il doit faire moins de 0 °C, il est encore défoncé, il ne se sent pas bien.

Ben Arfa l'aperçoit. Il lui fait signe de rester où il est, tapote sur sa montre hors de prix et lui indique 6 heures avec ses doigts. Encore trois quarts d'heure à poireauter... Machinalement, Arno fouille ses poches à la recherche de ses cigarettes. En vain.

— Ça caille, murmure-t-il en soufflant un petit nuage de buée.

Ben Arfa lui fait confiance. Avec sa bagnole, sa montre et son train de vie, ce ne sont pas les deux cents francs qu'il reçoit en échange d'une information de première bourre qui le motivent. Les autres indics d'Arno sont à deux cents francs près, et leurs informations sont proportionnellement inintéressantes. Ben Arfa, lui, est un voyou, un vrai. Pas le plus gros, mais il ne fait pas dans le demi-sel. Sans doute qu'un jour il tombera pour de bon. Il aime aussi jouer aux voyous : la Rolex, la BMW orange, parler à un journaliste – et lire parfois dans le journal

25

ce qu'il a expliqué la veille – sont la partie émergée de l'iceberg que Ben Arfa imagine être sa vie : 90 % de la glace se trouve sous l'eau, invisible ; ce que l'on voit doit être clinquant.

Ben Arfa sait pour Arno : son vrai nom, ses origines. Comment il est au courant ? Mystère. Mais un soir, il a balancé avec un sourire rusé :

— Arnotovic, je sais plus qui m'a dit que c'était bosniaque et que les Bosniaques, ils sont musulmans. Arnotovic, c'est les bougnoules de Bosnie, hein ? On est un peu pareils, toi et moi, non ?

Il a paru réfléchir intensément.

— Mais ici, vaut quand même mieux s'appeler quelque chose-tovic que Ben-quelque chose.

Ben Arfa n'est pas un imbécile. Ce n'est pas un intellectuel, loin s'en faut, mais il a l'art de flairer les choses, les mauvais coups, surtout. Il ne fait pas réellement partie du grand banditisme, car il sait que là, on ne fait jamais marche arrière. Rien n'est certain, mais sa vie de mauvais garçon de la banlieue lilloise semble lui suffire.

Une jeune fille aux cheveux gominés et tirés en arrière passe à portée de Réif.

— Tu aurais une cigarette ? fait Arno avec son plus beau sourire.

La fille le toise un instant avec l'air de chercher les mots pour l'envoyer chier. Les mots ne venant pas, elle fouille dans son sac à main. Un peu trop brusquement, parce que son paquet de Fine 120 tombe au sol. Elle ne s'en aperçoit pas et continue de farfouiller fébrilement.

— Merde, où sont mes clopes ? grogne-t-elle.

Arno a vu le paquet sur les graviers.

— C'est pas grave, t'énerve pas.

Le nez toujours plongé dans son sac, la fille rejoint ses trois amis déjà assis dans une Fiat Panda. Une fois dans la voiture, elle vide son sac sur ses genoux et gueule :

— J'ai laissé mes clopes dans la boîte !

Le conducteur s'en fout : il démarre et quitte le parking.

Arno ramasse le paquet et s'allume une Fine.

Il sautille d'un pied sur l'autre, le corps engourdi par le froid.

Les clients quittent le Macumba et le parking commence à se vider.

Après de longues minutes, Ben Arfa sort à son tour de la boîte tandis qu'Arno allume la quatrième et dernière cigarette.

— T'es pédé ou quoi ?

Arno fait mine de ne pas comprendre.

— Tu fumes des cisbrouffes de minette, toi ?

— C'est une gonzesse qui m'a filé son paquet.

Ben Arfa s'en contrefout, il marche vers sa voiture.

— Viens, on va dans ma caisse, il meule trop.

Ça fait une demi-heure que je me les meule, moi, ducon, maugrée le journaliste en silence. Parler sur ce ton à Ben Arfa pourrait se révéler dangereux ; et puis il se demande pourquoi il n'a pas attendu dans sa voiture au lieu de rester dehors.

— On va rouler un peu pour le chauffage, dit Ben Arfa en démarrant.

Arno n'aime pas trop se promener avec le dealer : si les flics lui tournent autour, il est bon pour se faire emmerder lui aussi.

— Attends, je suis en bagnole.

— Te bile pas, je te ramènerai.

Les flics du coin sont tous à la recherche des types qui ont tiré sur leurs collègues, du côté de Croix et en direction de la frontière belge. Ça vaut mieux parce que Ben Arfa roule comme un cinglé. Sans le laisser paraître, Arno jette un coup d'œil au compteur : merde, 168 km/h.

— Elle en a sous le capot, hein?

Arno ne répond pas.

— Tu voulais quoi? reprend le conducteur en ralentissant un peu à l'entrée de Lille.

— Il y a des mecs qui ont flingué des flics à Croix, tout à l'heure.

Ben Arfa éclate de rire.

— Tu déconnes? Qu'est-ce qui s'est passé?

— Je ne sais pas trop : la BAC est tombée sur une voiture volée et des mecs les ont reçus à la kalach.

L'autre continue à se marrer.

— Putain de ta mère : à la kalach?

Il cesse de rire, plisse les yeux.

— Et toi, tu veux que je t'affranchisse. C'est ça, hein?

— Ça pourrait être la même équipe qui s'est fait la supérette à Wattrelos, la semaine dernière. Tu as entendu parler de quelque chose?

*

Laureline Fell fait ce qu'elle peut. Comme la plupart de ses collègues.

Il y a eu les attentats, Khaled Kelkal et d'autres, les rapports troubles des services secrets algériens avec le GIA, le jeu pas très clair du gouvernement français, comme le pense Tedj. Fell et ses collègues essayent d'y voir clair, essayent surtout de ne pas se laisser dépasser. Oui, c'est ça, elle fait ce qu'elle peut.

Après la traque de Kelkal dans les monts du Lyonnais et sa mort, Fell a rejoint Benlazar dans la « maison de Paimpol ». Elle se souvient de ce matin où elle a poussé le portillon de la cour, du sourire de Tedj. Le sourire de Tedj n'est pas une chose fréquente. Ils ont passé une quinzaine de jours ensemble. Parfois elle avait l'impression qu'ils s'aidaient l'un l'autre à se reconstruire, à reprendre des forces. Elle sourit aujourd'hui de ces moments dignes de clichés éculés : les balades sur le chemin des douaniers ou la plage de Boulgueff. Pourtant, c'est là qu'elle a saisi la tragédie de Benlazar, son passé, l'Algérie, Évelyne et les filles, tous ces collapsus contre lesquels il a dû lutter.

Et puis Vanessa les a rejoints. Vanessa est tout le contraire de son père : lui ne parle pas beaucoup, elle est volubile, elle n'hésite pas à employer de grandes phrases toutes faites, des banalités de lycéens.

Elle a connu des relations plus faciles où les mots étaient plus simples à échanger. Pourtant, si elle y croyait encore, elle dirait que ce qu'elle ressent pour Tedj, c'est de l'amour.

L'amour, ils l'ont fait, aussi. Trois fois seulement. L'amour, ce n'est pas vraiment le truc de Benlazar. Elle, elle a aimé la tendresse dont il faisait preuve dans ces moments. Elle ne le pensait pas capable d'une telle tendresse.

Ils ont aussi parlé boulot. Une façon facile de se dire qu'il n'y avait aucun plan à tirer sur la comète. Pas à leur âge, pas dans leur situation. En arrivant à Plouézec, elle n'espérait pas une vie à deux, du moins pas une vie à deux conventionnelle. Benlazar lui a conseillé de mettre un terme aux agissements de son collègue, le capitaine Canivez. Celui-ci avait déjà court-circuité son autorité, Fell le soupçonnait d'agir en lien direct avec la direction, dans son dos. Et puis, selon elle, il frayait un peu trop avec les milieux fachos, dans lesquels magouillait son jeune frère.

— Tu te souviens de ce Tarek qu'on croyait coincer avec Canivez à la gare Montparnasse ?

Le regard de Benlazar s'était perdu vers le large et il avait hoché la tête.

— Tarek, c'était un petit dealer que le frangin de Canivez avait méchamment cogné. Ce jour-là, à Montparnasse, Canivez venait lui filer de l'argent pour qu'il retire sa plainte contre son frère.

Benlazar avait ricané.

— Si ton collègue te fait chier, tu n'as qu'à lui mettre un coup de pression avec cette histoire. Et tu le forces à quitter ton service. Point barre.

Fell avait posé sa tête contre son épaule.

— Point barre, hein. Et Tedj Benlazar s'y connaît en coups de pression, n'est-ce pas ?

Quelques jours plus tard, Tedj lui a confié qu'il partait pour Sarajevo. Et même si elle ne s'attendait pas à prendre tous ses petits déjeuners avec Tedj, Fell n'a pu retenir une grimace triste.

— Il y avait des barbus qui combattaient dans l'armée bosniaque. Il faut que j'aille m'assurer que…

Il n'a pas fini sa phrase. Fell a songé qu'il ne savait plus ce que signifiait exactement son boulot, après ces années en Algérie, après les attentats de Khaled Kelkal. Elle n'était pas convaincue par la raison officielle de cette mutation : pourquoi envoyer Tedj

Benlazar sur un théâtre d'opération si éloigné de celui qu'il maîtrise, l'Algérie ?

Le capitaine Philippe Canivez passe la tête dans l'entrebâillement de la porte.

— T'as vu les mecs de la BAC qui se sont fait allumer à Roubaix ?

Laureline Fell s'extrait de ses souvenirs.

— Tous les flics de France sont au courant.

Canivez hoche la tête et disparaît. Depuis qu'elle lui a demandé s'il ne voulait pas changer de service – en lui faisant comprendre qu'elle l'avait grillé à payer les mecs tabassés par son frère pour lui éviter la taule –, il fait profil bas. Elle sait qu'il a déposé quelques demandes de mutation, ça finira bien par fonctionner, ça prendra juste un peu de temps, avec les attentats.

Fell ne croit pas en «la grande maison Poulaga», comme on l'écrit dans les romans. Les flics ne sont pas solidaires, certains écraseraient leurs collègues pour un avancement, le grade ou l'affectation qu'ils convoitent. Se retrouver parfois dans la ligne de mire des truands ne suffit pas à resserrer les rangs. Les flics sont des hommes et des femmes comme les autres. Pas meilleurs. Il n'y a que dans les romans où l'on écrit «la grande maison Poulaga» que l'on essaye de faire croire le contraire. Pourtant, elle considère tout de même qu'entre équipiers il y a des choses qui ne se font pas. Que Canivez soit passé par-dessus son autorité, ça l'a profondément blessée.

Oui, elle est au courant que des flics de la BAC se sont fait tirer dessus à l'arme de guerre, lors d'un contrôle routier. Elle a déjà demandé à ses collègues de Roubaix la description des flingues en question :

des kalachnikovs AK 47, selon le relevé des douilles laissées sur les lieux.

Elle tapote sur le combiné de son téléphone. Il faudrait appeler Tedj.

*

Depuis la table du café où il boit un thé et fume une Gitane, Tedj Benlazar observe le centre-ville. À Kovaci, la vue est imprenable sur Sarajevo. On peut encore compter ce qu'il reste du multiculturalisme qui dominait ici, avant 1992 : deux synagogues, la cathédrale catholique, deux églises orthodoxes et plusieurs mosquées, épargnées par les bombardements.

Depuis 1992, le siège de la ville a fait des dizaines de milliers de morts. Beaucoup de femmes, d'enfants et de vieillards ont été abattus par les snipers serbes cachés dans les barres d'immeubles.

Les accords de Dayton doivent assurer le retour à la normalité. Les gouvernements occidentaux sont persuadés que la normalité reprendra ses droits, ici. Les Sarajéviens n'y croient pas, leur vie est devenue la guerre.

À son arrivée, Benlazar devait quasiment se faufiler jusqu'à Kovaci. Tout déplacement était encore risqué, mais les bombardements de l'Otan sur les positions serbes dans les collines autour de Sarajevo avaient eu raison de la détermination des miliciens serbo-bosniaques. La crainte d'avoir à répondre de leurs actes devant un tribunal international lorsque la paix serait officiellement signée avait accéléré l'abandon de leurs positions.

En France, les médias parlent des bons Bosniaques

et des mauvais Serbes. Des journalistes occidentaux font de rapides passages sur place et en tirent des papiers manichéens. Et puis, que donnent à voir de ce conflit les véritables « voyages organisés » pour personnalités politiques et intellectuelles ? Les Danièle Mitterrand, Barbara Hendricks, Bernard-Henri Lévy et tous les autres avaient-ils seulement le désir de comprendre ce qu'il se passait ici ? Benlazar a appris à Sarajevo que tout n'est pas si simple.

La guerre civile a immédiatement infiltré le centre-ville, comme une vague de boue qui pénètre partout. D'abord les balles des snipers et les obus serbes qui frappaient au hasard. Puis les mafias. Celles-ci sont toujours à l'œuvre. Un conseiller de ce qui reste du consulat français a expliqué à Benlazar que sur le kilo de nourriture distribué par jour et par habitant, seuls 160 grammes parviennent effectivement à l'habitant, le reste est revendu à l'extérieur de la ville. Lorsqu'il parle avec les locaux, le Français comprend aussi que les tensions communautaires ne se sont pas tues : une haine féroce oppose les Sarajéviens, urbains, aux paysans des alentours. Pour ces derniers, la ville était le lieu de l'invasion arabe – l'est toujours.

Cette invasion arabe n'est pas seulement un fantasme de paysans arriérés.

Pour sortir de Sarajevo, Benlazar n'emprunte plus le tunnel qui passe sous les pistes de l'aéroport. Il prend un 4 × 4 du consulat. Il a pour mission de surveiller le bataillon des volontaires islamistes internationaux, basé dans la ville de Zenica.

Des habitants lui ont assuré que des Français appartenaient à la brigade El Moudjahidin. Un ancien de la brigade, moyennant quelques dollars, a balancé des noms. Benlazar a établi et transmis à la Boîte des « fiches blanches ». Ces fiches de signalisation sont au nom de Lionel Dumont, Mouloud Bouguelane et Christophe Caze. Dans ses rapports, Benlazar note aussi les effectifs de la brigade – un millier de fondamentalistes, pour la plupart bosniaques, afghans ou arabes, et quelques Européens – et leurs déplacements. À Zenica, il a appris que ces hommes étaient sous la coupe d'émirs venus du Maghreb, d'Iran, d'Égypte et d'Afghanistan. Il a tenté d'alerter la direction de la DGSE. En vain. Paris est confiante : les accords de paix avancent et, après la guerre, ces moudjahidine retourneront chez eux, à leur vie d'avant. Benlazar n'en revient pas : toujours cette même vue à court terme des renseignements français. Lui, il sent les choses, il flaire cette odeur de djihad. Et Zenica, Sarajevo, c'est déjà l'Europe.

À Kovaci, il observe les églises, les synagogues et les mosquées. Les murs des bâtiments en ruine autour de lui parlent mieux de la haine semée pendant la guerre que n'importe lequel de ses rapports – que ses chefs traitent de toute façon par-dessus la jambe. Cette guerre pourrait être un creuset pour des hommes jeunes qui s'attaqueront à l'Europe ou aux États-Unis.

Ici, Tedj Benlazar se sent bien. Pas d'angoisse, pas trop de questions sur ses méthodes. Bien sûr, Vanessa est loin. Laureline Fell aussi est loin. Mais c'était ça ou la retraite d'office, lui a dit Chevallier. Le colonel semblait désemparé lorsqu'il a découvert la mort d'Évelyne et de Nathalie. Il lui a gueulé dessus : un officier traitant ne pouvait pas cacher à sa hiérarchie la mort de sa femme et de sa fille dans un incendie, c'était un coup à déstabiliser toute la DGSE si ça venait à tomber dans les oreilles des journalistes. Benlazar n'a pas répondu et il a accepté ce poste à Sarajevo. De toute façon, Paris lui semblait vide sans Rémy de Bellevue. Pourtant, il n'est pas assez nombriliste pour ne pas penser à Vanessa et Laureline en songeant qu'il fuit encore les gens qui l'aiment.

Le téléphone dans sa poche vibre. Sur l'écran : «Fell DGSE». Benlazar a envie de rire, de lui dire qu'il pensait à elle, justement.

— Bonjour, Laureline, dit-il seulement.

*

Saïd Ben Arfa n'a pas redéposé Réif Arno sur le parking du Macumba.

Au volant de sa BMW, il a pris la direction de la Belgique.

Il parle avec un petit sourire aux lèvres. Le journaliste a réussi à refouler l'inquiétude qui commençait à lui serrer les tripes.

— Tes mecs, là, qui ont flingué les keufs, ils ne sont pas du milieu, dit le truand en s'engageant sur l'E17 en direction de Gand. Ils ont d'autres idées : le fric, ce n'est pas pour ça (il montre sa Rolex) ou pour mener la belle vie.

— Tu aurais une cigarette ? demande Arno.

Le conducteur ouvre le vide-poche devant le passager et en sort une demi-cartouche de Marlboro. Au fond, Arno aperçoit un pistolet ; il se force à rester impassible. Ben Arfa lui tend un paquet.

— Cadeau !

Ils ne sont pas arrêtés à la frontière, malgré le

périmètre de sécurité mis en place par les flics. Une vraie passoire, ce dispositif.

— T'as vu ? fait Ben Arfa. J'ai une caisse qu'on remarque à deux kilomètres à la ronde, un flingue volé dans ma boîte à gants et un casier long comme le bras, et on passe sans embrouille leur putain de plan. Autant dire que tes mecs, ils se sont tirés depuis longtemps.

— C'est qui, ces mecs ?

— Des types qui reviennent de Yougoslavie.

Arno tire une bouffée sur sa cigarette et la recrache lentement, pour ne pas montrer son étonnement. Puis :

— Des Serbes ? Des Bosniaques ? Ils viennent braquer en France ?

Ben Arfa éclate de rire.

— Ils sont plus français que moi, tes Bosniaques ! Et que toi... Arnotovic.

— Qu'est-ce que des Français foutaient en Yougoslavie ?

Le conducteur se tourne vers lui quelques secondes, satisfait de voir le journaliste complètement largué.

— Ils foutaient sur la gueule aux Serbes. T'as jamais entendu parler de la brigade El Moudjahidin ? Putain, vous, les gratte-papier, vous vous prenez pour des cadors, mais vous êtes que des lopettes...

Il joue la déception avec une grimace trop appuyée.

— La brigade El Moudjahidin, c'est des mecs de l'armée bosniaque. Ils viennent d'Afghanistan ou de je sais pas où, y a des Anglais aussi. Et des Français, des Ch'tis, des mecs qui ont toujours vécu à Roubaix, tu piges ?

Non, Arno ne pige pas. Des mecs qui ont toujours

vécu à Roubaix se battent dans ce pays que lui-même ne connaît pas ? Il ne peut s'empêcher de les trouver courageux. Depuis le début du conflit, les Européens n'ont pas fait grand-chose pour les Bosniaques. Il suit le siège de Sarajevo depuis plusieurs années aux informations, et en tant que Franco-Bosniaque il a souvent honte. La France n'a jamais vraiment voulu intervenir contre les Serbes : une tradition historique d'alliance entre les deux pays perdure quelque part dans la haute hiérarchie militaire. Seuls les Américains, avec les récents accords de Dayton, ont réussi à ramener la paix.

— Tu as des noms ?

Ben Arfa fixe l'autoroute déserte.

— Tu ferais bien de te méfier de ces mecs. Je te répète que c'est pas les belles bagnoles ou les gonzesses qui les intéressent.

— Qu'est-ce qui les intéresse ?

— Putain ! mais t'es con ou quoi ? C'est Allah qui les intéresse. Ils ramassent du fric pour mener le djihad.

Arno en reste bouche bée.

— Le djihad, ici, en France ? Comme Kelkal ?

— J'en sais rien – et je m'en fous, pour tout dire. Ces gars, je m'en méfie, on s'en méfie tous : ils sont en guerre.

Les lumières de Gand sont apparues au loin.

— Qu'est-ce qu'on fout là ?

Ben Arfa s'arrête sur le bas-côté. Il plonge la main dans le vide-poche et saisit le semi-automatique.

— On fait rien, dit-il en pointant l'arme sur la poitrine de son passager.

— Déconne pas, Saïd, gémit Arno.

Et si ce con était pote avec ces djihadistes français ?
L'idée le pétrifie. Sa gorge s'assèche et la trouille lui fait mal aux sphincters. Il repousse de justesse une nausée en déglutissant douloureusement.

— Je voulais juste t'expliquer deux choses, susurre Ben Arfa. D'abord, les frontières, ça ne veut plus rien dire pour Dumont, Caze et les autres. Même quand tous les flics croient les boucler...

Il passe sa langue sur ses lèvres : comme Arno, il sait qu'il vient de balancer deux noms. Mauvais, ça.

— Deuxième chose : tu m'oublies. Définitivement. Je ne veux plus que tu te pointes à mon boulot, avec ta gueule de journaliste, pour me tirer les vers du nez. T'entends ?

Arno hoche la tête piteusement.

— Maintenant, tu descends.

— Putain, Saïd, on est sur l'autoroute...

— Descends, merde ! rugit l'autre en lui enfonçant le canon dans l'estomac.

Arno ouvre la portière ; le froid lui mord le visage, mais il pose le pied à l'extérieur de la voiture : il n'a pas vraiment le choix.

— Ah oui, au fait..., reprend Ben Arfa.

Le journaliste se retourne, plein d'espoir, persuadé que Ben Arfa se fout de lui, qu'il va le ramener à Lille...

Mais il reçoit un violent coup de crosse sur la pommette.

Il n'a jamais reçu un tel coup dans la gueule. La douleur lui explose la boîte crânienne, lui file un goût de sang dans la bouche.

Il s'écroule à genoux, certain que l'autre va lui loger une balle dans la tête. Au lieu de la détonation, il entend les pneus crisser au démarrage et Ben Arfa qui gueule :

— Je veux plus te voir, connard !

Le froid le tient éveillé. Sans ces températures hivernales, il aurait sombré et se serait fait écraser au petit matin par un poids-lourd qui aurait mordu sur la bande d'arrêt d'urgence. Il a d'abord vomi de l'alcool ; un liquide chaud coulait sur sa joue, la moitié de son visage était comme paralysée. Dans un effort surhumain, il est parvenu à se mettre debout, se raccrochant plusieurs fois à la rambarde de sécurité.

Il marche droit devant lui en répétant à mi-voix : «Dumont Caze Dumont Caze Dumont Caze».

Gand se trouve à quelques kilomètres. Il avance vers les lueurs de la ville en tendant le pouce à l'adresse des rares véhicules dont les phares percent l'obscurité.

Au moins, Vanessa aura dégagé le plancher, songe-t-il.

Dumont Caze Dumont Caze Dumont Caze…

Quelques minutes plus tard, une 4L ralentit à sa hauteur.

— Ben merde, t'as eu un accident, camarade ? interroge le conducteur, un chevelu à piercing dans le nez.

Arno se laisse tomber à la place du mort – ce qu'il a l'impression d'être.

Le radiocassette joue du Bob Marley, *Redemption Song*.

— Des mecs m'ont pris en stop et m'ont dépouillé. Et puis, ils se sont amusés à me laisser au milieu de nulle part…

— Des bougnoules, je parie ?

Arno coule un regard fatigué vers le type qui arbore

un pendentif *Peace and Love* autour du cou, et s'enfonce dans le siège inconfortable sans répondre.

— Tu peux me déposer à la gare de Gand, s'il te plaît ?

— C'est comme si c'était fait, camarade.

Dumont Caze Dumont Caze Dumont…

Il doit patienter jusqu'à 6 heures du matin à la gare de Gand-Saint-Pierre. Heureusement, il a gardé le paquet de clopes de Ben Arfa. Aucun train ne ralliant Lille, il prend une desserte pour Bruxelles.

Après s'être nettoyé le visage, il appelle Wattelet pour lui dire qu'il ne se pointera pas à la rédac. Wattelet lui demande un certificat médical.

— Parce que tu commences à faire chier, Réif : tu es censé me faire un papier sur la fusillade d'hier soir, je te rappelle.

Il fait nuit lorsqu'il descend du taxi à l'entrée du parking du Macumba. Il paye la course et se faufile entre les voitures des clients trop alcoolisés – certains dorment encore sur leur volant ou sur la banquette arrière – pour récupérer sa ZX. Il aperçoit la BMW orange et s'immobilise un instant. Il lance quelques regards autour de lui à la recherche d'une pierre ou d'une barre de fer, d'un objet qui pourrait éclater le pare-brise. Imaginer la bagnole de Ben Arfa, les vitres cassées, la carrosserie bosselée, et la gueule de son propriétaire lorsqu'il la découvrira, le soulage presque. Puis il se souvient du pistolet semi-automatique dans la boîte à gants et se glisse discrètement jusqu'à sa voiture. Il démarre sans demander son reste.

À la radio, on parle encore de la fusillade de Croix. On parle de scène de guerre, les spécialistes affirment savoir d'où viennent les fusils d'assaut utilisés, mais se contredisent les uns les autres, les syndicats de policiers s'offusquent et demandent des comptes au ministre.

Son appartement est vide.

Il s'assoit sur le lit et découvre le mot qu'a laissé Vanessa sur l'oreiller. Elle dit qu'elle aimerait bien le revoir, que c'est rare de ne pas voir le dégoût dans le regard d'un garçon lorsqu'il se pose sur son visage. Elle dit que oui, c'est vrai, elle n'a pas dix-neuf ans, mais qu'à dix-sept ans, il n'y a pas détournement de mineure, flippe pas. Elle dit enfin qu'elle repassera bientôt à Lille et que s'il veut, y a moyen. Et un post-scriptum : « Tu es vraiment journaliste, au fait ? »

Arno a très mal au crâne, son visage n'est qu'une plaie douloureuse et ce mot lui apparaît comme la preuve des emmerdes à venir avec cette gamine...

*

Il paraît qu'à Sarajevo, les combats ont complètement cessé. Les accords de paix semblent fonctionner, pour une fois. Benlazar l'appelle souvent. Il lui a dit qu'elle pourrait bientôt venir. La DGSE le tiendra loin de la France encore un petit moment. Ils lui ont accordé le grade de capitaine pour faire passer la pilule. C'est comme ça, l'armée : un coup de latte, un baiser, a chantonné Benlazar au téléphone.

Le lendemain, elle a acheté *Chatterton* d'Alain Bashung. Elle fredonne elle aussi « J'passe pour une caravane » en pensant à Benlazar.

Laureline Fell vient de raccrocher le combiné de

son téléphone. Elle l'a appelé alors qu'il buvait un thé ou un café, sur les hauteurs de Sarajevo.

Que des mecs aient tiré sur les flics à Roubaix avec des fusils d'assaut, ça ne l'a pas étonné. « Ça devait bien arriver », a-t-il dit.

Il lui a révélé que la DGSE s'inquiétait depuis la fin des hostilités de voir les armes ayant servi au conflit atterrir en Europe de l'Ouest. « En France, surtout dans les mains de gros braqueurs, mais aussi de types qui voudraient poursuivre l'œuvre de Khaled Kelkal, tu vois ? » a fait Benlazar d'une voix quand même un peu altérée. Fell voit.

Benlazar ne lui cache pas grand-chose. Pour Fell, c'est nouveau, et surprenant.

Il y a deux semaines, il lui a même transmis un mémo qu'il n'est pas autorisé à faire sortir du circuit DGSE. Elle s'en est étonnée, Benlazar lui a dit qu'il préférait qu'elle soit au courant de deux ou trois choses.

— On parle de violation du secret-défense là, Tedj ?

Benlazar devait avoir son minuscule sourire.

— Tu jugeras sur pièce, mais je ne crois pas qu'on en soit là.

— Parce que violer un secret-défense, ça peut te mener en prison ; au moins à la retraite forcée, tu le sais, Tedj.

Selon ce document, dès l'été 1992, les Frères musulmans égyptiens ont apporté une contribution de 3,5 millions de dollars au gouvernement bosniaque. L'Arabie saoudite, elle, a lâché 175 millions de dollars. En juillet 1995, deux « téléthons » ont été organisés en Jordanie et dans les Émirats arabes unis, récoltant respectivement 7 et 43,8 millions de dollars. « Non mais sans déconner », a murmuré Fell en lisant. Qui croirait que des téléthons servent à autre chose qu'à la recherche scientifique ?

Pas vraiment du secret-défense.

Et puis, malgré l'embargo, il y a eu les armes. L'Arabie saoudite en a fourni pour 35 millions de dollars, l'Iran pour 200 millions. C'est pourquoi l'Iran est dans le collimateur des services de renseignement occidentaux. Benlazar a noté dans la marge : « C'est une erreur, l'Iran souhaitera bientôt réintégrer le concert des grandes nations, pas lui l'ennemi. »

Il y avait aussi quelques conseillers militaires envoyés par la Turquie auprès de l'armée bosniaque. Mais ça, c'était du symbolique.

— L'emploi d'armes de guerre dans le nord de la France, par contre, ça n'a rien de symbolique.

Tedj a gardé le silence quelques instants.

— Les gars qui sont venus se battre pendant le siège de Sarajevo, ceux qui ont empêché que la ville tombe aux mains des Serbes, maintenant ils rentrent chez eux. Avec leurs armes.

Tedj a confirmé que des combattants islamiques sont venus de l'étranger, d'Afghanistan, d'Arabie saoudite, du Yémen, du Maghreb. Que d'autres venaient d'Angleterre, de Belgique… et de France ! Pour la plupart, la population bosniaque a fini par les rejeter : leur comportement au combat et vis-à-vis des prisonniers rappelle celui du GIA en Algérie. Mais ils sont aguerris et certains sont toujours en guerre.

— Parmi eux se trouvent ceux qui pourraient poursuivre l'œuvre de Khaled Kelkal, tu vois ? a répété Benlazar.

Fell voyait parfaitement.

— J'ai même des fiches blanches correspondant à des citoyens français qui ont combattu ici, si tu veux.

Fell s'est rapprochée de son téléphone comme si quelqu'un pouvait l'entendre.

— Là, ça serait vraiment une violation du secret-défense, Tedj. Tu devrais faire gaffe.

*

Les Chicago Bulls viennent de battre les Vancouver Grizzlies. Michael Jordan a marqué 28 points. Il est âgé de trente-quatre ans.

Zacarias, lui, n'a pas encore vingt-huit ans.

Il éteint la télé : le basket, ça n'a jamais été son truc. À une époque, il se rêvait plutôt en pro du handball. Au club de l'ASPTT Mulhouse, on lui prédisait même un bel avenir sur le terrain. Et puis sa mère a décidé de déménager à Narbonne : terminé, les rêves de gloire. C'était il y a longtemps, mais quelque chose s'est fêlé en lui. Dès lors, il n'a plus vraiment aimé sa mère. Enfin, plus autant qu'avant.

Dans la cuisine, sa belle-sœur Fauzia prépare le café. Comment ose-t-elle se pavaner devant lui ainsi vêtue ?

— Les femmes ne devraient pas travailler ! lance-t-il.

Ça lui est venu comme ça. L'aigreur qui lui bouffe l'intérieur est de moins en moins muselable.

Fauzia le dévisage.

— Toi, tu aurais dû poursuivre tes études de langues plutôt que de fréquenter les salafistes.

Si elle n'était pas la femme d'Abd-Samad, il la rouerait de coups pour lui apprendre à le respecter.

Djamila, sa sœur, les rejoint. Elle chantonne, s'assied à la table.

— Tu veux un café? demande Fauzia à la jeune femme.

Djamila s'apprête à sortir ce soir, encore une fois. Elle est habillée comme une pute, mini-jupe et corsage échancré. Une douleur parcourt le cerveau de Zacarias.

— Tu ressembles à une putain! aboie-t-il.

Les deux femmes échangent un coup d'œil. On voit bien qu'elles se retiennent de lui hurler dessus : ça ne servirait à rien. Elles quittent la pièce en murmurant.

Il s'est trop tu. Il a l'impression qu'il se tait depuis toujours. *Rien à foutre! Je ne vais plus me taire.*

Tiens, quand il était gosse, un de ses camarades de jeu avait déclaré que ses parents lui interdisaient de jouer aux billes avec Zacarias et son frère. « Pourquoi? » avait demandé le petit Zacarias. « Parce que vous êtes des nègres! » avait répondu l'autre. Il s'était tu.

Tiens, quand il avait une vingtaine d'années, un type avait tapé sur l'épaule de son frère dans la rue. Celui-ci s'était retourné sans crainte, et le type lui avait allongé une droite. Comme ça, pour se marrer. Abd-Samad s'était enfui en courant pour chercher de l'aide auprès des flics... qui l'avaient copieusement aspergé de gaz lacrymogène jusqu'à ce qu'il s'évanouisse. Il s'était tu, encore.

Tiens, même sa propre mère n'aime pas vraiment les Arabes. Elle les a forcés, son frère et lui, à apprendre le catéchisme à l'école, lorsqu'ils vivaient en Alsace. Jamais on n'a abordé le sujet de l'islam à la maison, jamais on n'a suivi les traditions marocaines. Il s'est tu, toujours.

Tiens, il a beau être diplômé (un BTS technico-commercial obtenu au lycée Louis-Arago, à Perpignan, et un diplôme de commerce international de l'université de South Bank, à Londres), son nom en haut de son curriculum vitæ rebute les employeurs. Jamais il n'a obtenu d'entretien d'embauche pour un travail intéressant. Il se tait.

Des exemples comme ceux-là, il ne les compte plus, ils constellent son existence depuis toujours. Oui, aujourd'hui il est fier de sa barbe, de ses idées, de sa rigueur religieuse et des mots qu'il a employés contre sa sœur. S'il n'y avait pas eu les frères de Finsbury et de Baker Street, à Londres, et ceux de Khaldan, en Afghanistan, il se serait sûrement donné la mort. Heureusement, avec eux, il a appris à être meilleur.

Grâce à eux, un jour, le monde entier l'entendra.

*

Vanessa Benlazar est rentrée à Paris le lendemain de sa nuit avec le journaliste à Lille.

La veille, elle avait pris le TGV. Un peu sur un coup de tête. Quoique... Elle y pensait depuis un moment. Ce week-end-là, des élèves du lycée organisaient une fête. «La fête du siècle.» Elle devait s'y rendre avec Gaspar. Celui-là, il est amoureux d'elle. Ils ont couché ensemble trois fois, mais n'ont pas adopté les codes idiots d'une relation amoureuse de lycée : rester collés l'un à l'autre, se rouler des grosses pelles, se sourire comme des débiles, dire des choses comme «Je ne pourrais pas vivre sans toi», «Plutôt mourir que de te perdre », « La vie sans toi n'a aucun goût ». Ou faire leurs les phrases les plus éculées de la poésie française : « Je t'aime aujourd'hui bien moins que demain », « Un seul être vous manque et tout est dépeuplé »… *À pleurer de rire*, pense Vanessa en observant les couples autour d'elle.

Parfois, les gens qui l'entourent l'insupportent. Elle espère qu'elle n'est pas arrogante, juste plus mûre que les filles de son âge. Plutôt que d'aller à la fête du siècle, elle est montée dans un TGV. Une cousine éloignée, à la mode de Bretagne, fait ses études à Lille, c'était l'occasion de s'éloigner du bahut.

Sa cousine, Claire, était plutôt sympa. Elle a accepté de l'accueillir pour le week-end et lui a proposé de lui faire découvrir « Lille *by night* ». Vanessa n'avait rien à perdre.

Le soir même elles ont rejoint des amis de Claire, étudiants en médecine comme elle, dans un bar du centre-ville. Vanessa a remarqué ce type, accoudé au comptoir. Il s'était fait rembarrer par une fille et avait eu une moue attendrissante, comme si on venait de lui dire que non, le bon Dieu n'était pas cool. Elle s'est approchée, a lancé : « T'aurais pas une clope, par hasard ? » Et le type l'a regardée normalement – c'est-à-dire que ses yeux n'ont pas roulé de stupeur ou d'étonnement en voyant les cicatrices sur son visage. Franchement, Vanessa lui a fait du rentre-dedans. Il a dit qu'il s'appelait Réif et l'a emmenée chez lui où ils ont bu de la vodka. L'appart était petit, les bibliothèques, pleines à craquer de bouquins, et des journaux – *La Voix du Nord, Nord Éclair* et *Libé*, essentiellement – encombraient le sol du couloir. Un ordinateur trônait sur la table de la cuisine.

Réif se poudrait le nez consciencieusement ; elle a refusé. Il parlait vite sous l'effet de la drogue, il était plutôt marrant et avait de la prestance. Elle était sous le charme. À un moment, elle l'a embrassé. Le type l'a observée quelques instants puis il l'a déshabillée. Il est beau, il a quelques cheveux gris, déjà, quel âge il peut avoir ? Trente, trente-cinq ans ? Vanessa s'en fichait : elle s'est assise sur lui, et merde, il savait y faire. Elle en sourit encore : elle n'est pas très expérimentée en matière de sexe, mais ça doit être ça, prendre son pied. Après, Réif s'est remis à sniffer sa merde et, quand Vanessa a voulu qu'il la prenne encore, il était incapable de bander. Elle a lu ça quelque part : la coke, ça donne des envies, mais ça casse les moyens. Ils ont fini par s'endormir sur le sofa : lui, défoncé, elle, un peu bourrée.

C'était la première fois qu'elle faisait ça : baiser un inconnu, la drogue, l'alcool, le parfum du danger…

Dans la nuit, il y a eu un coup de fil et Réif a dû partir – apparemment, il est journaliste et devait couvrir une fusillade. Vanessa voudrait bien intégrer une école de journalisme après le bac, ce mec pourrait l'aider, un jour… Elle s'imagine même barouder à travers le monde. Et pourquoi pas avec lui ? Ses yeux, son charme, elle croit qu'elle pourrait s'en satisfaire longtemps. Lorsqu'il s'est préparé en quatrième vitesse pour partir faire son boulot, elle lui a trouvé un truc de personnage de cinéma… Le lendemain matin, il n'était pas là quand elle a décidé de rentrer à Paris. Elle a laissé un mot sur le lit. On verra…

Sur le journal de son voisin, dans le TGV, Vanessa lit que trois soldats britanniques ont été tués en sautant sur une mine, du côté de Sarajevo. Elle pense à son père : l'Algérie, au début des années quatre-vingt-dix, la Bosnie, aujourd'hui, sont des pays où la folie a pris le dessus. Que cherche son père en y vivant ? Qu'est-ce qu'il fuit ? La mort de sa mère et de sa sœur ? Ou bien est-ce elle qu'il évite ?

Ce même jour, les Serbes ont relâché 82 prisonniers de guerre bosniaques. Si les prisonniers sont libérés, ça veut dire que la guerre est finie, non ? Elle pourrait aller le voir à Sarajevo. Au bahut, ça jaserait sur son compte : Vanessa Benlazar revient de Sarajevo, la ville assiégée ! Elle sourit et s'endort.

De retour chez elle, elle doit expliquer à sa tante pourquoi Claire, sa cousine, a perdu sa trace la veille au soir. Elle vit chez sa tante et son oncle, à Lagny-sur-Marne, depuis l'incendie, depuis la mort de sa mère et de sa sœur, depuis que son père est parti en Algérie. Marie-Laure, la sœur de sa mère, est chouette, rien à dire. Mais parfois elle se prend justement un peu trop pour sa mère.

Dans sa chambre, le sommeil ne veut pas venir, Vanessa pense à Réif. Réif, ce n'est pas un prénom commun, elle doit pouvoir retrouver sa trace dans les médias à Lille. Demain, elle ira au CDI du bahut. En épluchant *La Voix du Nord, Nord Éclair* et *Libé*, elle trouvera bien un « Réif ».

La sonnerie du téléphone retentit dans la maison. Sa tante l'appelle :

— Vanesse, c'est Gaspar !

— Je dors, je le rappellerai tout à l'heure.

Elle n'a pas envie de s'expliquer à nouveau sur sa disparition.

*

Au comptoir, à l'entrée de l'hôtel de police, Réif Arno demande à parler au lieutenant Riva Hocq. Il marche sur des œufs : Riva risque de l'envoyer chier, encore une fois. Il espère que les noms qu'il va balancer joueront en sa faveur. Plan cul ou pas, le jeu entre journalistes et flics reste le même : je te donne quelque chose d'intéressant parce que tu me donnes quelque chose d'intéressant.

Arno n'a jamais fait copain-copain avec les flics du coin. Au *Parisien*, ses collègues buvaient des coups avec des policiers, même en dehors des heures de boulot. Certains avaient tissé des liens d'amitié qui leur permettaient de récolter des informations de première bourre. Lui n'y est jamais parvenu. Au fond, il ne l'a jamais souhaité. En lui subsiste toujours une dichotomie de jeunesse : flics et journalistes ne sont pas du même monde, ne cherchent pas la même chose. Comme flics et voyous... Il croit encore que la vérité et la justice sont deux choses différentes. Wattelet se marre comme un gosse quand ils en parlent tous les deux.

Il s'aperçoit qu'on l'observe : au bout du couloir, Riva vient vers lui. Elle a mauvaise mine, il va s'en prendre plein la gueule.

Mais son visage se radoucit lorsqu'elle fixe le pansement qui couvre la joue du journaliste.

— Tu as encore joué au con ?
— Cette fois, j'y suis pour rien.

Ses yeux sont cernés, elle doit bosser non stop depuis la fusillade. Chaque fois que l'un des leurs se fait descendre, les flics de tous les services se sentent visés. Arno ne pense pas que le corporatisme soit aussi viscéral dans le journalisme, ou dans toute autre profession.

— Je n'ai rien à te dire, Réif. Casse-toi.

Sa voix n'est pas agressive, plutôt lasse.

— Dumont et Caze, c'est qui ?

Là, il a marqué un point : le lieutenant cache difficilement sa surprise, elle cligne un peu trop vite des yeux et ses lèvres se tordent.

— Fais gaffe, Réif.

— C'est qui, Dumont et Caze, Riva ?

— Écoute, continue tes comptes-rendus de vols à la tire et de chiens écrasés, mais si tu veux un conseil, fous-moi la paix. On a un collègue à l'hôpital, je te rappelle.

— Dumont et Caze, ce sont eux qui lui ont tiré dessus, l'autre soir ? Ce sont eux qui ont braqué la supérette à Wattrelos, la semaine dernière ?

Arno arbore un petit rictus satisfait de petit con de journaliste.

Elle le repousse doucement et ouvre la porte du bureau de la PJ.

— Va chier, Réif.

Arno la retient par le bras, elle se dégage violemment, le regard noir.

— S'ils sont derrière tout ça, continue le journaliste, il faut que tu saches, et que tous tes collègues sachent, que ces mecs ne sont pas des braqueurs. Tu sais d'où ils viennent ?

Riva Hocq referme la porte derrière son dos.

— Putain, Réif, comment tu connais ces noms ? Ils sont sur les radars de la DST et des RG. Tu vas avoir des emmerdes...

— Dumont et Caze reviennent de Bosnie, ils faisaient la guerre à Sarajevo. S'ils font des bracos ici, c'est parce qu'ils font leur djihad !

La jeune femme cogite à cent à l'heure.
— Comment tu sais ça ?
— Une source, je ne dirai pas qui c'est.
— Évidemment.
— Évidemment.
Elle réfléchit encore quelques instants. Puis :
— Il y a un bar en face. Tu m'y attends, je te rejoins dans vingt minutes.

Et elle disparaît derrière la porte à tête de tigre.

Arno traverse la rue et s'attable au fond de la salle du bar. Il commande un café, fume trois cigarettes en parcourant la dernière édition de *La Voix du Nord*. Son article sur la fusillade de Croix est en pages Faits divers. Une photo du parking et des forces de l'ordre illustre les deux colonnes.

Un quart d'heure plus tard, il demande une bière. Encore deux cigarettes. Il feuillette *son* journal. Si la piste Dumont-Caze est la bonne, Arno a dans l'idée de proposer un papier au long cours à *Libé*. Il se verrait bien quitter la PQR pour quelque chose de plus national. Les chiens écrasés, comme dit Riva, ça va un temps. Il a accompli ses années de purgatoire.

Le mot purgatoire le fait penser à Vanessa. Cette association le met mal à l'aise. Pourtant, légalement il ne risque rien, elle a plus de quinze ans. Et question morale, il ne mérite tout de même pas le purgatoire – *et encore moins l'enfer*, se dit-il en souriant à sa bière.

Il se lève, va acheter un paquet de cigarettes au comptoir.

Non, pour être honnête, il repense à Vanessa avec beaucoup de désir.

Il retourne à sa table. Le désir ne suffit pas : sa

carrière est sur le point de décoller, une gamine de dix-sept ans n'a rien à faire dans le tableau.

La porte du bar s'ouvre et Riva Hocq apparaît.

Putain! Elle est accompagnée du capitaine Jo Attia, son pote. C'est quoi, cette embrouille?

— Reste cool, on veut juste te parler, dit Hocq en s'asseyant devant lui.

Attia l'imite.

— Tu en sais des choses intéressantes, pour un journaleux de province, lâche celui-ci avec une grimace méprisante.

Arno porte à ses lèvres le verre de bière, il sent le piège se refermer.

— J'ai pensé qu'il était important que tu répètes au capitaine ce que tu m'as dit, précise Hocq, un peu embarrassée.

— Bon, qu'est-ce que tu sais sur Lionel Dumont et Christophe Caze? enchaîne Attia. Comment tu sais qu'ils sont derrière la fusillade et le braquage?

— Je n'en sais rien. Un de mes indics…

Attia grogne d'un rire gras.

— Un de mes indics m'a dit que Dumont et Caze étaient les types qui avaient tiré sur vos collègues…

— C'est qui, ton indic? C'est lui qui t'a cassé la gueule?

Arno le regarde, secoue la tête.

— Secret professionnel.

— Des conneries, ça, le journaleux! fulmine le flic en se penchant vers lui, par-dessus la table. Ça ne tiendra pas deux secondes devant un juge.

Riva Hocq fixe ses mains. Elle fait son job, Arno ne lui en veut pas.

— Mon indic m'a dit que ces types reviennent de

Bosnie. Ils étaient à Sarajevo ou dans les environs. Selon lui, ils ne sont pas du milieu, ils veulent trouver de l'argent pour le djihad.

Il termine son verre, la bière a un goût dégueulasse.

— Pour lui, ces mecs *sont* en djihad.

Attia glousse.

— Tu n'es pas de taille, Arno, reprend-il. Là, ça risque de te péter à la gueule.

Furtivement, il passe un index nerveux sur ses lèvres.

Trop tard : Arno l'a vu, il comprend que quelque chose de balaise est en cours.

— Ce qu'on voulait te dire, Réif, c'est que si tu as des informations sur ces gars, on pourrait en discuter.

Arno observe tour à tour Riva et Attia – Attia serre les mâchoires.

— J'ai compris : je me casse.

Attia se lève aussitôt et lui barre le passage.

— Ne fais pas de conneries, on est d'accord ? Si tu nous emmerdes d'une manière ou d'une autre, je te fais tomber pour entrave à une enquête.

Hocq regarde de nouveau ses mains.

Arno s'écarte du commandant de la PJ en dodelinant de la tête.

— Je fais mon boulot, moi aussi.

— Fais gaffe à ta gueule quand même, lance Attia. Elle est déjà bien amochée.

Tu parles d'un connard de jaloux, celui-là. Arno le sait, qu'il doit faire gaffe à sa gueule : sur l'échelle de la dangerosité, un jaloux armé se trouve juste en dessous du cobra cracheur.

Il regagne sa voiture garée devant l'hôtel de police en tentant de jouer la désinvolture. Les deux flics doivent le regarder et Attia le traite sans doute de tous les noms.

La question est de savoir si Wattelet et la direction de *La Voix du Nord* vont le couvrir. Les flics feront pression pour qu'il n'aille pas fouiner plus loin, c'est certain. Et si c'est le cas, il n'a aucune confiance en la résistance de ses patrons. Quant à Wattelet, même s'il a les épaules, il n'a pas beaucoup de poids au sein de la direction du journal.

*

Le capitaine Attia et son adjoint Hocq ont l'air grave de ceux qui vont devoir mettre les mains dans le cambouis, voire dans la merde. Ça ne les enchante pas, mais c'est leur job.

Laureline Fell croise parfois de ces flics qui ont pour habitude de traquer les truands et les criminels de droit commun et qui, soudainement, se retrouvent à pourchasser des tueurs hors du commun. En général, ces tueurs sont des prédateurs ; plus rarement, des tueurs en série ou des illuminés. Attia et Hocq commencent à flairer la piste djihadiste : des illuminés qui pourraient tourner tueurs de masse au nom d'un dieu.

Ils vont mettre les mains où ça pue, oui, mais ça ne les fait pas vibrer.

Attia et Hocq savent que seule la DST, en particulier sa division de la surveillance du monde musulman et contre-terrorisme, peut disposer de renseignements sérieux sur des mecs ayant combattu en Bosnie et qui reviendraient en France jouer les djihadistes. C'est pour ça qu'ils sont venus la voir.

Fell a confirmé que les noms de quelques Français

sont remontés jusqu'à elle et qu'elle les a transmis à la direction de la DST. Ces Français étaient engagés au sein de l'armée bosniaque dans la brigade El Moudjahidin, à Zenica.

— On peut savoir comment vous avez récupéré ces noms ? demande Attia, un petit carnet et un stylo en main.

— Vous avez un indic en Bosnie, commandant ? lance Hocq, le visage fermé.

— Nos indics courent de grands risques, vous imaginez bien, lieutenant.

Elle ne veut pas donner le nom de Benlazar : il travaille sous couverture, sa fille vit en France, et si des Français de la brigade El Moudjahidin s'amusent à tirer à la kalachnikov sur des flics du côté de Roubaix, attirer l'attention sur Benlazar pourrait mettre en danger le père et la fille. Surtout, les infos que lui donne Benlazar ne passent pas par le canal officiel. Ce sont des confidences : elle serait bien en peine d'en expliquer la provenance. Elle a déjà du mal à s'expliquer sa relation avec Tedj Benlazar...

Elle ouvre un petit dossier cartonné, feuillette quelques pages.

— Il y a quelques mois, nos renseignements ont fait remonter les noms de Christophe Caze, Lionel Dumont, Hocine Bendaoui, Bimian Zefferini et Mouloud Bouguelane.

Attia prend note.

— Dumont et Caze, coupe-t-il, on est de plus en plus sûrs qu'ils sont dans le coup des braquages et de la fusillade, chez nous.

La veille, trois hommes portant des masques de carnaval ont braqué une supérette Aldi à Lomme. Il n'y avait que 20 000 francs dans les caisses. Dans la foulée, ils ont essayé de se faire un autre Aldi, à Haubourdin. Mais les flics étaient déjà en alerte, il y a eu échange de coups de feu et les mecs ont dû renoncer.

On commence à parler du « gang de Roubaix ».

— On pourrait discuter de votre source ? fait Attia après un long silence. De manière informelle, dans un premier temps, je veux dire.

Fell cherche à noyer le poisson.

— Nos indics travaillent avec nous de manière informelle, capitaine. Nous ne sommes pas la DGSE, celui qui nous a donné ces noms a sans doute déjà disparu de nos radars.

— Le temps joue contre nous, commandant, reprend Attia qui ne goûte pas du tout le petit jeu de la boss de l'antiterrorisme. Ces mecs sont en roue libre.

Fell reste impassible.

Elle s'en veut de reproduire pour des raisons affectives – voire sentimentales – ce qu'elle déteste au sein de la police française, ce qui a sans doute permis à Kelkal, Bensaïd, Ramda et tous les autres de poser des bombes et tuer des innocents : elle fait traîner la procédure, donne de l'avance à l'ennemi. Elle ne le fait pas par aigreur ou par volonté de recevoir un jour les lauriers du vainqueur. C'est la seule différence.

— Fait chier, murmure le lieutenant Hocq en quittant le bureau.

*

Le capitaine Tedj Benlazar vit mieux à Sarajevo qu'en Algérie. Enfin, il entrevoit la possibilité d'y vivre mieux, bientôt.

Une guerre déclarée, avec des armées qui s'opposent sur des théâtres d'opération identifiés, est toujours plus facile à affronter que celle qui rampe, avance dans l'ombre, refuse de dire son nom. En Algérie, les guerres refusent de dire leur nom, ce n'est pas nouveau : il y a les morts, les fusillades, les explosions, des militaires au pouvoir, des combattants retranchés dans les maquis, la peur constante, mais pas de guerre, pas officiellement. Ici, en Bosnie, les accords de paix ont autorisé le mot « guerre » ; on la nomme, on rendra hommage aux soldats et aux civils qui y ont perdu la vie. Pour un agent de la DGSE, un état de guerre reconnu permet de recouvrer son rôle de soldat, un soldat sans uniforme, mais un soldat quand même.

Dans le cas de Benlazar, ça l'apaise. Il a moins de crises d'angoisse, plus du tout de pensées morbides.

Dans la colonne des plus, il y a donc cette situation plus claire qu'en Algérie. Il y a aussi sa fille, Vanessa. Et Laureline : il se sent bien lorsqu'il l'appelle, le soir. De l'amour ? Il n'en est pas certain. Quelque chose qui pourrait devenir de l'amour ? Il se souvient des quinze jours passés ensemble l'été précédent et il en éprouve une agréable nostalgie. Laureline lui manque, physiquement, aussi. Parfois, il est presque en paix. Depuis la mort d'Évelyne et de Nathalie, il n'avait plus connu une telle sérénité.

À Sarajevo, comme un peu partout en Bosnie, la fin des hostilités n'a pas mis un terme à la violence. Le soir, des coups de feu sporadiques claquent. On n'entend plus les habitants crier de leurs fenêtres : « *Pazite, Snajper !* » Les snipers embusqués ont disparu, mais rixes et règlements de comptes se multiplient, en lieu et place des affrontements militaires.

Mafias et bandes de voyous ont remplacé milices et régiments. Pourtant, il y a quelques jours, trois soldats anglais de la Forpronu ont sauté sur une mine. La guerre ne reconnaît pas sa défaite du jour au lendemain. Le pays, les habitants la porteront en eux encore longtemps.

Le siège de Sarajevo a été le plus long du XXe siècle. D'avril 1992 à décembre 1995, soit 1 425 jours – le siège de Leningrad n'a duré *que* 900 jours. Et 11 000 personnes auraient été tuées, 50 000 autres blessées. Plus tard, on calculera que chaque jour 329 obus frappaient la ville. Les habitants, Bosniaques, Croates ou Serbes, n'oublieront pas facilement.

Récemment, les ponts reliant les parties bosniaque et serbe de la ville ont été rouverts. On a même vu des amis des deux camps, des familles se retrouver.

Benlazar prend désormais le 4 × 4 Toyota mis à sa disposition par l'ambassade de France pour parcourir la cinquantaine de kilomètres qui sépare Sarajevo de Zenica. Les ponts ont rouvert, des gens se sont retrouvés, il y a la paix. Mais quand il sort de Sarajevo, il est armé. Parfois, il emmène avec lui une jeune traductrice. Elle s'appelle Medina, mais refuse de lui dire son nom de famille, pour préserver sa famille, justement. « Préserver de quoi ? » a-t-il demandé la première fois qu'il l'a rencontrée. La jeune femme a répondu : « Vous, les Français, vous aimez les Serbes. Moi, je travaille pour vous. Ce n'est pas difficile à comprendre, n'est-ce pas ? »

Benlazar en a convenu d'un silence.

Un jour qu'ils se dirigeaient vers le nord de Sarajevo, ils ont traversé la place Markale. Medina a expliqué qu'en février 1994, un bombardement serbe a tué 68 personnes. Sa mère était venue acheter des provisions, elle est morte à l'hôpital. «Mais tout ça, c'est du passé, n'est-ce pas?» murmure-t-elle avec un sourire ironique.

Malgré la relative accalmie, Benlazar n'a pas le droit de se faire griller. Même en temps de paix, sa couverture peut sauter à tout instant – il est censé être attaché à l'ambassade de France. Certaines de ses cibles, les combattants de la brigade El Moudjahidin et ceux qui les protègent, pourraient ne pas se montrer diplomates, eux.

Les moudjahidine n'auraient aucun scrupule à le tuer. Beaucoup risquent de devoir s'expliquer sur les crimes commis pendant la guerre. Certains ont déjà quitté le pays: les accords de paix stipulent que Serbes, Croates et Musulmans s'engagent à assurer le départ des «conseillers» et autres mercenaires dans un délai de trente jours après la mise en application du plan de paix.

D'autres sont restés dans les environs de Zenica. Ici, on les voit encore se promener en ville sans crainte. Ici, ils font encore la loi. Mais ça ne va pas durer: la fin de la guerre attise les tensions entre les alliés d'hier, et les combattants islamistes sont devenus indésirables. Le 14 décembre dernier, le chef de la Brigade et quatre de ses plus proches lieutenants ont été abattus par des soldats croates. Un carnet compromettant dans lequel étaient consignées les rencontres avec les principaux responsables bosniaques a été saisi. Il contiendrait aussi la liste des volontaires étrangers de la Brigade. Ce carnet a été dupliqué, il en existerait deux autres exemplaires.

La direction de la DGSE aimerait mettre la main

sur l'un de ces exemplaires. On a demandé à Benlazar de s'en charger. « Ben voyons, leur a répondu Benlazar, je vais passer une petite annonce. » Au téléphone, le directeur du renseignement s'est contenté d'un laconique : « Si vous pensez que ça peut vous aider… »

Petit à petit, Benlazar a reconstitué l'odyssée sanglante de ces soldats de l'islam venus faire le djihad en Europe. Les Américains ont si ce n'est favorisé, du moins toléré, l'implantation de ces hommes qui ne cachaient pas leur détestation de l'Occident. Comme en Afghanistan dans les années quatre-vingt. La peste contre le choléra, une fois de plus. Il craint que les accords de paix ne suffisent pas à désarmer les islamistes de Zenica.

Les habitants ne parlent pas facilement. Le Français a des dollars, et les dollars font parler même ceux qui ont peur. Il en distribue, en promet d'autres.

Aujourd'hui, devant le pont ferroviaire qui enjambe la Bosna, à l'entrée de Zenica, le capitaine Benlazar est seul au volant du Toyota blanc. Il a promis des dollars.

Il a glissé son Pamas G1 sous son blouson, dans son dos. Il a observé longuement les abords du pont à la recherche d'un tireur embusqué ou d'un engin explosif. Le chemin de fer est hors d'usage, la ville est toujours enclavée. Ici, des hommes en armes, barbus, souvent étrangers, font encore respecter les règles de « bienséance » : pas d'alcool, pas de cigarettes et pas de tenue légère pour les femmes. Les anciens de la Brigade n'ont pas d'états d'âme.

La Bosna est épaisse, grise comme le ciel. On a du mal à imaginer qu'un poisson puisse y vivre. À l'époque du siège de Sarajevo, certains jours, des cadavres flottaient à la surface. À cette époque, on avait du mal à croire que des gens continuaient à vivre à Sarajevo.

Dans une des poches de son pantalon, Benlazar a glissé une enveloppe qui contient cinq cents dollars. Il les donnera à l'homme qu'il est venu rencontrer : celui-ci affirme qu'il a accès à l'un des deux carnets en fac-similé de la Brigade.

Le ciel est sombre. Derrière les dômes des trois mosquées qui s'élèvent au-dessus de la ville, les nuages noirs s'amoncellent. L'orage est pour bientôt.

Une vieille Renault 12 approche lentement. Elle se gare à une vingtaine de mètres du Français. Un individu à la courte barbe en sort; veste militaire et pantalon sarouel, rangers aux pieds.

Il lui fait signe.

Benlazar descend à son tour et rejoint l'homme.

Sayed Zaatout a aujourd'hui la nationalité bosniaque. Il est venu d'Algérie en 1991 pour rejoindre les rangs de la brigade El Moudjahidin. Après un passage par les maquis du FIS. Lorsque le GIA s'est mis à massacrer des civils et ses frères d'armes de l'AIS, l'Armée islamique du salut, Zaatout a préféré quitter son pays. La peur des représailles et l'incompréhension face aux ordres de ses chefs. Il y avait un autre combat à mener contre les infidèles, en Europe. En Bosnie, la guerre était ouverte, assumée.

Pour être franc, Benlazar a du mal à croire qu'un combattant qui fuit la barbarie du GIA en Algérie puisse intégrer la brigade El Moudjahidin, et surtout y rester jusqu'à la fin du conflit. Car, en matière de saloperies, les actions des islamistes ici n'ont rien à envier à celles des islamistes là-bas. D'ailleurs, Zaatout lui-même a raconté comment ses camarades de combat jouaient au football avec la tête de prisonniers serbes décapités. Zaatout n'avait pas l'air plus écœuré que ça... au contraire, la nostalgie faisait briller ses yeux.

Benlazar soupçonne Sayed Zaatout d'avoir fui autre chose que ses frères ennemis et leur barbarie. S'il est venu s'échouer en Bosnie, c'est parce que son comportement ne correspondait pas aux règles strictes édictées par les maquis algériens. Quoi que les chefs de la Brigade aient tenté d'imposer à leurs troupes, l'islam en Bosnie est bien plus souple qu'ils ne l'auraient voulu. L'islam ici est toujours souple. Plusieurs fois, Zaatout a confié à Benlazar qu'il ne souhaitait pas quitter le pays, même si beaucoup de ses amis sont partis. Il préfère rester, quitte à se cacher, parce que les filles sont jolies, très jolies, ici. Manifestement, les filles intéressent Zaatout plus que le djihad.

Ils discutent en français ou en arabe, selon la cordialité des propos : le français pour parler de la pluie et du mauvais temps, l'arabe pour aborder les sujets plus délicats, les informations et l'argent.

— Bonjour, Tedj.

Benlazar serre la main que lui tend Zaatout. Il ne porte pas d'arme apparente – parfois, il laisse dépasser son pistolet à sa ceinture.

— Tu as mon cadeau ?

Le Français sort de sa poche l'enveloppe de dollars. Il fait mine de la soupeser.

— Et toi, tu as ce que tu m'as promis ?

De l'intérieur de sa veste, Zaatout extirpe à son tour quelques feuilles de papier pliées.

L'échange se fait, les deux hommes se regardant les yeux dans les yeux. L'Algérien a presque l'air amusé.

— Tes chefs, ils ont toujours peur de l'Iran ?

Benlazar empoche les feuilles froissées. *Pourquoi tu me parles de l'Iran, Sayed ? Qu'est-ce que tu veux encore ? Du fric ? De la reconnaissance ? Passer le temps ?*

— C'est ça, leur truc, hein ? Les relations entre Izetbegović et les Iraniens, ça les inquiète, hein ? Tu crois pas qu'ils se plantent ? Que les Saouds devraient les intéresser bien plus ?

Benlazar ne tombe pas des nues : il y a quelques semaines, il a fait passer à Laureline, *off the line*, un document révélant l'implication dans le conflit, dès 1992, des Frères musulmans égyptiens et de l'Arabie saoudite. Déjà, il avait dit à Fell que se focaliser sur l'Iran était une erreur.

— Moi, à leur place, je me méfierais plus des sunnites que des chiites. Remarque, moi, je suis sunnite, hein.

Qu'est-ce qu'il raconte ? Depuis quand Sayed discute de géopolitique ? Benlazar croyait qu'il ne faisait même pas la différence entre Iraniens et Saoudiens, qu'il se fichait des sunnites et des chiites, que de telles distinctions lui passaient au-dessus.

À l'arrière de la Renault 12, une silhouette apparaît – elle devait être dissimulée derrière les sièges avant.

Fils de pute de Sayed Zaatout, tu essayais de m'embrouiller avec tes Iraniens et tes Saoudiens !

Benlazar dégaine son pistolet et le braque sur l'Algérien.

— Putain, Sayed ! C'est qui, le mec avec toi ?

Zaatout se décompose, sa mâchoire va se détacher, ses yeux se perdre dans sa boîte crânienne.

— Tedj! Tedj! C'est un ami. Tire pas!

L'enfoiré! Il a pris les cinq cents dollars et maintenant il veut me régler mon compte. Ses anciens compagnons d'armes seraient sans doute ravis d'apprendre qu'il parle avec un agent français, qu'il balance les combattants européens de la Brigade, et pour de l'argent, en plus! S'ils savaient, c'est avec sa tête qu'ils joueraient au foot.

— Dis-lui de s'amener bien tranquillement, les mains en l'air, à ton *ami*.

— Il parle arabe.

Zaatout ne quitte pas des yeux le canon du Pamas. Il est livide. Lui, il est toujours en guerre, et les accords de paix n'ont rien changé : vie ou mort, ce n'est qu'une question de hasard.

— Approche, mais garde les mains bien en l'air! hurle Benlazar à l'adresse du nouveau venu.

— Il ne comprend pas le français, dit Zaatout.

Le type a entre vingt et trente ans – difficile à dire. Il est barbu, plutôt maigre. Il est habillé en civil, un costume un peu défraîchi, comme s'il voulait se fondre dans la population rurale du coin. Il roule des yeux terrorisés.

Quelques gouttes commencent à tomber. Au loin, un éclair a zébré le ciel noir. Les trois hommes pensent la même chose : si la foudre était tombée plus près, si le tonnerre avait éclaté plus fort, plus tôt, Benlazar aurait tiré, l'un des deux hommes serait mort. Le hasard de la guerre.

— Tirez pas, tirez pas, je veux vous parler, supplie l'homme.

Il ne parle pas un arabe maghrébin, il parle l'arabe standard, comme une langue étrangère apprise sur le tard. Il est afghan ou pakistanais.

— Qasim a quelque chose de très intéressant à te dire, précise Zaatout en se détendant légèrement.

Benlazar se pose toujours la même question lorsqu'il braque une arme sur le visage d'un homme : la seconde qui passe sans qu'il tire est-elle la seconde de trop, celle qui le tuera, lui ?

— Ton nom ?

— Je veux deux mille dollars, grogne le jeune homme.

Benlazar frappe de la crosse de son arme la tempe de Zaatout. Celui-ci tombe à genoux en hurlant « *Ouled kahb !* » Le Français colle immédiatement le canon dans la gorge de l'autre.

— Tu me prends pour une association caritative ? Pourquoi je te filerais deux mille putains de dollars ?

Le jeune homme ne se démonte pas, il le fixe avec un regard de défi. Benlazar comprend qu'il a réellement quelque chose d'intéressant à vendre.

À lui aussi, il envoie un coup de crosse sur le nez.

Et lui aussi tombe à genoux, mais il ne traite pas le Français de fils de pute.

— Deux mille dollars, répète-t-il seulement, son nez saignant abondamment.

Les quelques gouttes ont laissé place à une pluie dense. Les éclairs au-dessus de Zenica se multiplient. Dans quelques minutes l'orage sera sur eux.

— Raconte-moi vite ce qui peut valoir deux mille dollars, lâche Benlazar en appuyant le canon sur le front du type.

— J'étais l'un des aides de camp d'Abdelkader

Mokhtari, commence le jeune homme en s'asseyant dans la boue. Tu connais Abelkader Mokhtari? Abou El-Maali, ça te parle plus?

Oui, El-Maali, ça parle à Benlazar : il a déjà vu le nom de cet émir algérien dans les documents fournis par Zaatout. El-Maali appartenait à la brigade El Moudjahidin, il entretenait des liens étroits avec la mosquée de Finsbury Park à Londres, avec les réseaux islamistes wahhabites saoudiens. Ah oui, d'accord, c'est pour ça que Zaatout lui a parlé des Saoudiens, tout à l'heure.

— Je connais El-Maali, dit Benlazar. Ça ne vaut pas deux mille dollars.

— Si je te dis ce qu'il prépare et avec qui, peut-être que ça les vaut, les deux mille dollars, répond l'autre en tâtant son nez délicatement de ses deux index.

Benlazar hausse les épaules. Il jette un coup d'œil à Sayed Zaatout.

— Prend ta bagnole et tire-toi! lui ordonne-t-il.

Zaatout doit avoir envie de tuer le Français. Ça lui passera.

Lorsque la Renault 12 s'éloigne, le jeune homme se relève. Son nez pisse encore le sang.

— Ça concerne la France. Et Al-Qaïda.

Il a un sourire arrogant.

Benlazar cogne à nouveau, cette fois au ventre. Une côte cède sous l'impact. C'est la procédure, rien de personnel. Il s'agit seulement de ne pas laisser s'inverser les forces en présence : c'est la DGSE qui achète, ou pas; ce n'est pas ce pauvre mec qui vend, ou pas. Même si ce qu'il détient intéressera sûrement la DGSE.

La pluie s'intensifie.

Benlazar aide le type à se relever. Il n'y parvient pas, le laisse se rasseoir dans la boue, toussant douloureusement.

Trois ou quatre cents mètres plus loin, sur la petite route qui mène au pont, la vieille bagnole de Sayed Zaatout s'est arrêtée. Le conducteur est immobile derrière son volant. À cette distance, Benlazar ne peut affirmer qu'il n'appelle pas ses copains avec un téléphone cellulaire. Ce con est capable de vouloir se venger du coup de crosse.

Benlazar force le type à se mettre debout et l'entraîne vers le 4 × 4. Mieux vaut ne pas traîner dans les environs plus longtemps.

L'orage éclate. Violent. Boueux.

Benlazar fouille rapidement son passager et retire d'une des poches intérieures de son veston un petit semi-automatique Beretta Tomcat. Il glisse le 7.65 dans le vide-poches, à gauche du volant.

Le Toyota blanc fait demi-tour, direction Sarajevo.

— Non, non, articule l'homme avec peine, plié en deux sur le siège passager. Il faut que je reste à Zenica. Ici, je suis en sécurité.

— Comment tu t'appelles? fait Benlazar en accélérant, les yeux rivés sur son rétroviseur extérieur.

La Renault 12 ne le suit pas. Ça ne veut rien dire.

— Le Tournevis.

Le Français se marre.

— Ton vrai nom.

Les essuie-glaces peinent à expulser l'eau du pare-brise. Une détonation se fait entendre derrière eux : la foudre a dû frapper le pont métallique sur la Bosna.

— Qasim Abdullah.

— Tu es pakistanais?

— Afghan.

Benlazar hoche la tête : la plupart des Afghans n'ont pas de nom de famille. Le gouvernement central de Kaboul n'a pas la puissance nécessaire pour imposer un état civil, et les traditions tribales n'ont jamais institué de patronyme. Quasim Abdullah s'appelle sans doute ainsi parce qu'il l'a décidé un jour, lorsqu'il est venu en Bosnie pour intégrer la brigade El Moudjahidin.

— Parle-moi d'Abou El-Maali, d'Al-Qaïda et de la France. De tout ce que tu veux me vendre.

— Deux mille dollars.

Benlazar accélère encore sur la petite route et s'engage sur l'A1. S'il reste sur l'autoroute, il sera à Sarajevo en moins d'une heure. Mais le trajet par l'autoroute est trop court et trop à découvert si Zaatout veut le coincer – c'est encore de l'ordre du possible.

— Deux mille dollars, c'est une somme importante, dit-il. Il faut que je demande à mes chefs. Et pour les convaincre, il me faut quelque chose. Tu comprends ?

Abdullah fait oui d'un signe de tête.

Lorsqu'il passe au-dessus de la Bosna, Benlazar choisit de quitter l'autoroute et d'emprunter la nationale qui longe la rivière sur quelques kilomètres encore. Le détour par Kiseljak rallongera le trajet d'une bonne heure, et si besoin il s'arrêtera dans une petite bourgade sur le chemin ; Abdullah aura tout le temps de lui raconter son histoire qui vaut deux mille dollars.

Surtout, Benlazar en a l'intuition tandis qu'il fonce le long de la rivière grise et épaisse, il va devoir batailler ferme auprès de ses chefs pour les persuader de changer leur fusil d'épaule. Il s'agit de mettre une obscure organisation dirigée par un Saoudien en haut de la liste de leurs priorités, alors que l'Iran est leur principale cible, ici, en Bosnie. Pas gagné. Pourtant, il sent qu'Al-Qaïda est une organisation qui grandit : il entend souvent ce nom dans la bouche des gens qu'il interroge en Bosnie. Sayed Zaatout a raison, l'Iran a toujours été l'idée fixe de la France, depuis le renversement du Shah et la prise du pouvoir par l'ayatollah Khomeyni et les pasdarans. Paris n'a jamais digéré cette révolution. Déjà, après l'attentat du Drakkar en 1983, le gouvernement s'était obstiné à poursuivre la piste iranienne, plutôt que celle de la Syrie.

— Les deux mille dollars, c'est pour faire un petit truc ici, me trouver un boulot. Les accords de paix des Américains, ça fout le bazar. Et les gens d'ici ne nous aiment plus trop.

— Peut-être parce que jouer au foot avec la tête d'un soldat, même un soldat serbe, c'est pas vraiment dans leurs habitudes.

Abdullah a un petit rire aigre.

— Peut-être, peut-être... Mais ils ont vite oublié que sans la Katibat al-Moudjahidin, les Serbes, ils n'auraient fait qu'une bouchée de leur armée. C'est nous qui les avons empêchés de prendre Sarajevo.

Il paraît réfléchir quelques secondes.

— Et puis les Serbes aussi ont fait des saloperies... C'était la guerre, tu sais. Tu connais la guerre, toi ?

Benlazar sort une cigarette, l'allume.

— Parle-moi de ce que tu veux vendre.

— Ben, je te disais que j'étais l'ami d'Abou El-Maali. Ensemble, on a combattu les Serbes. Mais rapidement, Abou s'est aperçu que la guerre allait finir. Il s'en est aperçu avant nous, je veux dire. Son temps en Bosnie était compté.

Il regarde la cigarette de Benlazar.

— Tu en veux une ?

— Non, non, c'est pas autorisé. Je ne fume pas, moi. Je suis un bon musulman.

Des camions chargés de marchandises ralentissent la circulation. Benlazar jette des coups d'œil inquiets dans ses rétroviseurs.

— Abou, il connaissait un Saoudien. Oussama Ben Laden, il s'appelle. Quelqu'un d'important, il finançait la Katibat. On m'a dit qu'il a rencontré le président Alija Izetbegović, dans son palais, il y a quelques années. En tout cas, Abou le connaît bien, et ils ont décidé de ne pas s'arrêter là.

Benlazar reste impassible. Il voit le truc se dessiner. Un peu comme en Algérie, les apparences sont moins trompeuses qu'on voudrait le faire croire. Un peu comme en Algérie, il faut suivre l'argent. Simplement. Ses chefs le suivront. Tout dépend de ce qu'il va leur raconter.

Il fait un petit signe de tête à son passager.

— Quand on a commencé à entendre parler des accords de paix, reprend celui-ci, Abou m'a dit que la Bosnie était une porte d'entrée en Europe. Son idée, c'est que nos frères, ceux qui ont combattu dans la Katibat et qui vivent maintenant en Belgique, en Angleterre et en France doivent continuer la lutte, être des chahids, tu comprends ?

Bien sûr qu'il comprend : El-Maali et ce mec, là, Oussama Ben Laden, veulent faire péter des bombes dans le RER parisien ou devant des écoles juives.

— Et certains de tes anciens camarades sont partants pour être des martyrs ?

Qasim Abdullah sourit, un peu trop sûr de lui. Benlazar hésite un instant à lui envoyer un coup de poing dans la gueule. La procédure, rien de personnel.

— Qu'est-ce que tu crois ? En France, il y a des frères qui sont déjà en place, dit le jeune homme.

— Tu as des noms ?

— Je peux les donner. Mais je veux deux mille dollars.

Une voiture surgit derrière eux, au loin sur la nationale. Elle double un camion un peu trop rapidement, roule à vive allure vers le 4×4 du Français.

— Tu les auras.

Le visage d'Abdullah s'illumine.

Benlazar appuie violemment sur l'accélérateur.

— Pourquoi on t'appelle le Tournevis ? fait-il.

La voiture s'approche d'eux. C'est une Mercedes assez récente, peut-être une 190. Le conducteur prend tous les risques. Benlazar arrive à estimer à quatre ou cinq le nombre d'occupants.

Il ralentit jusqu'à 90 km/h. Si ces mecs en ont après lui, mieux vaut en avoir le cœur net, tout de suite. Il pourrait les semer, mais il serait ensuite à leur merci dans une rue, un restaurant, n'importe où. Et il n'est pas certain que son instinct de survie ne soit pas amoindri.

Busovača est une petite ville au creux des Alpes dinariques. On y fait du ski, l'hiver. Benlazar a l'idée incongrue qu'il pourrait y emmener Laureline Fell, un jour.

À la sortie du bourg, il s'arrête sur le bas-côté.

Il saisit le petit Beretta Tomcat et dégaine son Pamas.

— Qu'est-ce qui se passe ? bredouille Abdullah d'une voix geignarde.

Il se retourne pour voir venir la Mercedes dans le pare-brise du hayon arrière.

Benlazar lève ses deux pistolets et pose les canons sur le bas de la vitre de sa portière.

— Mais c'est qui, eux ? s'étrangle Abdullah en faisant jaillir un tournevis de sa poche – un putain de réflexe de salopard.

La Mercedes et les quatre occupants, deux hommes à l'avant, deux femmes à l'arrière, passent à côté d'eux sans ralentir. Sans même un regard.

Benlazar rengaine ses armes.

D'un mouvement rapide, il arrache le tournevis des mains du jeune homme.

— C'est pour ça qu'on t'appelle le Tournevis, hein ?

L'autre est tétanisé : prend-il conscience que c'est sa vie qu'il échange contre les deux mille dollars, pas des informations ? Deux mille dollars, ce n'est pas beaucoup.

Le 4×4 remonte sur la route.

— Je ne veux même pas savoir comment tu l'as utilisé, ton tournevis, pendant la guerre, murmure Benlazar. *Ouled khab.*

Qasim ouvre de grands yeux.

— Je suis un as de la mécanique, c'est pour ça qu'on m'appelle le Tournevis.

Cause toujours, ouled khab.

*

Réif Arno vient de raccrocher le téléphone.

Il a reconnu la voix de Vanessa à l'autre bout du fil. Elle a déjà appelé le standard de la rédaction les jours précédents : trois fois. Elle a dit qu'elle rappellerait. Elle a rappelé et, ce matin, le journaliste étant dans son bureau à *La Voix du Nord*, il a décroché.

Il n'a pas pu prononcer un mot. Il a raccroché.

Mais cette gamine ne s'en laisse pas conter : elle a rappelé aussitôt.

— Écoute, Vanessa, c'était chouette, nous deux, a-t-il commencé. Mais, tu vois, en ce moment, je suis très occupé.

— Ça va, cool. Je ne suis pas enceinte, je ne te demande pas le mariage, hein !

Il se marre.

— Je bosse sur un gros, gros truc, là. Tu comprends, je ne veux pas que tu croies que…

Il cherche ses mots, les mots qu'on dit à une fille de dix-sept ans.

— Tu bosses sur quoi ?

Elle s'intéresse. Il est presque étonné qu'elle s'intéresse à lui autrement que parce qu'il est beau gosse.

— Ex-Yougoslavie, tu vois ?

Vanessa éclate de rire.

— Prends-moi pour une débile. Bien sûr que je vois, mon père bosse à Sarajevo.

Gérard Wattelet passe une tête par la porte. Il affiche un air embarrassé.

— Il faut que je te laisse, dit Arno à voix basse. On se rappelle.

Et il raccroche.

Wattelet l'observe quelques instants.

— Oui, bon, ton truc sur les soldats d'Allah qui

reviennent dans le coin pour trouver du fric pour le djihad, la direction n'aime pas.

Arno doit se faire violence pour revenir à la réalité.

— Comment ça, la direction n'aime pas ?

Wattelet entre dans le bureau.

— On ne peut pas partir là-dessus.

— Ils ont peur que les lecteurs deviennent racistes ? Faut leur dire que c'est déjà fait, hein.

Le rédacteur en chef repousse ses lunettes en demi-lune sur son front. Il a un sourire, de celui qui reconnaît les petites provocations de son collègue.

— Non, pour eux, c'est impossible. Ils croient plus à la piste de braqueurs à la petite semaine. C'est vrai que ce n'est pas très brillant, deux braquages et une fusillade, comme tableau de chasse.

Arno fait tourner son paquet de cigarettes sur la table devant lui.

— Tu verras : j'ai raison. Ces mecs sont en guerre, ils ne sont pas du milieu.

Wattelet se laisse tomber sur une chaise dans un coin de la pièce.

— Si ça ne tenait qu'à moi, je te laisserais creuser, Réif. Le problème, c'est que tu n'as pas de preuves. Les infos de ton indic, moi, ça pourrait me suffire comme point de départ pour que tu commences à fouiller ; eux, ils ne veulent pas prendre de risques.

— Des flics de la PJ m'ont interrogé.

Wattelet sursaute presque, son regard change.

— Tu t'es fait interroger par la PJ ?

C'est son corporatisme qui se met en branle : que l'un de ses journalistes soit interrogé par la police, ça lui gratte la liberté de l'information. Le corporatisme des journalistes ne vaut pas celui des flics, mais chez Wattelet il atteint un niveau très honorable.

— Non, pas officiellement interrogé, tempère Arno avec un sourire. Je croyais que Hocq, de la PJ, voulait discuter de ces mecs revenus de Bosnie. Et elle est venue au rendez-vous avec son chef, Attia, tu vois ? Ils ont essayé de me tirer les vers du nez.

Wattelet fait une grimace incompréhensible.

— Attia et Hocq sont sur l'affaire de la fusillade de Croix, et sans doute maintenant sur le braquage des supermarchés à Wattrelos et à Lomme.

Nouvelle grimace incompréhensible de Wattelet.

— File-moi une clope, dit-il.

— Laisse-moi fouiller, Gégé, merde ! Si le truc s'avère juste, on aura un papier tout chaud. Sinon, ben…

— Sinon, on te paye à rien foutre, c'est ça ?

Arno se marre.

— Ben, oui, comme d'habitude.

— Arrête de jouer au con, Réif. Le seul truc que je t'accorde, c'est l'autorisation d'un congé sans solde pour fouiller, comme tu dis. Mais hors de question que j'entende parler d'un journaliste de *La Voix* qui fouine du côté des barbus. Compris ?

Il s'allume une cigarette et renvoie le paquet sur le bureau du journaliste.

— C'est quoi, au juste, notre boulot, Gérard ?

L'homme assis en face de lui est un bon. Il a roulé sa bosse, plus souvent dans la presse régionale que dans les médias nationaux, mais il défend une certaine déontologie de sa profession. C'est vrai : tout à l'heure, lorsqu'il a appris qu'Arno avait été entendu par les flics, il n'a pas aimé. Il n'a pas aimé parce qu'il croit encore au journalisme comme contre-pouvoir. À son niveau, la presse quotidienne régionale, on a tendance à lui rire au nez lorsqu'il invoque l'indépendance de la presse et sa nécessité. Il se tapote la joue.

— C'est moche, ton truc. Comme si tu avais besoin de ça, avec ton nom...

De fait, la crosse de Ben Arfa a laissé une vilaine cicatrice. Il faudra du temps pour qu'elle disparaisse.

— Hein, c'est quoi le boulot de journaliste ? répète Arno.

Wattelet tire sur la cigarette en hochant tout doucement la tête.

À la fin des années quatre-vingt, les types sortis des écoles de commerce ont commencé à remplacer ceux qui venaient des écoles de journalisme. Et surtout, les gars formés sur le terrain. Wattelet a vu les salles de rédaction changer peu à peu ; les directeurs de publication et les financiers ont cessé de partager les mêmes bureaux que les plumitifs. Il y a quelques années, la publicité est devenue la principale source de financement, les ventes et les abonnements ne suffisaient plus. Certains jours, ça le gêne un peu, le diktat des annonceurs et les sujets qu'on ne peut plus traiter parce que les annonceurs, justement, pourraient rechigner à acheter de l'encart publicitaire. Pourtant, il a continué son job. Malgré ses petites provocations, Arno reconnaît qu'il lui a donné sa chance – une seconde chance. Et qu'il juge plus sur les compétences professionnelles que sur les ronflants diplômes ou l'entregent. Gérard Wattelet fait ce qu'il peut. Comme la plupart de ses collègues.

L'homme se lève sans répondre à la question.

Un instant, il observe sa cigarette.

— T'es con, j'avais arrêté depuis huit jours.

Et il sort.

Bon, OK, si ces frileux de la direction ne veulent pas se mouiller, Arno va y aller tout seul. Il les emmerde, ces mecs, il n'est pas de leur monde. Ce que lui a balancé Saïd Ben Arfa, avant de lui coller son flingue dans la gueule, c'est sa chance. La chance, ça fait peut-être mal au début. Il ne sait pas, parce que lui, la chance, il n'a jamais vraiment essayé.

Y aller tout seul dans cette enquête sur les types revenus de Bosnie avec barbes, turbans et kalachnikovs, s'éloigner du Pas-de-Calais, ce n'est pas une si mauvaise idée.

*

Gaspar sent les choses.

— Tu aurais pu me prévenir que tu ne viendrais pas.

Gaspar sent les choses, mais ça ne suffira pas. Vanessa pose la tête sur son épaule.

Ils viennent de finir de manger dans le grand réfectoire de la cantine, en tête à tête, comme tous les jours.

Sur un banc, dans la cour, Gaspar s'est enfin décidé à balancer ce qu'il a sur le cœur. Ça fait quatre jours que ça dure : il joue les durs, fait celui qui n'est pas amoureux, pas jaloux. Mais un adolescent de dix-sept ans est forcément amoureux et très jaloux.

— Ils ne m'ont invitée que parce que, toi, ils t'aiment bien. Tout le monde t'aime bien, au bahut. Pas moi.

— C'était justement l'occasion de leur montrer que tu es cool, Vanesse. Fait chier.

Elle se serre un peu plus contre lui.

Un groupe de quatre élèves passe devant eux en direction des buissons qui recouvrent de petits monticules un peu plus loin dans la cour. C'est là qu'on fume des clopes et des joints. Deux d'entre eux lancent quelques regards entre suspicion et crainte.

— Leur montrer que je suis cool, hein ? À eux ? J'en ai rien à foutre.

Elle soupire, ferme les yeux, hume l'odeur de Gaspar – elle aime son odeur.

— Pourquoi c'est moi qui devrais leur montrer que je suis cool ? Qu'est-ce que j'ai fait pour avoir l'obligation de leur montrer que je suis cool ?

Souvent elle fredonne le morceau de Zebda, *Le Bruit et l'Odeur*. Elle n'aime pas Zebda, mais elle trouve que c'est une bonne bande-son de l'époque. Le discours de Chirac, il y a quelques années, annonçait ce qu'elle ressent aujourd'hui. Ces types qui ont accepté de l'inviter à leur soirée parce que Gaspar le leur a demandé, ce sont des lâches qui ont succombé au racisme ambiant.

— J'avais besoin de prendre l'air, murmure-t-elle enfin. Ce n'est pas contre toi.

Gaspar sourit, un peu triste. Aura-t-il envie de la fuir, lui aussi, un jour ? Non, elle n'y croit pas, ils seront toujours proches.

— Moi, je m'en fous de leurs fêtes, Vanesse, dit-il. Mais faut pas me faire des coups comme ça : disparaître sans prévenir. Je me suis inquiété, merde !

— Je suis allée voir ma cousine à Lille, je te répète. On a discuté, c'est tout.

Il n'a pas l'air complètement convaincu. Vanessa a déjà remarqué qu'il était plus fin que beaucoup de garçons de son âge. Il dit «j'ai un sixième sens, les mecs qui me baratinent, je les capte à deux kilomètres» – c'est sa phrase préférée. Possible.

— Tu m'emmèneras, la prochaine fois, à Lille?
— Oui.

Et elle passe un bras autour de son cou.

Le père de Vanessa est un menteur. Elle le lui a déjà dit pendant un repas au restaurant – son père l'y emmenait une ou deux fois par semaine, lorsqu'il était encore en France. Pour rire, elle a lancé : «Tu es un menteur professionnel, en somme.» Son métier veut qu'il mente. En Algérie, il a menti à tout le monde. C'était une question de survie. Peut-être que c'est dans le sang, dans les gènes, le mensonge...

Elle ment, ça c'est certain. Pour ne pas blesser Gaspar, d'abord. Mais aussi parce qu'elle y trouve du plaisir : en cet instant, elle se serre contre Gaspar, elle éprouve des sentiments pour lui, mais elle pense à Réif Arno – elle a découvert son nom au bas de plusieurs articles de *La Voix du Nord*. Il traite des affaires judiciaires et policières. Il écrit comme un pied. Pourtant, elle a décidé de retourner à Lille le week-end prochain pour le revoir avant qu'il se casse.

Oui, elle ment, et sans scrupule, en plus. Les vieux qui mentent, c'est un problème. Elle, elle est jeune : elle a le droit de mentir si ça peut rendre sa vie plus agréable, plus inattendue.

L'autre soir, son père l'a appelée de Sarajevo. Il lui a demandé comment ça se passait au bahut, si le bac, ça se préparait bien. La discussion a dévié sur ses études de journalisme : est-ce qu'elle préférait toujours le CFJ, ou l'IFP? Elle a eu un petit rire : il s'intéresse vraiment à elle, en fin de compte. Elle lui a parlé de Réif. Elle a raconté qu'elle avait rencontré un journaliste susceptible de la prendre en stage plus tard. Son père a demandé quel âge avait le journaliste. Elle a joué les offusquées, puis a ri :

— C'est un vieux, il a au moins trente-cinq ans. Ça va pas, non ? Moi, j'ai Gaspar, je te rappelle.

Vanessa ment, ce n'est pas grave.

— À propos de ce journaliste, j'aimerais te demander un minuscule service…

Son père a ri à son tour. Elle ne l'avait jamais entendu rire comme ça, il ne feignait pas, il était sincèrement heureux que sa fille lui demande un service.

— Tu pourras me passer le dernier bouquin de ton vieux ? dit-elle à Gaspar au moment où la sonnerie de la reprise des cours vrille les oreilles de tous les lycéens.

Gaspar hoche la tête.

— Je l'enverrai à mon père, à Sarajevo, ça lui changera les idées.

La vérité, c'est qu'elle l'offrira à Réif. Elle lui dira qu'elle connaît l'auteur. Connaître un écrivain, ça lui paraît une preuve de maturité, la possibilité que le journaliste la prenne au sérieux.

*

— Putain ! Mais c'est qui, ces mecs ? grogne le capitaine Joël Attia.

Il a sa très sale gueule des mauvais jours, remarque le lieutenant Riva Hocq.

Hier, ces types ont braqué le Lidl d'Auchy-les-Mines. Ils portaient de nouveau leurs masques de carnaval. Des coups de feu tirés en l'air, 20 000 francs dérobés. Un témoin a réussi à noter la plaque minéralogique de la Ford Ascona qui s'est enfuie.

Et aujourd'hui, le Lidl de Faches-Thumesnil et l'Aldi de Croix – de nouveau à Croix ! – ont été la cible de ce que les journaleux commencent à appeler le « gang de Roubaix ».

À Croix, la Renault 25 du gang a été prise en chasse par des flics. Il y a eu un accident : une Ford Sierra, au mauvais moment, a croisé sa route. Les quatre braqueurs ont été obligés de changer de bagnole. C'est là qu'ils ont menacé le conducteur d'une Mercedes. Il a résisté. Ils l'ont abattu.

Accroupi près du corps recouvert d'une couverture siglée police nationale, Attia fulmine.

— Putain, mais c'est vraiment des djihadistes, ces mecs ? demande un jeune flic en uniforme.

Hocq sait que les médias n'attendent qu'un mot des autorités pour lâcher la grosse artillerie. Réif lui a parlé des « Ch'tis d'Allah ». « Ça ferait un bon titre, non ? » *Quel con, celui-là.* Il se fiche bien que les habitants du coin cèdent à la panique, deviennent dingues si on leur raconte que des fondamentalistes musulmans – qui plus est, français de naissance – tirent au fusil de guerre pour récupérer de l'argent destiné au djihad.

— D'après les images des caméras de surveillance des magasins, on pense que le type qui conduisait la Renault 25 est un certain Lionel Dumont, dit le jeune flic. C'est qui, Lionel Dumont ?

— Un type qui était dans l'armée bosniaque l'année dernière, répond Attia.

— C'est ça ? Des islamistes sont en guerre dans la région ?

Attia et Hocq regardent le flic.

— Ils sont combien, ces mecs ? Ils reviennent tous de Yougoslavie ?

Attia reste impassible, il fixe le cadavre sous la couverture.

— Dès qu'on a des infos, on vous tiendra tous au courant.

Pour l'instant, on n'en sait pas beaucoup plus que toi, songe Hocq en adressant un signe de tête au jeune flic. Et puis, elle repense à Réif : est-ce qu'il a tout dit ? Il est parfaitement capable d'avoir conservé des informations pour son fameux papier sur les Ch'tis d'Allah, comme il fanfaronne.

Attia et elle retournent vers leur voiture d'un pas lent.

Attia propose une cigarette : Hocq refuse.

— Tu crois qu'ils sont toujours dans le coin ? Qu'ils vont remettre ça ?

— Il y a de fortes chance pour qu'on relève encore des morts, grince Attia en prenant le volant.

*

Arno n'en revient pas : il a vendu sa Fender Stratocaster, son ampli et sa collection de bandes dessinées. C'était toute sa jeunesse. Il vient de refourguer sa jeunesse dans un dépôt-vente – où il s'est fait arnaquer – pour se payer un billet d'avion. Il a tenté de se convaincre que c'était son métier de journaliste qui le forçait à quitter Lille et *La Voix du Nord*. Mais il sait qu'il s'engage dans un chemin étroit, que ses pistes sont minces, qu'il n'a même pas l'accord de la direction de son journal pour enquêter.

Assis dans l'avion qui l'emmène depuis Bruxelles jusqu'à Belgrade, il ne parvient pas à oublier Vanessa.

Avant-hier, samedi, la jeune fille s'est pointée à la rédaction. Elle a voulu l'embrasser devant ses collègues. Arno lui a fait la bise, Vanessa a eu une grimace de mépris amusé.

Il l'a invitée à manger un kebab et ils sont allés boire des verres dans un bar. Ce soir-là, il n'a pas pris de cocaïne et a bu raisonnablement.

— Pas trop mal, ton article sur le gang de Roubaix, a-t-elle déclaré. C'est écrit avec les pieds, mais c'est intéressant.

Elle s'est marrée, il a pris un air faussement vexé, puis il a préparé du café.

Vanessa l'a rejoint dans la kitchenette.

— Je vais partir pour Sarajevo, a-t-il annoncé de but en blanc en se battant avec la cafetière italienne.

— La classe! a fait la jeune fille en lui volant une cigarette dans son paquet.

Elle n'a pas eu l'air plus étonné que ça, mais elle lui souriait, et il ne fallait pas être grand clerc pour comprendre qu'elle tombait amoureuse. Ça ne déplaisait pas à Arno.

— Tu pars quand?
— Demain soir.
— Longtemps?
— Peut-être.

Vanessa a cessé de sourire. Il lui a caressé le bras.

Ils ont parlé d'autre chose. Vanessa n'a pas eu une vie facile. Ses cicatrices viennent d'un incendie dans lequel sa mère et sa sœur ont péri. C'est son père qui l'a sauvée. « Il a traversé les flammes pour moi, je te jure », a-t-elle dit.

Quelques jours plus tôt, Réif avait reçu un coup de fil d'un journaliste en poste à Sarajevo, un certain Khaldoun Belloumi, qui bosse en free-lance dans les Balkans. Arno ne sait toujours pas exactement comment Belloumi l'a trouvé, mais peu importe. Il essayait depuis quarante-huit heures de joindre des grosses pointures du journalisme qui bossaient sur l'ex-Yougoslavie, le conflit, les accords de Dayton… En vain, croyait-il. Et Belloumi a appelé. Il avait lu son article sur le gang de Roubaix et lui proposait une collaboration à propos de la brigade El Moudjahidin. Le type citait les noms de Dumont et Christophe Caze, mais aussi ceux de Mouloud Bouguelane et Bimian Zefferini, des noms jusqu'ici inconnus d'Arno. Ça l'a décidé à se séparer de sa guitare, de son ampli et de ses BD, et à réserver une place sur le vol Bruxelles-Belgrade du lundi soir.

Il espère faire le lien entre les combattants islamiques de Bosnie et les braqueurs des environs de Roubaix – et revenir à Lille en héros. *Et en lice pour le Pulitzer, aussi, tant que tu y es, débile ?*

Enfin, bon, il part.

L'avion atterrit à l'aéroport Nikola-Tesla de Belgrade. Celui de Sarajevo n'est pas rouvert aux liaisons civiles, les casques bleus français y sont toujours présents. Arno devra prendre un car qui relie la capitale serbe à celle de la Bosnie-Herzégovine. Il a emporté son appareil photo : les impacts de balles sur les façades des maisons, les cratères d'obus au milieu des rues, avec un beau noir-blanc légèrement surexposé, ça peut se vendre. Son rêve, c'est d'accrocher

Libé ou *Le Nouvel Obs* avec un article au long cours. Pas de revenir à Lille en héros, même pas le Pulitzer ; mais se faire un nom sur la place de Paris. Sarajevo, la brigade El Moudjahidin, Dumont et Caze, ses Ch'tis d'Allah : c'est son ticket de sortie.

Que connaît-il de Sarajevo et de la Bosnie ? Rien. Ou si peu. Il a l'impression que ses parents sont restés rivés devant la télévision depuis ce match qui a opposé le Dinamo de Zagreb à l'Étoile rouge de Belgrade. C'était le 3 mai 1990, et son père a marmonné un truc comme : « Pas bon, ça, vraiment pas bon. » Pour Arnotovic fils, la guerre qui a ravagé l'ex-Yougoslavie a débuté par ces affrontements entre supporters au stade Maksimir de Zagreb.

Avant de prendre l'avion, il s'est un peu documenté. Avec lui, il a quelques livres qui tentent d'expliquer le suicide de l'ex-Yougoslavie.

Les affrontements ont vite dépassé les barrières du stade Maksimir.

Les mois suivants, la tension a grimpé jusqu'à secouer le pays tout entier. À la fin du mois d'août, les forces de sécurité croates ont pris d'assaut un poste de police contrôlé par les Serbes. Ceux-ci se sont emparés des armes des assaillants et ont élevé des barricades. Ce moment peut être considéré comme le véritable début du soulèvement serbe en Croatie.

En France, on ne comprenait pas trop ce qui se tramait à une heure d'avion de Paris, comme on disait. Même ses parents étaient perdus devant les quelques images d'affrontements qui émaillaient les journaux télévisés.

La Bosnie-Herzégovine en a profité pour organiser un référendum sur son autodétermination. Les

Serbes, puis les Croates qui vivaient en Bosnie, ont fait, eux aussi, sécession. Arno croit se souvenir que son père a déclaré un soir à table : « C'est la guerre chez nous, maintenant. » Ou il l'a imaginé, tant ses parents semblaient inquiets. Les images de camps de concentration ont commencé à apparaître. C'est ça qui a le plus marqué le jeune journaliste. Même les tirs des snipers à Sarajevo, la ville natale de ses parents, ne l'ont pas impressionné autant que ces hommes émaciés derrière des barbelés.

Voilà, plus personne ne comprenait rien : les Serbes se battaient contre les Croates et les Bosniaques, des Bosno-Serbes se battaient contre des Bosniaques, des Croates affrontaient les Bosniaques, toutes les combinaisons semblaient possibles. Et au milieu, ou à côté, les Européens et les Américains tergiversaient. C'était le 5 février 1994, le siège de Sarajevo durait depuis deux ans. Un tir d'obus avait atteint le marché de Markale. Arno avait demandé à sa mère si elle avait reconnu quelqu'un parmi les victimes. Elle l'avait regardé comme s'il venait de dire une absurdité. Lorsque, le 28 août 1995, un autre obus est tombé sur le marché, et qu'il a vu sa mère fondre en larmes de nouveau, Arno a compris que c'étaient les siens qui mouraient. Même si sa mère ne les reconnaissait pas sur l'écran de télévision.

Son père, lui, s'était fermé. Il ne prononçait plus que quelques mots – souvent pour demander à sa femme de cesser ses jérémiades. Eux qui avaient tiré un trait sur leur vie d'avant à Sarajevo, il avait fallu la guerre pour les rappeler à leurs racines. Sans doute se sentaient-ils coupables, sans doute se sentaient-ils impuissants. Ils n'ont même pas paru heureux lorsque

Slobodan Milošević, le Serbe, Franjo Tudjman, le Croate, et Alija Izetbegović, le Bosniaque, ont apposé leur signature au bas des accords de Dayton, à Paris, le 14 décembre 1995. La guerre avait laissé des cicatrices impossibles à refermer.

Réif Arno est de la deuxième génération. Il est français de France. Pour les jeunes Français, c'était juste une guerre de plus en cette fin de XXe siècle. Des guerres, il y en a eu tellement : le Rwanda, combien de morts ? On parle de 800 000, peut-être un million de Tutsis massacrés à la machette et au gourdin. Il y a eu la guerre d'Irak un peu plus tôt, la coalition menée par les États-Unis n'a pas fait de détail. Un jour, peut-être connaîtra-t-on le nombre de civils ensevelis sous les « frappes chirurgicales ». Et puis, même si elle n'en porte pas le nom, il y a la guerre en Algérie où les attentats succèdent aux exécutions. Même des Français ont été tués.

Pourtant, pour lui, ce qui s'est déroulé dans le pays de naissance de ses parents, ce n'était pas tout à fait « juste une guerre de plus ».

Il se souvient d'avoir pris comme excuse la fin de la guerre dans *son* pays pour se mettre la tête en vrac : cocaïne, whisky et nuit en boîte, une défonce mémorable. Un de ses amis a même fini aux urgences en coma éthylique. Mais ce n'était pas qu'une excuse. Partir sur les traces de Lionel Dumont, de Christophe Caze et de leurs complices qui défouraillent à tout-va entre Lille et Roubaix, ce n'est pas un hasard. Il n'a jamais posé le pied sur la « terre de ses ancêtres », et aujourd'hui il a compris que ça lui manquait.

Après un voyage de quelques heures en car, à somnoler contre la vitre embuée, il fait face aux dégâts que cause la guerre, aux marques qu'elle laisse après son passage. Sarajevo en paix ressemble à un grand blessé, troué par les balles, amoché par les obus, traversé par une fatigue constante. Rien n'est terminé : les responsables des exactions sont toujours en fuite, les armes circulent et la vengeance est un plat qui se mange froid, ici aussi. Les bâtiments portent les stigmates des combats : des impacts de balles, des pans de murs en dentelle de pierre. Arno pense au Beyrouth de la fin des années soixante-dix, du début des années quatre-vingt, comme si c'étaient les premières et les seules images qui l'avaient marqué, adolescent.

Près de la gare routière, un tramway carbonisé a été poussé sur le côté de la rue. Il gît un peu de biais, sur le trottoir. Des gamins s'amusent dans ses entrailles.

Arno a vingt-quatre heures devant lui avant de rencontrer Khaldoun Belloumi. Le journaliste lui a proposé de l'accompagner à l'extérieur de Sarajevo, voir quelque chose qui pourrait l'intéresser.

— Votre truc sur le gang de Roubaix, on est d'accord, vous pensez à autre chose, hein ?

Arno a murmuré :

— Peut-être.

— La dernière phrase, a repris Belloumi, ça laisse penser qu'on n'est pas dans le domaine du grand banditisme.

Arno a murmuré un autre :

— Peut-être.

— Un truc plus religieux, hein ? Vous avez entendu parler de la brigade El Moudjahidin ?

Arno a lâché un dernier « Peut-être » mensonger.

Il dispose d'une journée de répit. Il s'est dit que se balader dans les rues serait bon pour l'ambiance de son article, des détails donneront du poids à ses écrits. Il se dit aussi que, pour une fois, signer de son vrai nom, Arnotovic, sera un plus. Son petit sac de voyage à l'épaule, il s'avance dans le champ de ruines.

Il s'efforce de prendre des notes, mais rien ne le touche comme il l'aurait voulu. Il essaye d'imaginer les avenues que traversaient en courant les habitants à la merci d'un tireur embusqué là-haut dans les étages d'un immeuble. Bien sûr, devant la bibliothèque de Sarajevo entièrement détruite, il éprouve un instant d'horreur. Il est capable de comprendre la monstruosité qui a présidé à ce gigantesque autodafé ; même lui sait que quand les livres brûlent, les hommes meurent. Mais ce n'est pas en tant que Bosniaque qu'il est touché, ce n'est pas son être intime qui frémit devant ce crime. Il ressent seulement l'immense gâchis que les Européens et les Américains ont laissé aller à son terme. Il se sent coupable, comme un Français, comme le citoyen d'un pays qui n'a pas fait grand-chose quand il était important d'agir. La France a bien perdu soixante-dix soldats, souvent abattus par des snipers, mais à part le renforcement de la Forpronu qu'ils ont insufflé, Mitterrand et Chirac n'ont pas brillé par leurs solutions au problème de l'ex-Yougoslavie : une apparition médiatique à Sarajevo pour le premier, des déclarations énergiques pour le second… et la guerre a continué.

Arno prend une chambre d'hôtel sur la Put Mladih Muslimana. Ce n'est pas le grand luxe : il lui reste de quoi tenir chichement à peine dix jours.

L'établissement ne porte plus de nom, la façade a subi un mitraillage en règle : les murs ont été grignotés par les balles, des plaques de bois remplacent la moitié des vitres, les arbres alentour ont tous été coupés, et l'enseigne, sur le toit, a en partie disparu, ne laissant voir que «Hôtel». Le «Alem» a dû voler en éclats lors d'une attaque de l'artillerie serbe. Une petite antenne parabolique a été installée ; sans doute est-ce plus important pour les clients que le nom de l'hôtel.

Sur le parking, deux 4×4 de la Forpronu sont garés.

Dans le hall, derrière le comptoir, une femme d'une cinquantaine d'années aux cheveux blonds décolorés regarde CNN sur un petit poste de télévision. Un envoyé spécial en direct de Jérusalem explique que l'attentat a fait 19 victimes et que le Premier ministre israélien déclare une guerre totale au Hamas.

Elle lève les yeux vers le nouvel arrivant, un sourire se dessine sur son visage.

— *Welcome to the Alem Inn*, proclame-t-elle avec un accent à couper au couteau.

Il y a de la fierté dans son regard : même la guerre n'a pas entamé l'hospitalité des Bosniaques, et la guerre n'empêchera pas le business de reprendre.

Ses yeux disent que Sarajevo n'a pas toujours été un champ de ruines, une ville assiégée, symbole du suicide de la Yougoslavie. Il y a une dizaine d'années, la ville hébergeait les Jeux olympiques d'hiver. Quarante-neuf pays et des milliers d'athlètes y ont fait la fête sans imaginer que le stade Koševo, qui accueillait la cérémonie d'ouverture, deviendrait l'annexe du cimetière du Lion et accueillerait un jour 500 musulmans, couchés sous la terre du terrain central.

Arno s'enregistre sous le nom d'Arnotovic.

La chambre est spartiate mais confortable, les meubles dépareillés ont été rassemblés à la va-vite. La télévision capte quelques chaînes étrangères : CNN, la Rai, Das Erste et même, de façon chaotique, TF1. Arno n'a pas les moyens de se payer une location à l'Holiday Inn, sur Zmaja od Bosne. C'est pourtant le repaire de la presse étrangère, là où il pourrait tisser des liens, là où réside Khaldoun Belloumi. Il paraît que, tout au long de la guerre, les serveurs ont continué à porter le nœud papillon.

Le téléphone sur la table de nuit ne fonctionne pas, a prévenu la patronne. Arno descend à la réception pour passer un coup de fil à ses parents.

C'est sa mère qui répond. Elle reste un instant sans voix en apprenant que son fils est dans la ville où elle a vécu des décennies auparavant.

— Mais il y a la guerre, murmure-t-elle, la voix chevrotante.

— Mais non, maman, c'est la paix, minimise Arno, sans trop y croire.

Il dit qu'il est venu faire son travail de journaliste, « envoyé spécial de son journal », ment-il.

— Sarajevo doit être complètement détruite, non ?

— Disons qu'il va y avoir besoin de travaux... Mais les gens sont charmants, très accueillants.

— Méfie-toi des Croates surtout, murmure encore sa mère. Ce sont les pires. Ils étaient nos alliés et nous ont attaqués. Ça a toujours été comme ça.

— Arrête, maman. Ici les gens veulent vivre en paix et...

— Mais oui, Réif, tu peux essayer de le croire, mais je te dis que les Croates, il faut t'en méfier. Les Oustachis ont tué 100 000 des nôtres, n'oublie jamais.

Elle parle de la Seconde Guerre mondiale qu'elle n'a pas connue et oublie la période où Serbes, Croates et Bosniaques vivaient en bonne entente. Ou bien est-ce lui qui croit à un âge d'or qui n'a jamais réellement existé?

— Je dois te laisser maman, j'ai du travail.

— Méfie-toi des Croates, surtout, répète sa mère tandis qu'il raccroche.

La patronne de l'hôtel l'observe, elle lui lance dans son anglais approximatif :

— Il y avait une blague pendant le siège.

— Ah bon? fait Arno, pensif.

La femme à la chevelure blond platine a un regard un peu triste.

— Quelle est la différence entre un Bosniaque intelligent et un Bosniaque stupide?

Arno secoue la tête.

— Le Bosniaque intelligent appelle le Bosniaque stupide de l'étranger.

C'est quoi, ces conneries? C'est moi qui appelais ma mère. Et puis, moi, je ne suis pas Bosniaque.

Il reprend le combiné et compose le numéro de l'Holiday Inn. Belloumi n'est pas là, Arno laisse un message au type de la réception précisant qu'il loge sur la Put Mladih Muslimana, à l'hôtel Alem; qu'il est dès à présent disponible.

— Le Français stupide appelait le Français stupide, ici, à Sarajevo, marmonne-t-il cyniquement.

La femme blonde ouvre des yeux ronds d'incompréhension.

— Et là, le Français stupide, il appelle le Français intelligent, continue-t-il, le téléphone de nouveau contre son oreille, en composant le numéro de *La Voix du Nord*.

— Je note tout ça. Les appels à l'international sont chers.

Il laisse son adresse et le numéro de téléphone de l'hôtel à une secrétaire de rédaction, une certaine Elsa qui vient d'être embauchée et qu'il n'a jamais croisée.

Puis il remonte dans sa chambre.

*

Sur le répondeur automatique de Réif, le message a changé :
« Je suis parti pour plusieurs semaines en reportage à l'étranger. Pour tout contact professionnel, appelez *La Voix du Nord* et demandez Gérard Wattelet. »

Vanessa raccroche. Elle appelle de temps en temps, juste pour entendre sa voix.

— Et pour les contacts de cul, connard, on fait comment ?

Elle pouffe. Ce n'est pas dans ses habitudes de jouer les amoureuses transies. Pourtant, depuis que Réif est parti à Sarajevo, elle a envie de lui. Ça ne lui est jamais arrivé d'avoir un garçon dans la peau à ce point. Gaspar, c'est différent. Comment dire ? C'est plus cérébral, moins physique. Gaspar, c'est l'amour de sa vie, elle vieillira avec lui. À dix-sept ans, elle sait que c'est un peu présomptueux d'avoir de telles certitudes. Mais dans vingt ou trente ans, Gaspar sera toujours à ses côtés, elle en est persuadée. En attendant, elle voudrait bien concrétiser ses envies. Et ce n'est pas un crime d'avoir envie d'un garçon. Rien ne l'insupporte plus que ces connards au bahut qui paradent au bras d'une meuf différente chaque semaine et que tous les autres garçons considèrent comme des tombeurs. Les filles connues pour avoir plusieurs mecs, elles, on les traite de putes. Les connards qui passent pour des tombeurs sont d'ailleurs les premiers à les considérer comme des putes. Vanessa a dit un jour à Gaspar que ces mecs ne valent pas mieux que les islamistes en Algérie qui veulent instaurer la charia. Gaspar a souri. Il a un sourire d'adulte, de celui qui sait que personne n'est complètement coupable ou innocent. Il parle de circonstances atténuantes, du contexte socioculturel... des notions qu'elle refuse d'admettre. Gaspar passe pour un intello. Parce que son père est écrivain, mais aussi parce qu'il emploie des mots un peu compliqués.

Elle pense quand même beaucoup à Réif. Hier, elle a récolté un 4/20 à un devoir de maths. Elle n'est pas très bonne en maths, mais en général elle se maintient autour de la moyenne. La prof lui a dit : « Le bac, c'est dans trois mois, mademoiselle Benlazar, il ne faudrait pas s'endormir. » La prof, elle l'emmerde.

Elle voudrait que Réif rentre bientôt. Elle sait qu'il est à Sarajevo, qu'il enquête, qu'il fait son métier de journaliste et que ce métier fait partie de ce qui l'attire chez lui. Et puis, elle se demande si son père a accepté de lui rendre le minuscule service qu'elle lui a demandé. Ça fait beaucoup de questions.

*

Il est peut-être maghrébin. Mais il ne s'appelle pas Khaldoun Belloumi, il n'est pas journaliste. Ça, Réif Arno l'a vite compris.

Peu après minuit, il a entendu un petit bruit à la porte. Il n'y a pas prêté attention, mais dix secondes plus tard, il a senti l'acier froid d'un pistolet se poser contre sa nuque.

— Fais un bruit et tu es mort, a prononcé une silhouette dans l'obscurité.

Arno a failli chier dans son caleçon. Il a toujours eu les intestins sensibles.

Puis il y a eu la lumière, et il s'est retrouvé face à un type qu'il a d'abord pris pour un Maghrébin. Mais il a les yeux trop clairs, il est trop grand, il parle trop bien le français – sans aucun accent – pour être maghrébin. *C'est peut-être un préjugé raciste de penser qu'il n'y a pas de Maghrébin comme ce type*, a songé Arno tandis qu'une aiguille lui piquait le bras.

La drogue a fait son œuvre, et la peur l'a quitté presque aussitôt. Ça n'était pas pour le rassurer, au contraire : il était terrorisé sans ressentir les symptômes de la terreur. Bientôt, il s'est même senti serein, relaxé.

— Me tuez pas, je vous en prie.

Le type a rigolé. Un rire qui disait «j'en étais sûr, tu n'en vaux pas la peine».

— Je suis journaliste, mais je n'ai rien sur vous ou sur quiconque, a encore bredouillé Arno.

— Tais-toi. Le truc que je t'ai injecté, c'est un calmant. On va sortir et tu ne vas pas jouer au con. Il faut que je te parle.

Comme un automate, Arno a enfilé son pantalon, ses chaussures, et le type l'a aidé à mettre son pull. Il était groggy comme un boxeur au tapis, mais sans la douleur.

Le type a ensuite mis l'appareil photo et son Moleskine de prise de notes dans un petit sac à dos. Puis Arno s'est senti poussé mollement par l'épaule et il s'est vu descendre l'escalier jusque dans le hall de l'hôtel.

La patronne était toujours rivée à CNN. Elle a adressé un sourire aux deux hommes.

— Deux Français intelligents qui sortent à Sarajevo, a-t-elle lancé en anglais.

Quelle conne! a pensé très fort Arno sans pouvoir faire une grimace qui l'aurait alertée. Il se raccrochait aux mots de son ravisseur : il voulait lui parler, juste lui parler.

Quelques instants plus tard, il s'est retrouvé allongé sur la banquette arrière d'un 4×4, incapable même de s'asseoir. Le type a ôté le sac de son épaule, s'est mis au volant et a démarré.

Par la fenêtre, au-dessus de lui, il a vu des lampadaires, des fenêtres allumées sur les façades des immeubles. Ils ont traversé Sarajevo à une allure qui lui a paru suicidaire, mais ce n'était sans doute pas la réalité. La réalité, il a eu l'impression qu'il ne la réintégrerait jamais.

Il voulait parler, mais ne parvenait plus à émettre que des borborygmes.

— Laisse-toi aller, Réif. Tu ne risques rien.

Arno ne voulait pas sombrer. Garder les yeux ouverts, c'était comme s'accrocher à la vie. On dit aux grands accidentés de la route de ne pas s'endormir. Sur le périphérique de Lille, il se souvenait d'avoir entendu un médecin du Samu interdire à un conducteur salement amoché de se laisser aller au sommeil, sans quoi il ne pourrait plus rien pour lui. Au fond de ce 4×4, il n'était plus très sûr d'avoir vraiment entendu un toubib sortir une telle connerie ou bien de l'avoir inventé.

Il s'est endormi avant d'avoir quitté Sarajevo.

La lumière blafarde d'un petit matin gris l'a réveillé.

Bouger la tête de quelques centimètres lui a déclenché un mal de crâne digne d'une gueule de bois de premier de l'an. Sans qu'aucun bon souvenir de la fête de la veille ne vienne adoucir ses maux.

Il claque des dents sous l'effet du froid et, à l'extérieur de la voiture, il aperçoit le type qui l'a sorti du lit. Tranquillement appuyé contre la portière conducteur, il fume une cigarette, les yeux dans le vague.

Arno parvient à s'asseoir.

— Ça va ? Si tu dégueules, tu fais ça dehors, hein.

Le type ouvre la portière et l'aide à se lever.

— Je suis ton ami, ne t'inquiète pas : il fallait que je prenne des précautions. La drogue, l'enlèvement, c'est pour ça. Je ne te veux pas de mal, tout va bien.

Qu'est-ce que c'est que ce dingue ? De quoi il parle, merde ? Et on est où, bordel ?

Ce type n'est pas Khaldoun Belloumi.

— Je m'appelle Tedj Benlazar. Je suis le père de Vanessa.

Réif Arno grimace. Le visage de Vanessa lui traverse l'esprit. Ses dents se remettent à claquer. Cette fois, il ressent tous les symptômes de la peur, il en regretterait presque la drogue d'hier soir. Ses jambes le lâchent et il s'écroule comme un gros sac. Ce type est un dingue et il veut se faire le mec qui baise sa fille. On ne voit ça que dans les mauvais films. Et ici... Il va crever dans cet endroit lugubre. Il gémit douloureusement, c'est plus fort que lui.

Benlazar le relève.

— Je ne vais pas te le répéter cent mille fois, merde : il fallait que je prenne des précautions. Tout va bien.

Il le rassied sur le siège passager et allume une cigarette qu'il lui colle entre les lèvres. Sur le capot moteur, il y a un thermos. Arno accepte une tasse de café. Le liquide est tout juste tiède, mais c'est bon, ça lui rappelle presque le café de la rédaction à Lille.

— Vanessa m'a dit que tu venais à Sarajevo pour bosser sur un truc que je connais bien.

Arno cesse de boire.

— Vous... vous faites quoi dans la vie ?

Benlazar tire sur sa cigarette d'un air amusé.

— Disons que j'ai des renseignements qui n'intéressent personne, mais que toi, tu veux. Si tu écris un papier, peut-être mes renseignements finiront-ils par intéresser les bonnes personnes.

Une centaine de mètres en amont, un pont enjambe la rivière. C'est un ouvrage en fer comme on en voyait en France jusqu'à la moitié du XXe siècle. À l'entrée du pont, un petit panneau indique Zenica. Arno a appris que la brigade El Moudjahidin avait installé un de ses camps dans cette bourgade, à une cinquantaine de kilomètres de Sarajevo. Il frémit à nouveau en se demandant si ces fondamentalistes sont encore dans le coin. Les chiens écrasés du côté de Lille, les comptes-rendus de braquages... ça n'a plus rien à voir avec ce qu'il compte faire en Bosnie. Il prend soudain conscience qu'il risque peut-être sa vie.

— Des renseignements sur les mecs de la Brigade, à Zenica ?

Benlazar hoche la tête.

— J'ai besoin de toi, tu as besoin de moi. Donnant-donnant, quoi.

Il regarde de temps en temps le pont, comme s'il attendait quelqu'un.

— Tu es journaliste dans un canard de province, n'est-ce pas ? Mais tu aimerais bien devenir un véritable journaliste. D'où ta présence ici. J'ai fait quelques recherches sur toi.

Arno retrouve lentement ses esprits. Le produit qu'on lui a injecté dans les veines doit être un truc « spécial interrogatoires ». Benlazar est un mercenaire ou une barbouze qui se permet de droguer ses suspects pour les faire parler.

— Vous êtes de l'armée ? De la DGSE ?

— Il vaut mieux pour toi que tu en saches le moins possible. Tu m'entends ? Ne cherche pas à savoir ce que je fais comme boulot.

On croirait une réplique sortie du temps de la guerre froide. Les hommes comme Benlazar s'y croient sans doute encore.

Il écrase sa cigarette sous la pointe de sa chaussure.

— Bon, voilà le deal : je te donne des renseignements sur la brigade El Moudjahidin, je te fais rencontrer un type qui va te parler des braqueurs sur qui tu enquêtes. Tu pourras prendre des photos du camp de la Brigade, de Zenica. En gros, tu reviens en France avec de quoi faire ton article et même de quoi le refiler à un gros journal.

Arno observe Benlazar, méfiant.

— En échange de quoi ?

— Tu publies ton article, et mes renseignements deviennent très intéressants. C'est tout.

— C'est tout ? répète Arno.

— Tu sais, Vanessa est une gamine très intelligente. Si un jour tu as la possibilité de lui montrer le métier de journaliste, eh ben, on sera quittes.

Il ne sait rien. Il ne sait rien pour moi et Vanessa. Il

croit simplement que je peux pistonner sa fille. Il est dingue ou quoi?

Sur le pont, on voit venir une moto. Le pilote ne porte pas de casque, mais un pakol afghan. Il s'approche du 4×4.

— Lui, c'est Qasim Abdullah, on l'appelle le Tournevis. Tu sais pourquoi?

Arno secoue la tête.

— Parce que pendant la guerre, il retirait les yeux de ses prisonniers avec un tournevis. Ne joue pas au con avec lui.

Benlazar se penche dans la voiture, s'empare du petit sac à dos et le lance à Arno.

— Prends ton carnet.

Arno fouille, sort son Moleskine.

— Le Tournevis était un proche d'Abelkader Mokhtari, dit Abou El-Maali, l'un des chefs de la Brigade. Il connaît le nom des étrangers qui y ont combattu pendant la guerre. Dumont, Caze et leurs potes, tu piges?

Oui, je pige, je pige trop bien. Putain, je n'y crois pas...

Le journaliste gribouille à toute vitesse, l'excitation fait trembler sa main.

Le motard s'arrête à une vingtaine de mètres, salue d'un geste peu sûr.

Benlazar répond d'un signe de tête.

— Je te laisse quarante minutes. Après, je t'emmène à Zenica voir ce qu'il reste du camp.

— Lui, c'est qui? fait Arno, sachant parfaitement qu'il n'est pas en mesure de négocier. Je veux dire, pourquoi il me balancerait tout ça?

— Disons que c'est un ami.

*

Cette fois, le gang a frappé fort.

Hier, un fourgon blindé a été attaqué sur le parking du magasin Auchan, à Leers. Au lance-roquette. Le braquage a échoué, mais l'un des convoyeurs de fonds a été grièvement blessé.

Laureline Fell replie le numéro de *Libération* du jour. Un obscur fait-diversier de Lille vient en effet d'y pondre un article de deux pages, photos d'un ancien camp militaire bosniaque de la brigade El Moudjahidin à l'appui. Le titre : « Les Ch'tis d'Allah ». Rien que ça.

De 1991 à 1995, des volontaires islamistes sont arrivés d'un peu partout sous couvert d'organisations humanitaires. Des moudjahidine qui revenaient de Tchétchénie ou d'Afghanistan et qui ont importé en Bosnie-Herzégovine le radicalisme wahhabite.

Les combattants islamistes étaient rassemblés dans la brigade El Moudjahidin. La formation des recrues était assurée par Hasan Čengić, numéro deux au ministère de l'Intérieur de la Fédération croato-bosniaque, et Bakir Alispahić, le patron des services secrets bosniaques. Le journaliste ne cache pas que, selon ses sources, les Américains ont eu connaissance rapidement de l'arrivée de combattants wahhabites sur le sol européen. Il laisse planer le doute : les ont-ils financés ?

L'article est parfaitement documenté. La DST n'en connaît pas plus ; la DGSE, peut-être ; Tedj, sans doute ; mais pas la DST.

C'est qui, cet Arnotovic ? C'est qui, ce type qui cite

les noms de Lionel Dumont, Christophe Caze, Mouloud Bouguelane et Bimian Zefferini ? Qui retrace avec précision leur itinéraire depuis les environs de Sarajevo jusqu'à leurs casses en France ? C'est qui, ce type qui émet de telles hypothèses : des islamistes français récupéreraient du fric dans les supermarchés et les fourgons blindés pour alimenter le djihad en Europe ? Ce type qui parle de l'Arabie saoudite, de l'Afghanistan, d'Oussama ben Laden (elle croit se souvenir que la CIA vient de créer une cellule Ben Laden), d'Abou El-Maali ou encore de Khalid Cheikh Mohammed, des hommes qui apparaissent à peine sur les radars de la DST, et sans doute pas beaucoup plus sur ceux de la DGSE ou de la SDAT… C'est qui, ce Réif Arnotovic, merde ?

Fell n'en a rien à foutre de ce plumitif fouilleur de merde. Il n'a fait que son boulot. Ce qu'elle voudrait bien savoir, c'est comment les informations que lui a transmises Tedj Benlazar, capitaine de la DGSE et officier traitant à Sarajevo, se sont retrouvées dans les colonnes de *Libé*. Et pourquoi il a renseigné ce journaliste ?

Ses chefs et ceux de Benlazar comprendront vite d'où vient la fuite.

Tedj, tu vas te faire choper…

Pour la troisième fois en une heure, elle appelle l'ambassade de France à Sarajevo. Même réponse que précédemment : le capitaine Benlazar n'est pas présent sur le sol français.

Fell rouvre le journal, prend en note les quatre noms des Français. Elle gribouille quelques lignes…

« Lionel Dumont (né le 29 janvier 1971 à Roubaix), ancien soldat français du 4ᵉ régiment d'infanterie de marine en Somalie. À son retour de l'armée, fréquente la mosquée Da'wa, rue Archimède, Roubaix. Puis, avec l'aide d'une ONG, Al Kiffa, rejoint la Bosnie.

Christophe Caze, dit Walid (né le 22 octobre 1969 à Roubaix), ancien étudiant en médecine. Fréquente également, dès 1989, la mosquée Da'Wa.

Mouloud Bouguelane et Bimian Zefferini, dit Djibouti. Fréquentent eux aussi la mosquée Da'Wa. »

Le téléphone sonne.

Ça y est, les emmerdes commencent.

Fell décroche en se calant dans le fond de son fauteuil.

— Bonjour commandant, dit le lieutenant Hocq. Vous avez lu *Libé*, aujourd'hui ? Oui, j'imagine que vous l'avez même sous les yeux.

Il y a un silence pendant lequel les deux femmes se demandent qui dirige la discussion.

— Je connais ce journaliste, continue Hocq. Il n'a pas les épaules pour ramener de telles informations. Sa source, c'est votre gars en Bosnie ?

Qu'est-ce que tu as fichu, Tedj ? Je n'ai même pas eu le temps de me servir de tes renseignements, merde !

— Comment voulez-vous que je sache ? Je ne le connais pas, ce journaleux, moi, esquive Fell avant d'enchaîner : Vous avez repéré les types ?

— On les a dans le collimateur, ne vous inquiétez pas.

Après un instant de réflexion, Hocq ajoute :

— Disons que la bagnole utilisée à Auchy-les-Mines a mené à l'identification d'un certain Rachid Souimdi. On l'a placé sur écoute.

— Et vous avez quelque chose ?

Nouveau silence de la flic de la PJ, puis :

— On a circonscrit une dizaine d'individus. Dont Dumond et Caze. Vous savez ce qu'il en est. Je dois vous laisser, on a du taf, ici.

Fell reste avec le combiné dans les mains. Elle laisse aller son aigreur : *Tedj, salopard, t'aurais pu me prévenir!*

On frappe à la porte du bureau, Canivez passe la tête. Il a son sourire hypocrite.

— Le directeur veut te voir, Laureline. Tout de suite.

Ça y est, elle va s'en prendre plein la gueule.

Salopard de Tedj.

*

Réif Arno était plutôt fier de son coup. Il se sentait léger, prêt à bouffer le monde, à prendre un avion pour un pays lointain, pour en ramener d'autres reportages.

Il sortait des locaux de *Libération*, rue Béranger, où plusieurs journalistes connus l'avaient chaudement félicité. L'un d'eux lui avait même avoué qu'il n'avait rien vu venir. Il bossait sur le terrorisme international depuis une quinzaine d'années, mais il était passé complètement à côté du creuset de l'ex-Yougoslavie. Un rédacteur en chef a proposé une collaboration soutenue à Réif s'il peut suivre l'affaire des Ch'tis d'Allah. «On en reparlera», a conclu le type. Il a même été autorisé à refiler une photo et 1 500 signes de texte à *La Voix du Nord*. Pas avant une semaine et sans informations originales, mais Wattelet sera content.

Et puis, place de la République, il a vu Vanessa.

— Tu es vraiment difficile à rencontrer, monsieur le journaliste.

Elle sourit, elle est belle. Ses cicatrices produisent un étrange effet sur Arno, son ventre se serre, son cœur s'emballe.

— T'as pas cours, toi ? envoie-t-il en souriant bêtement.

— Tu écris toujours comme un collégien, mais cette fois il est plutôt intéressant ton papier, renchérit Vanessa.

Son sourire devient maladroit – il n'est pas encore blasé d'être flatté, même s'il n'est pas certain qu'une lycéenne puisse juger de son style.

— C'est mon père qui t'a aidé ?

Il prend la jeune fille par le bras et l'entraîne dans un café. Ils s'asseyent à une table, commandent deux allongés et gardent le silence une longue minute. Ils se regardent. Vanessa sourit encore. Arno est plus songeur.

— Oui, c'est ton père qui m'a aidé. Mais il faut que ça reste entre nous. Ton père m'a ordonné de ne pas balancer son nom.

Vanessa éclate de rire.

— C'est un espion, tu savais pas ?

— Il m'a menacé avec son flingue et drogué avec une saloperie. J'ai cru qu'il allait me laisser en pâture à des djihadistes !

Elle se marre, mais elle le regarde comme si c'était elle, l'adulte, et lui, l'adolescent.

— Je te trouve chouette, mais tu es quand même jeune. Enfin, bon, je veux dire : qu'est-ce que je peux t'apporter ?

Elle pose la main sur la sienne.

— On s'en fout, de l'âge. Y a que les vieux pour croire que l'âge, c'est important. Tu n'y crois même pas, j'en suis sûre. J'ai dix-sept ans, il n'y a pas détournement de mineure, t'inquiète pas.

— Je sais, mais quand ton père va l'apprendre, il va fondre un plomb.

Il se fout bien de la réaction de Benlazar père : il plonge longuement ses yeux dans ceux de la jeune fille, pour la première fois.

— Il va vouloir me flinguer, plaisante-t-il. Ça se fait, tu sais, dans son métier. Les gars comme ton père font disparaître des types dangereux – ou qu'ils considèrent comme dangereux. La raison d'État, tu vois ?

Elle s'en fout, elle aussi. Une fille de dix-sept ans, ça se fout de son père et même de la raison d'État. Elle le bouffe des yeux. Elle est simplement heureuse d'être avec lui.

Arno boit lentement son café et ne peut s'empêcher de dire une connerie :

— Tu n'as pas un petit copain de ton âge ?
— Si.

Ça, il ne s'y attendait pas.

— Alors, pourquoi tu me colles comme ça ?
— Parce que j'ai envie. Pas toi ?

Bien sûr qu'il a envie d'elle.

Dix minutes plus tard, ils prendront le métro ensemble. Sous le regard courroucé de quelques usagers honnêtes, ils s'embrasseront fougueusement. Ils descendront à Étienne-Marcel, puis monteront dans la chambre d'un hôtel proche des Halles, là où vit Arno depuis son retour de Sarajevo. Vanessa se déshabillera en un instant et se glissera sous les draps. Arno l'y rejoindra, et ils s'aimeront toute l'après-midi. Le journaliste songera que depuis de nombreuses années, il n'avait plus eu envie de faire l'amour, après avoir fait l'amour. Et il aura envie de refaire l'amour à cette toute jeune fille au corps lézardé par d'anciennes brûlures.

La nuit tombera sur Paris et ils s'endormiront l'un contre l'autre.

*

Toute chose a une fin. La vie, l'amour, la peur, la joie.

La guerre et la paix aussi.

Toute chose.

Les chroniques journalistiques et le fameux récit national retiendront que la guerre menée par le gang de Roubaix s'est terminée le 29 mars. Ou presque.

Dans la soirée du jeudi 28 mars, un message d'alerte est transmis à toutes les unités de police et de gendarmerie du nord de la France. Attia, Hocq et leurs hommes sont médusés en apprenant qu'une 205 Peugeot piégée avec trois bouteilles de gaz est garée devant l'ancien commissariat de Lille.

— On me dira de la fermer, mais si c'est pas les bougnoules qui sont derrière ça, je veux bien me convertir à l'islam, lâche le brigadier Furton.

— Caze et Dumont, ça sonne arabe, pour toi? lui répond Hocq.

Le capitaine Attia dit à ses hommes de rester en alerte : «Pas de zèle ; si vous sortez, assurez-vous de ne pas tomber dans un traquenard.»

— Ces mecs veulent se payer du flic, ajoute-t-il en entraînant le lieutenant Hocq avec lui.

Dans la Renault 19, Hocq a la trouille.

— On va où ? demande-t-elle.

— On fonce à Lille.

Il roule vite, gyrophare allumé, deux-tons éteint.

— Qu'est-ce qu'ils font, à la DST, bordel !? s'emporte la jeune femme.

— Ils font ce qu'ils peuvent, Riva. Face à ces tarés, je crois pas qu'on puisse faire grand-chose.

Ils pénètrent dans Lille. Des voitures de flics, de pompiers, une dépanneuse de la police municipale convergent vers le commissariat.

Sur place, les démineurs s'activent autour de la 205.

— Le détonateur a pété, mais les bouteilles sont intactes, explique un type de la police scientifique. Sans quoi, la bombe aurait ravagé le quartier sur deux cents mètres à la ronde.

Sur deux cents mètres à la ronde, il y a beaucoup d'habitations.

— Qu'est-ce qu'ils manigancent, à ton avis ? demande Hocq à son chef.

— C'est le sommet du G7 dans deux jours. Toutes les caméras du monde seront braquées sur Lille, ils veulent faire parler d'eux.

— Et la DST ne peut pas les choper ? reprend Hocq.

Attia montre discrètement du menton une demi-douzaine d'hommes et une femme en civil un peu plus loin.

— La DST et la DGSE sont là. Tu reconnais notre copine Fell ?

— Elle s'est bien foutue de notre gueule, ouais.

Attia pousse de l'épaule sa collègue.

— Et nous, on fait quoi là dedans ? grogne Hocq avec un sourire cynique.

Les types du déminage font signe que tout est sécurisé.

Un flic en uniforme vient saluer, la main au front, le capitaine Attia.

— Capitaine, on vous demande.

Attia se dirige vers Fell et ses collègues.

Hocq observe le groupe de la DST et de la DGSE. Elle suit un instant les regards d'un grand type à côté de Fell. Elle aperçoit Réif Arno parmi la meute des journalistes. Il prend des photos, jette des coups d'œil sur les notes que prennent ses confrères. *Quel trouduc*, songe Hocq. Puis elle le voit sortir du groupe et rejoindre une gonzesse – jeune, vraiment très jeune. Tous les deux, ils se parlent à voix basse ; Hocq n'est pas une lapine de six semaines, elle devine qu'il y a quelque chose d'intime entre eux.

— Mais quel trouduc, murmure-t-elle. Tu chopes des collégiennes, maintenant ?

Attia revient vers elle.

— Tiens, ton pote le connard vient à la curée avec les mouches à merde, lui glisse-t-il à l'oreille.

— J'ai vu ça, ouais…

Attia croise le regard d'Arno. Il a l'air fatigué. Le flic lui adresse un beau doigt d'honneur. Le journaliste hoche la tête avec un petit sourire narquois.

— Bon, il y a la DST et la DGSE ici, reprend Attia. Le grand à côté de Fell, c'est le capitaine Benlazar, il est en poste à Sarajevo en ce moment. Le mec à qui il parle, c'est le lieutenant-colonel Chevallier, il dirige la cellule Algérie à la DGSE.

Le grand, Benlazar, continue à scruter la foule

contenue par les barrières de sécurité et un cordon de CRS. Comme s'il se méfiait de cette foule.

— On va les choper demain matin, lâche Attia.

— Choper qui ? s'étonne Hocq. Le gang de Roubaix ? On va les choper ?

— Oui, Caze, Dumont et les autres. Ils ont été repérés, on les tient. C'est le RAID qui va intervenir, nous on sera à l'arrière.

— C'est pour quand exactement ? fait Hocq.

— À l'aube : le dispositif est déjà sur place. Amène-toi, on s'arrache.

Les deux officiers de la PJ regagnent leur véhicule et prennent la direction de Roubaix.

— Je n'aurais jamais pensé que ce petit merdeux puisse pondre un article comme ça, commence Attia en s'allumant une cigarette au volant.

— De qui tu parles ?

— De ton pote, là, Arno, le journaleux.

— Ce n'est pas mon pote, mord-elle en baissant de quelques centimètres la vitre de sa portière.

— Quand même, je l'ai lu, son truc dans *Libé*, l'autre jour : ça tient la route. Et ce con est allé à Sarajevo. Il aurait même rencontré des fondamentalistes. Comment il a fait ça ? Un merdeux comme lui...

Les deux véhicules se garent rue Marancin, à quelques centaines de mètres de la rue Henri-Carette. Attia et Hocq revêtent leur gilet pare-balles.

Le périmètre est envahi de camions et de voitures de flics. Certains appartiennent au RAID. Les gens de la DGSE et de la DST sont là aussi. Attia rejoint Fell et Chevallier, ils discutent quelques minutes. Puis il s'entretient un long moment avec deux officiers du RAID et trois costumes-cravates. La tension est palpable.

De retour auprès de Hocq, il montre une petite maison de briques.

— Le numéro 59, c'est la piaule de Rachid Souimdi – on l'avait sur écoute. On pense que le gang se cache là.

Vers 4 heures du matin, des habitants, réveillés discrètement, sont exfiltrés du voisinage par des hommes caparaçonnés et en armes lourdes.

Attia lui propose des cigarettes : Hocq accepte.

De temps en temps, un type du RAID ou un costume-cravate font signe. Attia s'approche, ils échangent quelques mots, il revient.

— Juste après 6 heures, on lance l'assaut, dit-il à Hocq.

Elle jette un coup d'œil à sa montre : 5 h 30. Ses jambes sont en coton, la fatigue la gagne.

Les hommes du RAID se positionnent lentement contre les façades des maisons mitoyennes au numéro 59.

Les minutes s'écoulent. Interminables.

Six heures viennent, pourtant. Le quart d'heure qui suit dure un siècle. Plus rien ne bouge.

Un éclair troue l'aube pâle : un photographe est là, derrière les barrières de sécurité.

— Putain, c'est l'autre merdeux ! grogne Attia.

Il a un regard pour son adjointe.

— Tu crois qu'il nous a collés au train quand on a quitté Lille ?

Hocq hoche les épaules.

— Possible. Mais tous les flics du coin convergeaient vers ici, il a peut-être suivi le mouvement, pas nous spécialement.

Une explosion retentit. La porte de la maison vole

en éclats. Le RAID s'engouffre à l'intérieur. Des rafales claquent depuis l'étage.

— Putain! gueule Attia. Ils les ont repérés.

De fait, les flics en noir essuient un feu ininterrompu. Des armes de guerre.

Un policier blessé est traîné à l'extérieur par deux de ses collègues.

Une grenade explose. Un autre flic, blessé aussi, est extrait de la maison.

— Putain de putain…, s'étouffe Attia.

Les flics cagoulés répliquent, mais ils reculent, jusqu'à tous ressortir sur le trottoir.

Les fenêtres de la maison ouvrière s'éclairent soudain d'une lumière ondulante : le feu s'est déclaré à l'intérieur.

— On se rendra jamais! gueule un des occupants.

Des grenades lacrymogènes brisent les vitres. Les types retranchés vident leurs chargeurs dans la rue en retour. La folie, la guerre. Attia et Hocq ne parviennent plus à prononcer un mot.

L'incendie se propage à toute la maison. Les échanges de tirs ne cessent pas. *Peut-être ne cesseront-ils jamais*, pense Hocq à l'instant où le plancher du premier étage s'écroule dans un immense fracas.

— Ils vont se laisser cramer ou quoi? demande-t-elle d'une voix qu'elle n'a jamais entendue.

Le feu gagne la toiture.

Quelques détonations sporadiques claquent encore. On entend des cris derrière les flammes qui lèchent les murs de la façade.

— Putains de tarés! lâche Attia en rengainant son revolver.

Dans la rue, les flics, les pompiers, le journaliste

et tous ceux qui sont là ne bougent plus, ne parlent plus. Loin, très loin, on entend un bébé pleurer. Une dizaine d'hommes du RAID tiennent encore en joue la façade de la maison, mais même eux savent que personne n'en sortira plus.

Les Ch'tis d'Allah se sont laissés brûler vifs.

Le flash de Réif Arno crépite de nouveau, mais personne n'y fait plus attention.

*

La paix que l'on croyait gagnée, ou arrachée, entre la France et le GIA est rompue dans la nuit du 26 au 27 mars 1996. C'est pour cette raison que le capitaine Tedj Benlazar est présent lors de la découverte de la 205 Peugeot piégée devant l'ancien commissariat de Lille, dans la soirée du 28 mars.

La veille, on lui a donné l'ordre de rentrer en France.

Benlazar croyait que sa tactique avait payé : il avait refilé des informations à Réif Arno dont l'article dans *Libé* avait alerté la direction de la DGSE qui, enfin, avait pris la mesure du danger d'Al-Qaïda, de sa présence en Bosnie et bientôt en Europe occidentale. Depuis le temps qu'il piétinait, que la direction lui répondait : « On va traiter vos informations, ne vous inquiétez pas… » Pour se faire entendre, il fallait en arriver là : trahir le secret-défense.

Mais non : rien à voir ! C'était son expertise sur la situation algérienne qui était demandée boulevard Mortier, au siège de la DGSE. « Affaire urgente et délicate », lui a simplement dit le lieutenant Marek Berthier au téléphone.

Quelques heures plus tard, Benlazar a saisi combien l'affaire était «délicate» : la nuit précédente, sept moines trappistes, des Français, prieurs du monastère de Tibhirine, dans la région de Médéa en Algérie, ont été enlevés.

C'est le colonel Chevallier qui l'a accueilli par un «Bienvenue à la Boîte, capitaine!». La cellule Algérie de la DGSE était en effervescence, mais le nouvel arrivant a eu la sensation que l'effervescence n'était qu'une course sur place.

— C'est la merde sur toute la ligne, lui a confié Berthier.

L'Élysée était sur les dents. Aucune négociation n'était encore lancée. Les Algériens temporisaient : officiellement, ils ne parlaient pas encore d'enlèvement.

Les circonstances du *possible* enlèvement sont d'ailleurs floues. Le 27 mars, vers 1 h 15 du matin, une vingtaine d'hommes ont pénétré de force dans le monastère et kidnappé sept moines. Deux membres de la communauté qui dormaient dans une autre partie du bâtiment ont réussi à leur échapper.

— Alors capitaine, a lancé Chevallier, c'est le GIA qui vient encore nous chercher des noises?

Benlazar a haussé les épaules, le colonel a eu un sourire.

— Ne me dites pas que vous soupçonnez encore les services secrets algériens…

Berthier a ricané en sourdine.

Rien n'avait changé pendant son absence, Benlazar n'était pas très étonné.

— C'est nous qui avons la main, colonel?

— Nous et la DST. Conjointement. C'est le juge Bruguière qui monte le dossier.

Le ton de Chevallier ne dissimulait pas son agacement de devoir faire équipe avec la rue Nélaton.

Benlazar a saisi l'occasion. Il s'est trouvé un bureau tranquille pour appeler la DST. Laureline, qui n'avait pas dû apprécier sa petite combine avec le journaliste... Quelle que soit la nature de leur histoire, il avait besoin qu'elle continue d'exister. Lui qui vivait seul depuis si longtemps ne supportait plus l'idée d'être vraiment seul.

Fell a juste dit :

— Ah, tu es rentré.

— Temporairement. Le truc des moines en Algérie.

Il y a eu un silence embarrassant. Puis elle a rigolé doucement.

— Tiens, je ne suis pas rancunière : on va choper le gang à Roubaix, tes petits copains de Zenica.

— Ils ont été logés ?

— On a mis un type sur écoute. Sa baraque est le repaire du groupe.

— Tu m'en veux ? a fait Benlazar.

— Non, je te dis même qu'on va cravater tes djihadistes. Ça va, hein. Pas de parano, Tedj.

Benlazar se force à rire à son tour.

— Je vais monter à Lille pour ce truc, même si, a priori, c'est le GIGN ou le RAID qui assurent l'opération. On se voit à mon retour ?

Cette fois, Benlazar a souri sans crainte. Il a dit : « Oui, avec plaisir. »

Dans l'open space de la cellule Algérie, les gars fumaient comme des cheminées en attendant qu'une information tombe. Seul Chevallier ressemblait à un lion en cage : il regardait les téléscripteurs, soulevait les combinés des téléphones pour s'assurer que les lignes étaient opérationnelles, n'en finissait plus de claquer de la langue derrière ses dents. Lui, il était à cran.

Il n'y avait toujours aucune nouvelle des sept moines. Benlazar savait que déjà, en coulisse, les réseaux africains de l'Élysée avaient été activés. C'est d'eux que viendraient les premières informations. La DGSE et la DST, pour l'instant, n'avaient qu'à patienter. C'est pour ça que Chevallier était à cran : il était en train de se faire doubler.

— Il faudrait peut-être demander des éclaircissements, colonel ?

Chevallier a dévisagé Benlazar comme s'il venait soudain d'apparaître dans la pièce.

— Vous croyez que j'enfile des perles depuis vingt-quatre heures, capitaine ?

— Non, je veux dire : il faudrait demander des éclaircissements à ceux qui pourraient savoir ce qui se trame.

— À qui, selon vous ?

— Pasqua.

Chevallier a soufflé bruyamment, les cernes sous ses yeux attestant d'une longue nuit blanche et de beaucoup trop de cafés ingurgités.

— Pasqua n'est plus ministre, capitaine.

— Oui, mais Pasqua et Chirac, c'est une amitié qui dépasse les maroquins, colonel. Pasqua a encore ses réseaux en Algérie. Chirac pourrait faire appel à eux...

— Juppé ne peut pas encadrer Pasqua, à ce qu'on dit, est intervenu le lieutenant Berthier, avachi dans un fauteuil, un sandwich à la main.

— Le Premier ministre n'est pas au courant, a répondu Benlazar.
— Tu es toujours aussi paranoïaque, Tedj.
Benlazar lui a lancé un regard noir.
— Peut-être. Mais je suis votre supérieur, lieutenant.
Ça voulait dire : « Tu arrêtes de me prendre pour un imbécile, tu arrêtes de me tutoyer et tu fais gaffe à toi. » Berthier a compris le message ; il s'est redressé sur son siège et a fait mine de feuilleter un document posé devant lui.
— Bon, je vais voir du côté de Pasqua, a accepté Chevallier sans un regard pour Berthier.

La journée avance, et rien de nouveau. « On attend », répondent invariablement les conseillers du président, la cellule de crise de l'Élysée, l'entourage du Premier ministre et celui du ministère des Affaires étrangères. Parfois le directeur du renseignement à la DGSE passe la tête par la porte, Chevallier hausse les épaules et le directeur repart sans un mot.

Vers midi, Benlazar appelle chez sa belle-sœur. Vanessa n'est pas là, elle a cours, l'informe sa tante d'une voix un peu trop pressée. « Je suis de retour en France, je rappellerai dans la soirée », se contente-t-il d'ajouter, avec le sentiment que Vanessa est bien partie pour lui faire des ennuis.

Mais dans la soirée, alors qu'en compagnie de Chevallier, Berthier et trois autres fonctionnaires de la cellule Algérie, il s'apprête à attaquer le plateau-repas qu'ils se sont fait livrer, l'un des téléphones sonne.

Chevallier saute dessus.
— Oui, je vous le passe, commandant.

Il tend le combiné à Benlazar : c'est Laureline Fell.

— Je suis dans ma voiture en direction de Lille : il y a une bagnole piégée devant le commissariat central. Tes copains de Bosnie ont décidé de poser des bombes, Tedj.

— C'était à prévoir.

Fell se racle la gorge, puis :

— On va les choper à l'aube.

— Merci, Laureline, répond Benlazar, je te tiens au courant.

Il raccroche et affranchit Chevallier.

— On y va, décide aussitôt le colonel.

Il s'est levé d'un bond ; sans doute ne supporte-t-il plus d'attendre dans cette cage, sans doute aussi veut-il garder un œil sur son subordonné.

— Lieutenant, ordonne-t-il à Berthier, vous gardez la boutique. J'ai mon téléphone cellulaire, vous me tenez au courant.

Et ils prennent la route pour Lille.

Deux heures trente-huit minutes plus tard, après un trajet à tombeau ouvert, Benlazar se gare non loin de l'ancien commissariat central de Lille. Fell et deux de ses collègues sont là. Il est 22 heures, la bombe a fait long feu. Les démineurs expliquent que la charge du détonateur n'était pas assez puissante pour percer les bonbonnes de gaz.

Benlazar repère immédiatement le journaliste. Et il reçoit comme un violent coup à l'estomac lorsqu'il aperçoit, un peu plus loin sur le trottoir, sa fille. Il fait un violent effort pour ne pas arracher la tête d'Arno. Ce fumier s'est bien foutu de sa gueule. Sa fille aussi, d'ailleurs. Plus tard, il leur parlera.

Benlazar et les autres ont assisté à l'assaut de la maison de la rue Henri-Carette. Vingt-cinq minutes d'affrontement. Un millier de balles tirées de part et d'autre. Des grenades. Aucun des occupants n'en est sorti vivant. Certains ont été tués lors de la fusillade, les autres se sont laissés brûler vifs.

Mais pas de trace de Lionel Dumont ni de Christophe Caze, pas d'Omar Zemmiri ni de Mouloud Bouguelane. Ceux-là sont en fuite, ils dormaient dans une autre planque non loin du lieu de l'incendie et ils ont pris la tangente.

Quelques heures plus tard, à la DGSE, Fell rappelle Benlazar.

— Caze vient d'être abattu par les Belges sur l'autoroute, direction Gand. Zemmiri était avec lui, il a pris des otages, mais il est cerné, il se serait déjà rendu. Je crois qu'on en tient un, vivant.

— Et Dumont?

— Envolé, il a dû se tirer avec Bouguelane.

— Putain, s'ils passent en Bosnie, on ne les reverra plus.

— Arrête, Tedj, ils n'y arriveront pas. La Bosnie, ce n'est pas la porte à côté, et ils ont tous les flics d'Europe au cul.

Benlazar retient un rire aigre, un rire de perdant : la guerre s'arrête parfois comme ça, les vaincus ne payant pas le tribut.

— Ils vont y arriver. On les a perdus, je te dis.

— On verra…

Fell respire un peu plus fort au téléphone.

— Tu es libre ce soir? Ça fait un moment qu'on ne s'est pas croisés…

— Non, je dois retourner à Lille.

— Qu'est-ce que tu vas foutre à Lille ? s'étonne Fell. La DGSE n'est pas sur Dumont et Bouguelane, que je sache.

— Non, c'est perso, je t'expliquerai.

Il entend presque les méninges de Fell tourner à plein régime. Elle le connaît sans doute mieux qu'il ne le croit.

Benlazar a un minuscule sourire en imaginant la flic pester dans son bureau, lui balançant sans doute toutes les insultes de son répertoire. Il la rappellera en rentrant, ou le week-end prochain.

*

Zacarias, comme tous les Français, regarde ces images incroyables sur l'écran du téléviseur. Elles sont mal cadrées, parfois floues, les couleurs trop grisâtres, mais on y voit des flammes sortir des fenêtres d'une maison, on entend des coups de feu, des cris.

Ça se passe en France, dans le Nord, dans une rue tranquille. Même pas une cité HLM à problèmes. Ça ressemble à la guerre, c'est une forme de guerre, une nouvelle forme de guerre.

Le jeune homme est ébloui par le courage des assiégés. Ils résistent aux assauts des porcs tout de noir vêtus, casqués, en armure et lourdement armés qui ne peuvent rien contre eux. Le journaliste dit que deux policiers du RAID ont été blessés pendant l'opération. *Dommage qu'aucun ne soit mort*, rumine Zacarias.

Ses frères se sont sacrifiés. Dans la maison, les flics ont retrouvé un exemplaire du journal de l'Armée islamique du salut et huit pistolets-mitrailleurs. Deux autres combattants ont réussi à s'enfuir. L'un d'eux a été tué en Belgique sur l'autoroute ; l'autre a été arrêté après une prise d'otages. Un envoyé spécial montre son visage à l'antenne. Le procureur de la République ne sait pas encore si c'est une affaire de grand banditisme ou de terrorisme.

Zacarias est gagné par l'euphorie. Des Français ! Ce sont des Français qui ont fait ça, des Français qui se sont battus pour le djihad en Bosnie puis en France ! Bientôt, lui aussi partira pour l'étranger : l'Afghanistan ou la Tchétchénie, lui a-t-on dit à Finsbury Park. Son aigreur a disparu. Il a des frères de combat, comme lui, des frères nés en France, comme lui, prêts au grand sacrifice. D'autres se lèveront bientôt.

Car il n'y a que le sacrifice pour imposer la victoire de la foi en Dieu et en ses lois. Zacarias pense à son frère, Abd Samad, qui fait partie d'Al Ahbache, des égarés pour qui la violence ne mène à rien, pour qui seul le prosélytisme paye. Abd Samad lui a répété que le meurtre des gens âgés, des femmes, des enfants et même des ressortissants de pays en guerre contre l'islam est illicite. Le chahid, selon lui, est un mauvais croyant.

Son propre frère… Quelle honte !

*

Il était presque 10 heures du matin. Il est rentré sans faire de bruit. Il a poussé la porte, posé son blouson et son appareil photo par terre, dans l'entrée. En silence, il s'est longuement étiré.

Cette nuit, il a découché pour aller sur un gros truc. Après la voiture piégée près du commissariat de Lille, il l'a déposée devant son appartement avant de repartir aussitôt.

— Dors, ne m'attends pas, lui a-t-il dit.

C'est elle qui l'a embrassé avant de descendre de la voiture.

À peine rentré, ce matin, il s'est installé derrière l'ordinateur posé sur la table de la petite cuisine et s'est mis à taper frénétiquement. Un vrai journaliste, quoi. Elle aime son air trop sérieux lorsqu'il travaille.

— Viens! a-t-elle lancé.

— Attends, faut que j'envoie mon papier à *Libé*. C'est hyper chaud, là.

Ducon, va : je te propose de baiser, et toi, tu préfères bosser. Ducon, va! Et elle s'est rendormie.

Il l'a rejointe au lit dans l'après-midi. C'était bien.

Elle adore faire l'amour avec lui. Elle ne surprend jamais dans son regard la lueur de pitié qu'elle connaît si bien, il ne voit pas ses brûlures. Comment fait-il cela?

Ils sont restés au lit jusqu'à la nuit tombée. Parfois, ils s'assoupissaient. Réif écoute des disques de vieux : il fait tourner en boucle un vieil album de U2, *Unforgettable Fire*. La lycéenne doit admettre que c'est pas mal.

Elle prendra le premier train pour Paris le lundi matin à 5 heures : ses cours ne commencent qu'à 10 heures, le lundi. Quand elle le lui a dit, il a eu un sourire enchanté. « Je prendrai le train avec toi, faut que j'aille à la rédac de *Libé*. » C'était bien.

Sauf que quelqu'un tambourine à la porte d'entrée.

Vanessa tire les draps sur ses jambes.

— Je parie que c'est Gérard, mon chef à *La Voix*, qui veut des infos, se marre Réif en ouvrant la porte.

Sauf que ce n'est pas Gérard.

C'est le père de Vanessa.

Son père, le flic.

Et il envoie un étrange coup – les doigts tendus en avant – dans la pomme d'Adam de Réif qui s'écroule en se tenant la gorge à deux mains. Il s'étouffe à genoux.

— Papa! Merde, arrête!

Le cri de Vanessa pétrifie son père. Un instant, il garde la bouche ouverte, stupéfait de se retrouver face à elle, à moitié nue. Il marmonne quelque chose entre ses dents, saisit Réif par les épaules, le relève, lui hisse les bras vers le plafond.

— Respire profondément, ça va passer.

Il lui envoie deux petites claques pour la forme, avant de le déposer sur le canapé.

Vanessa bondit du lit et se place devant lui.

— Tu voulais le tuer ou quoi?

— Dis pas de conneries. Et qu'est-ce que tu fous là, d'abord?

Elle ne se démonte pas, la rage qui lui brûle le ventre est bonne alliée.

— Tu voulais le tuer parce qu'on couche ensemble. Mais merde! Tu es comme tes barbus en Algérie ou quoi?

Il lui allonge, à elle aussi, une claque.

Elle lui renvoie son poing dans la gueule. Ça le neutralise instantanément.

Vanessa rejoint Réif sur le canapé.

— Tu débarques dans ma vie après des années d'absence et tu crois que tu as le droit de faire ça? Putain!

Elle caresse la joue du journaliste.

— Ça va?

124

L'autre opine du chef, mais il a l'air groggy.

— Faudra que vous m'appreniez, ça, beau-papa, grince-t-il.

Vanessa a un sourire, elle ouvre la fenêtre pour rafraîchir l'atmosphère puis revient vers son père. Elle lui fait face.

— Je t'interdis de refaire ça, Papa. Tu entends ?

Son père est debout au milieu du salon, ses yeux sont tristes. Elle se demande s'il n'est pas revenu dingue d'Algérie ou de Sarajevo. Ou de l'incendie. Il observe Réif, l'air plus désemparé que mauvais.

— Vous deux, vous m'avez vraiment pris pour un con, dit-il. «Ce type est un journaliste qui peut me pistonner, papa, tu peux l'aider ?» Et vous couchez ensemble ! Il a presque vingt ans de plus que toi, Vanesse...

— Merde, mais qu'est-ce que ça peut faire ? lance Vanessa. J'ai déjà connu des garçons avant lui, je n'ai plus dix ans.

— Tu ne devrais pas être chez ta tante ? continue-t-il sans réussir à masquer qu'il est largué. Je veux dire : c'est le bac à la fin de l'année, tu ferais mieux de réviser que de...

Il jette un coup d'œil vers Réif.

— Je suis désolé : je n'aurais pas dû taper.

— Ouais, ben, ça fait super mal. Ne vous avisez pas de recommencer, hein !

Benlazar cligne des yeux, il y a une incompréhension profonde dans son regard, comme s'il se demandait comment les autres font pour vivre, tout simplement. Vanessa a déjà vu ce regard : le jour où il lui a avoué avoir téléphoné à sa femme, sa mère à elle, pendant des années après sa mort dans l'incendie.

125

— Ne t'en fais pas, Papa : je vais bien. Pour l'instant, je suis heureuse et quand ce mec me fera trop chier, je lui dirai d'aller voir ailleurs. Comme avec ceux de mon âge.

— Ben, ça fait plaisir, siffle Réif sur son canapé en toussotant douloureusement.

Son père esquisse un sourire las. Elle est presque peinée pour lui.

— Tu rentres sur Paris ? demande-t-elle. Tu es en bagnole ?

— Tu veux que je te ramène ?

Son visage un peu ridé s'est éclairé.

Vanessa se tourne vers Réif.

— Ça ne te dérange pas si je rentre ce soir ?

Réif a une moue désabusée, il aurait préféré qu'elle reste. Il tient à elle, en fin de compte.

— Mais au fait, tu dois aller à Paris, toi aussi. Tu n'as qu'à venir avec nous !

— Vanesse, merde, non, pas ça, s'essouffle son père.

— Non, non, je ne voudrais pas que le superflic me largue à poil sur l'autoroute si ça lui prend, proteste le journaliste.

Vanessa regarde tour à tour son père et son amant.

Ça pourrait faire un semblant de famille, un jour, s'amuse-t-elle.

*

C'est un hasard. Riva Hocq s'est garée dans la rue où vit Réif Arno à l'instant où le grand type qui bosse à la DGSE pénétrait dans l'immeuble du journaliste.

Après cette nuit de folie, toute cette tension, elle avait envie de s'envoyer en l'air. Histoire de redescendre, d'oublier un peu. « Merde », grogne-t-elle en comprenant que son plan de soirée est compromis.

Elle reste au volant de sa voiture, garée contre le trottoir en face de l'immeuble. La rue paraît intolérablement silencieuse après les événements des dernières heures. Que vient faire la DGSE chez le journaliste qui a pondu un papier retentissant sur le gang de Roubaix ? Elle commence à cogiter. Ça va vite et ça fonctionne.

Ce mec de la DGSE est l'agent traitant en poste à Sarajevo, OK. Sarajevo, c'est en Bosnie, les gus du gang ont fait leurs armes dans un bataillon de barbus intégristes, pendant la guerre contre les Serbes, OK. Arno n'a pas les épaules pour ramener les infos qu'il a collées dans son article sur les Ch'tis d'Allah. C'est ce type, le capitaine Ben-quelque chose, qui lui fournit des renseignements. Plus tôt, devant le commissariat et la voiture piégée, il jetait des regards énervés vers le journaliste. OK, OK, OK. Tout s'explique.

Là-haut, une fenêtre s'ouvre, elle reconnaît la gamine qui accompagnait Réif, l'autre soir.

— Ah ben, en plus, ils partouzent ensemble, bravo ! lâche-t-elle à son pare-brise.

Elle ricane toute seule dans sa bagnole : faut vraiment qu'elle ait été chamboulée pour avoir cru qu'une partie de jambes en l'air avec Réif pouvait lui remonter le moral. Au bout d'une vingtaine de minutes, la porte de l'immeuble s'ouvre : Réif, le type de la DGSE et la fille sortent. Ils montent dans une bagnole, l'officier s'installe au volant, visage fermé ; Réif aussi tire la gueule. Seule la gonzesse est heureuse.

— Un peu rapide, mais t'as l'air d'avoir pris ta pétée, connasse…

Riva Hocq n'a aucune envie de rentrer chez elle. Elle a envie de se saouler dans un bar, de se trouver un mec et de se l'envoyer sans un mot. Elle démarre en soupirant.

*

C'est bien Jean-Charles Marchiani, l'homme lige de Charles Pasqua, qui gère l'enlèvement des sept moines de Tibhirine. Le colonel Chevallier en a eu confirmation par un de ses amis, proche de l'entourage de l'ancien ministre de l'Intérieur. C'est peu dire qu'il est furieux.

— Ces cons de civils vont tout faire merder! enrage-t-il dans son bureau.

Le lion est en cage.

Benlazar et Berthier sont assis devant lui. Ils se taisent, de peur de servir de cible au colonel.

— Au temps du SDECE, jamais ils nous auraient fait un truc pareil! fulmine-t-il.

— Marchiani était au SDECE, non? lâche Berthier sans y penser.

Quel con! pense Benlazar.

Chevallier lance un regard assassin au lieutenant, qui s'apprête à s'excuser.

Benlazar le sauve de l'engueulade.

— Il se passe quelque chose, quelque chose de nouveau.

Chevallier l'observe comme s'il attendait qu'il le sorte du pétrin, sans croire vraiment que ce soit possible.

— Vous pensez à quoi?

scanners, l'air sérieux de ceux qui accomplissent une tache primordiale.

Une jeune femme l'attend au milieu du couloir central : c'est la directrice du centre de ressources. Elle lui tend la main.

— Le colonel Chevallier m'a parlé des dossiers personnels du commandant Rémy de Bellevue. Je n'ai pas trouvé de Rémy Bellevue sur l'organigramme de la DGSE, c'est un clandé ?

Benlazar ne peut s'empêcher d'ouvrir des yeux stupéfaits.

— Disons que sa clandestinité concerne le Paradis. Ou l'Enfer.

La jeune femme a une grimace gênée.

— Bellevue est mort, dit Benlazar.

— En mission ?

Il la suit jusqu'à une travée, au fond de la grande pièce.

— Non, cancer. Quoique le commandant ait toujours été en mission…

— Voilà les caisses archivées : « Dossier Commandant Bellevue, Rémy de. 1 à 5 ». Il y a une photocopieuse, au besoin, mais vous ne pouvez rien sortir de cette salle. Nous sommes en train d'archiver tout ça sur support numérique.

— Merci.

La jeune femme s'en va.

Benlazar observe les cinq caisses cartonnées. Serait-il devenu un agent administratif de la fonction publique pour se retrouver à parcourir des dossiers ? Il a hâte de retourner à Sarajevo. Là-bas, il se sent moins à la merci de ses chefs s'ils découvrent qu'il a balancé des infos au journaliste. Il a l'impression qu'il pourrait disparaître, au besoin. Et puis, ça le mettrait un peu à l'écart de sa fille et de son nouveau mec. Le simple fait de penser à Réif Arno en ces termes le débecte. À tout prendre, le jeune Gaspar était le gendre idéal. Une seconde, il se dit qu'il va prévenir le gamin, foutre la merde entre Vanesse et le journaliste. La seconde d'après, il plonge dans les dossiers Bellevue en se traitant de taré.

La jeune femme revient vers lui et pose une bouteille d'eau minérale et un verre sur la petite table au bout de la travée. Ça doit faire partie de son job parce qu'elle n'y met aucune sympathie.

— Merci.

Elle hoche poliment la tête et repart.

Pendant une heure, Benlazar feuillette méticuleusement les dossiers manuscrits de Bellevue. L'écriture de son ami ravive quelques douloureux souvenirs : celui de Gh'zala, surtout. Il n'a plus de nouvelles d'elle depuis longtemps. Quelques semaines après son retour à Alger, elle a cessé de répondre au téléphone. Il n'a pas beaucoup insisté, c'est vrai. Son attirance pour elle s'est estompée avec le temps. Laureline était réelle, les quinze jours passés à Paimpol ont marqué le début de quelque chose. Il accepte de plus en plus de voir Gh'zala comme un fantasme de son esprit malheureux, malade peut-être. Son amour pour Gh'zala était comme ses conversations téléphoniques avec Évelyne.

C'est dingue, mais Chevallier avait raison : il y a quelque chose sur le monastère de Tibhirine dans les dossiers. Deux pages couvertes de l'écriture minuscule et parfois difficile à déchiffrer de Bellevue.

Bellevue a noté que les moines ont décidé de rester dans la région de Médéa, à 90 kilomètres au sud d'Alger, alors que leur sécurité n'y était plus assurée. L'archevêque d'Alger, Henri Teissier, les a soutenus dans leur décision. Dans la marge, Bellevue a écrit « question : le gouvernement français aussi ? ». Les moines ont refusé la présence de soldats autour du monastère, consentant seulement à limiter leurs liens avec l'extérieur et à fermer leur porte dès 17 h 30. Entre les gens du coin et les moines, tout se passait très bien.

En décembre 1993, 12 Croates et Bosniaques travaillant pour la société Hidroelektra ont été égorgés par un commando d'une cinquantaine d'hommes qui a fait irruption sur un chantier de Tamesguida. Benlazar s'était rendu sur place en compagnie du capitaine Gombert et de gradés algériens, deux jours après le massacre. Plus tard, les moines du monastère, qui se trouve à moins de quatre kilomètres de Tamesguida, avaient témoigné que le commando avait séparé les musulmans et les chrétiens avant d'égorger ces derniers. Une coupure de presse référencée *La Croix*, 24 février 1994, est agrafée sur l'une des feuilles.

Toujours en décembre 1993, un groupe armé identifié comme appartenant à l'AIS a pénétré dans le monastère. Le chef, Sayad Attiya, aurait exigé l'impôt révolutionnaire et menacé d'enlever le médecin de la communauté. Les barbus sont repartis bredouilles : les bonnes relations des moines avec les maquisards locaux ont sans doute joué en leur faveur.

Benlazar prend le téléphone près de l'entrée de la salle des archives et demande à être mis en relation avec le capitaine Gombert à l'ambassade de France à Alger.

Les copistes qui s'activent autour du scanner lèvent

des yeux étonnés vers lui. « Ambassade de France », « Alger », ces mots doivent leur paraître bien exotiques, tellement éloignés de la lumière pâle distillée par les néons du plafond qu'ils supportent tout au long de la journée.

Benlazar tire le fil du téléphone et sort dans le couloir, à l'abri de la curiosité. Il s'allume une cigarette.

— Capitaine Benlazar! s'exclame Gombert après quelques minutes de musique d'ascenseur. On a pris du galon. Quand j'ai appris ça, je me suis dit, Tedj, il sait mener sa barque.

— Je t'appelle pour le boulot, Sylvain.

— J'imagine bien.

— On sait qui dirige le GIA du côté de Médéa, autour de Tibhirine, plus exactement?

Gombert se fend la gueule à l'autre bout du fil.

— Ben voyons! C'est facile de bosser sur l'enlèvement des curetons depuis Paris. Et qui c'est qui s'y colle sur le terrain? C'est Bibi.

Benlazar pense que Gombert s'est mis à boire sérieusement et qu'il est déjà saoul.

— On a bien un correspondant dans le coin, non?

— Ouais, ben, ici, c'est le coup de feu. Tes renseignements, tu pourrais venir les cueillir toi-même. Tibhirine, c'est beau, tu sais : des palmiers, des orangers, des rosiers à perte de vue sur les montagnes de l'Atlas.

— Tu es bourré, Sylvain?

— Je t'emmerde, Tedj. Je t'emmerde et je rigole pas : j'ai la pression, ici. T'es au courant que les mecs de Pasqua sont à la manœuvre? Ils ont débarqué à Alger et jouent les cadors. Tu sais ce que ça signifie pour nous?

— On fait tapisserie, répond Benlazar. Ce qui ne nous empêche pas de faire le boulot quand même.

Il y a un silence embarrassé de part et d'autre de la Méditerranée.

— Je vais venir à Alger. Ordre de Chevallier.

— Je sais, la Boîte vient de me prévenir… Bon, je me renseigne auprès du DRS pour le GIA du côté de Médéa. On se voit bientôt.

Il raccroche.

Faire tapisserie, ce serait déjà bien, pense Benlazar en retournant dans la salle des archives. Il y a du ressentiment chez lui. L'histoire se répète inlassablement, aucune leçon n'est jamais retenue. Quand il a alerté sur la possible collusion entre services secrets algériens et islamistes, on lui a ri au nez ; quand il a signalé la présence de Français parmi les combattants de la brigade El Moudjahidin à Zenica, personne ne l'a écouté. S'entêter à jouer ce jeu a-t-il encore un sens ? Ça le démange de refaire le coup de la démission ; maudire ses chefs, mépriser le pouvoir en place, les laisser tous se démerder sans lui. Lui non plus ne sait pas tirer les leçons du passé.

Il reste en suspens un instant, termine sa cigarette puis prend une longue inspiration : Gombert a raison, on ne peut rien comprendre depuis Paris, et d'ailleurs Paris ne comprend rien à l'Algérie.

*

Les comptes-rendus diffèrent, selon les témoignages des gens présents et leurs futures orientations politiques et spirituelles. Vingt ans plus tard, quand Al-Qaïda et Daesh seront devenus ennemis, l'entretien qui se déroula en 1996 entre deux hommes, dans une grotte, ne signifiera sans doute plus grand-chose. Pourtant, certains y ont vu un moment fondateur dans le renversement d'un monde dominé par les États-Unis et leurs alliés. Un monde loin de la guerre froide, un monde qui croyait à la fin de l'Histoire.

Ces deux hommes se nomment Oussama ben Laden et Khalid Cheikh Mohammed.

Nous sommes en mai 1996, à Tora Bora, en Afghanistan, à quelques kilomètres de la frontière pakistanaise. La région est constituée de montagnes creusées de tunnels et de grottes, protections contre les bombardements ennemis.

La garde prétorienne de Ben Laden est sur les dents. Autour du chef, il y a le comité des opérations spéciales, les hommes qui décident avec lui des attentats à venir.

Oussama Ben Laden, le chef d'Al-Qaïda, est saoudien. L'homme a un visage anguleux, souriant, une barbe noire ; il mesure 1,96 mètre et marche avec une canne. Il est âgé de quarante ans et revient de Khartoum, au Soudan. Il connaît bien l'Afghanistan pour y avoir combattu les troupes soviétiques dans les années quatre-vingt. Ici, il dispose du soutien du chef suprême des talibans, le mollah Mohammad Omar.

Cheikh Mohammed est né au Koweït, d'origine pakistanaise. Il a un peu plus de trente ans, une face ronde et une petite taille qui contraste avec celle du chef d'Al-Qaïda. Il est réputé arrogant, vaniteux et colérique, mais on le surnomme aussi *Muktar*, « le Cerveau ». Oussama Ben Laden sait que Muktar pourra donner une envergure internationale à son organisation.

Ils sont tous deux recherchés par les Américains : Ben Laden, pour avoir lancé un appel à attaquer les intérêts américains partout dans le monde ; Cheikh Mohammed, pour avoir financé son neveu, Ramzi Youssef, lorsque celui-ci a attaqué le World Trade Center en 1993. Les deux hommes se sont déjà rencontrés à la fin de la décennie précédente, à Peshawar, haut lieu de la résistance islamique à l'occupant soviétique.

L'ordre du jour de cette réunion n'est autre que l'avenir de la lutte contre l'impérialisme américain et ses affidés.

Khalid Cheikh Mohammed explique qu'en 1994 il a tenté de monter une opération ambitieuse. Le projet, baptisé Bojinka, avait pour objectif de faire exploser douze avions de ligne américains au dessus de l'océan Pacifique. Avec son neveu, il avait commencé à réunir le matériel destiné à la fabrication des bombes. Le 11 décembre de la même année, un test grandeur nature a eu lieu : un avion de Philippine Airlines devait exploser en vol. Seul un passager a été tué, et le pilote a réussi à poser l'appareil en catastrophe.

La police a rapidement découvert le repaire des terroristes, et des documents compromettants ont été saisis – parmi lesquels un projet d'assassinat du pape Jean-Paul II dont la visite aux Philippines était programmée pour le début de l'année 1995.

La discussion entre les deux hommes est cordiale. Khalid Cheikh Mohammed propose une attaque de grande envergure contre le sol américain grâce à des avions de ligne transformés en véritables missiles. Il a besoin d'argent, de beaucoup d'argent pour entraîner des pilotes et mettre en place une infrastructure. À ce jour, seule une organisation comme Al-Qaïda est capable de le financer.

Ben Laden écoute, sourit et reconnaît que l'idée d'attaquer les États-Unis est séduisante. Mais au bout d'une heure, il propose seulement à son hôte de rejoindre Al-Qaïda.

— Nous reparlons de ton projet bientôt, affirme-t-il.

Ainsi se clôt l'entretien entre Oussama Ben Laden et Khalid Cheikh Mohammed, ce jour de printemps.

*

Tedj Benlazar a posé les pieds à Alger dix jours auparavant.

Il a beaucoup à faire. Son job, et un peu plus. D'abord, éviter pas mal de monde : les gens du DRS, les hommes de Pasqua.

Et puis en chercher d'autres, ceux dont il sait qu'il ne les trouvera plus : les restes de Chokri Saïdi-Sief doivent blanchir au soleil, loin au sud, dans le Sahara ; Khaldoun Belloumi a été retrouvé mort sur une plage d'Alger, et le commissaire principal Nasser Filali se planquerait quelque part au Maroc. Il reste bien Maklouf le Juif, le maquereau de Diar El Kef, le roi de « El Carrière »... Mais Benlazar ne veut plus frayer avec lui, c'est un coup à retomber dans les griffes de « Toufik », le chef du DRS avec qui le Juif travaille parfois.

La DGSE a quelques indics dans la wilaya de Médéa.

À l'ambassade, le commandant Sylvain Gombert l'accueille comme un vieux camarade. Dès midi,

Gombert sent vaguement l'alcool, et il a tendance à accueillir tout le monde comme un vieux camarade.

— Tu arrives à point, Tedj! Ici, c'est la merde, c'est à se demander si l'ambassadeur ne préfère pas travailler de son côté, plutôt qu'avec la DGSE.

— Qu'est-ce qu'on a de nouveau?

— Depuis qu'un gus nous a apporté un message du chef du GIA, Djamel Zitouni, il y a une semaine : rien! Bon, on sait que le GIA détient les moines. Et il y avait aussi une cassette avec.

Sur le bureau de Gombert, il y a un lecteur de cassettes audio. Il appuie sur une touche.

— C'est une copie, ajoute-t-il.

On entend une voix chevrotante expliquer que les « moudjahidine » demandent la libération d'un certain nombre d'otages, en échange de la libération des moines.

— C'est un des moines qui parle, Christian de Chergé, précise Gombert.

Benlazar s'allume une Gitane.

— Le pote de Pasqua, Marchiani, est à Alger, n'est-ce pas?

Gombert fait oui du menton.

— Il a eu accès à tout ça? demande Benlazar en montrant le lecteur audio.

— L'ambassadeur tient à ce qu'il soit au courant de tout.

Benlazar se lève.

— Il paraît que Tibhirine, c'est magnifique. Comment tu disais, déjà? Les palmiers et les orangers à perte de vue sur les montagnes de l'Atlas.

Gombert se fend la gueule. On croirait qu'il va

s'étouffer de rire. On voit surtout qu'il n'en a plus rien à foutre de son boulot.

Dans l'heure, Benlazar se rend à l'armurerie de l'ambassade et se fait remettre un Pamas et deux chargeurs de quinze munitions. Puis il récupère une Renault 19 plus très neuve, mais qui dispose de plaques d'immatriculation algériennes. Il prend ensuite la direction du Sud.

Peu après Alger, sur la nationale 1, il fait un détour par le centre-ville de Blida.

Par le carreau ouvert de sa portière, il tente de sentir la fragrance des rosiers, des citronniers et du chèvrefeuille. L'odeur des gaz d'échappement d'un camion devant lui l'agresse. Il s'arrête sur la place Toute, essaye de retrouver les sensations d'avant, mais n'éprouve qu'un malaise diffus. La ville est silencieuse. Une vague crainte l'envahit ; comme si à l'époque où il vivait sur le boulevard de la gare, les rues étaient agitées et les gens gais.

Il sort de la ville et reprend la nationale 1. Médéa est à moins de cent kilomètres.

La peur est toujours là, dans les rues de Blida et dans la Mitidja, et puis aussi dans l'Atlas blidéen où le GIA dispose encore de solides bases. Le GIA et son émir, Djamel Zitouni, lancés dans une guerre sans pitié contre un gouvernement, un peuple, un monde entier.

Benlazar pense pourtant que Zitouni et les siens n'en ont plus pour longtemps. « Toufik » et le DRS, le général Lamari et le président Zeroual sont en train de négocier la reddition de l'AIS, la branche armée du FIS. Le GIA restera seul à combattre. D'ailleurs, un jour ou l'autre, c'est Al-Qaïda qui viendra préempter la guerre sainte dans cette partie du monde.

Il retire le Pamas de l'étui placé sous son siège et le coince sous sa cuisse.

La Renault fonce à travers les cèdres centenaires qui cachent des islamistes fous et des soldats ivres de vengeance. On dirait que des sommets enneigés de Chréa vont déferler des hordes de guerriers en uniforme ou djellaba ; et Benlazar en sera la victime unique et expiatoire.

Il secoue violemment la tête, se plante une cigarette entre les lèvres.

Putain ! Ce pays te rendra fou...

À Médéa, les entrées de la ville sont sécurisées par les forces de l'ordre, et l'armée patrouille dans – et autour de – la ville. L'enlèvement des moines de Tibhirine a bouleversé la population. Pourtant, la violence est omniprésente, elle augmente alors qu'on croyait qu'elle ne pouvait plus augmenter. Benlazar a été informé qu'au début du mois une voiture piégée a explosé devant la mairie et le commissariat : on a relevé neuf morts. D'autres crimes ont été commis, évidemment. Seulement, comme partout en Algérie, les assassinats et les attentats ne font plus la une des journaux. On se tait.

Benlazar a trois contacts : les trois honorables correspondants de Médéa, qui collaboraient autrefois avec la DGSE. Le premier, un policier municipal, refuse de lui parler, affirmant que « c'est fini, ces conneries ». Le deuxième, un ingénieur qui travaille pour la mairie, le supplie de faire disparaître son nom des archives françaises : « Je vais mourir à cause de vous, les Français », gémit-il.

Au troisième indic, Benlazar montre une liasse de billets, des dollars américains. Akim Hallich regarde les billets avec un peu plus d'intérêt. Dans la vraie vie, il est sous-officier de gendarmerie, son salaire n'est pas très élevé.

Benlazar explique que la situation est grave, que les moines sont en danger de mort. Le gendarme fait signe au Français de le suivre dans une petite rue, non loin de la mosquée Chefaï. Il hausse les épaules.

— Ils sont morts, tes moines, capitaine... Tu arrives trop tard. Tous les Français qui viennent dans le coin depuis quelques jours arrivent trop tard.

— Qu'est-ce que tu me racontes, Akim ? Ils ne sont pas morts, on vient de recevoir un message du GIA...

Akim Hallich lâche un grand « Ah ! ».

C'est ça, c'est vrai, tout le monde le sait, ici : les moines sont déjà morts. Seule la France l'ignore.

— Le GIA, le GIA..., il a bon dos, tu sais.

Comme avant. Comme toujours. On prend les mêmes et on recommence, sans cesse...

— Les militaires sont derrière l'enlèvement, Akim ?

Le gendarme plisse les yeux, il est amusé de voir le Français aussi largué.

— Les militaires sont derrière toute chose en Algérie, capitaine. On dit « le GIA », mais c'est les militaires, en fait.

Benlazar n'en revient pas : rien ne change jamais en Algérie.

— Tu es certain que les moines sont déjà morts ?

Akim Hallich jette un regard par-dessus l'épaule de Benlazar tandis qu'un homme passe dans la ruelle. Fausse alerte.

— Moi, je ne suis pas allé sur place, au monastère,

mais des collègues m'ont raconté que des militaires des forces spéciales auraient pilonné un camp du GIA qui n'en était pas un. Tu vois, capitaine ?

Il voit.

— Dans le camp, c'étaient pas des terroristes, c'étaient les moines.

Marchiani et les mecs de Pasqua ont-ils déjà appris la nouvelle ? Cette enquête que mène Benlazar a-t-elle encore un sens ? Ne ferait-il pas mieux de reprendre l'avion pour Sarajevo dans la soirée, de cesser la comédie, la grande comédie algérienne qu'il joue depuis trop longtemps ?

— Tu pourrais m'emmener voir ce camp ? demande-t-il en tendant les dollars.

— Non, non ! refuse brutalement Hallich en reculant de quelques pas. Je ne veux plus de votre argent, et ce sont les derniers renseignements que je vous donne, à toi et à tes collègues.

Benlazar fixe le gendarme et comprend qu'il ne pourra pas le faire changer d'avis. Chez les indics, c'est dans le regard qu'on voit la confiance ou la méfiance... et le refus de collaborer. Il tend les billets.

— Tiens, tu peux les prendre.

L'autre les envoie valser d'un revers de la main.

— Tu comprends pas, capitaine : je ne veux plus rien avoir à faire avec la France. Tu comprends pas que les Algériens ne sont plus vos amis ?

Lorsqu'il se relève après avoir ramassé les billets, Benlazar est seul dans la ruelle. La DGSE a-t-elle encore le moindre honorable correspondant sur le sol algérien ? Il songe que celui qui cesse d'être ton ami ne l'a jamais été. C'est Shakespeare ou Aristote qui l'a dit. Les Algériens et les Français n'ont jamais été amis, c'est vrai.

Sur la route en direction de Tibhirine, Benlazar pense qu'encore une fois le DRS a déconné, et que les meurtres des moines vont être maquillés en action du GIA. La France s'est à nouveau fait mener en bateau.

La forêt de Tibhirine, dense, sombre, surplombe l'abbaye Notre-Dame de l'Atlas. Au-delà, on aperçoit les sommets enneigés de l'Atlas. La grande bâtisse est laide et peu accueillante de prime abord, contrastant avec la végétation luxuriante des alentours. Palmiers, mandariniers, rosiers abondent, ainsi que des potagers attendant que le printemps prenne son envol pour donner leurs légumes.

Benlazar gare sa voiture au bout de l'allée qui mène au monastère. Une brise légère porte à ses narines une odeur agréable, mélange de romarin et de menthe. Il inspire profondément, une pause avant de s'engager dans l'allée.

Devant l'abbaye, deux véhicules blindés de la gendarmerie montent la garde. Quelques militaires observent le nouveau venu. Benlazar montre sa carte de la DGSE.

— DGSE française, crie-t-il.

— On sait, répond un sous-officier, fusil-mitrailleur en main.

Benlazar rempoche sa carte, à peine décontenancé. *Comment ça : vous savez ?*

Il s'approche du sous-officier.

— L'abbaye est fermée, capitaine. Ici, il n'y a plus rien à voir.

Tu connais mon grade. Je parie que tu connais mon nom. Tu attends l'ordre d'ouvrir le feu, hein ?

Benlazar lui adresse un sourire poli et retourne vers son véhicule.

Il se demande ce qu'il est venu chercher ici. Il termine sa cigarette et balance d'une chiquenaude le mégot sur la chaussée. Il prend son temps pour montrer aux gendarmes qu'il ne les craint pas. Il remonte en voiture et rejoint la nationale 1. Sans quitter la route des yeux, il ressort son pistolet de sous son siège et le coince à nouveau sous sa cuisse. La peur recommence à lui titiller le ventre. Le GIA lance encore des attaques meurtrières contre les véhicules qui traversent ces montagnes, bien sûr. Mais ce qui le préoccupe, c'est de savoir que le DRS est au courant de sa venue à Tibhirine.

Il tapote la crosse de son semi-automatique et lance la Renault vers Alger.

*

Un peuple peut-il être un réservoir sans fond de victimes exécutées à des faux barrages routiers, de cadavres que l'on retrouve sur le bord d'une route, de corps étêtés sur le pas de leurs maisons ?

La mort peut-elle faucher au hasard des années durant, avant de s'arrêter faute de vies innocentes ?

Les hommes, les femmes, les enfants d'un pays sont-ils juste bons à être sacrifiés pour la conquête du pouvoir – qu'il soit spirituel ou temporel ?

Ces questions, Gh'zala Boutefnouchet se les pose depuis combien de temps ? Après son retour à Alger, elle a voulu croire, comme beaucoup de ses concitoyens, que la violence appelait la violence, que ceux qui étaient tués n'étaient pas complètement innocents.

Les mois passant, l'horreur est devenue endémique, s'étalant à la une des journaux chaque matin, faisant l'ouverture des journaux télévisés, frappant des proches, des amis, des voisins... Elle a compris que l'abîme appelle l'abîme. C'est une loi de la guerre – même celles qui ne disent pas leur nom.

Elle a repris ses études, mais ne va guère à l'université. Sa thèse, elle l'écrit surtout chez elle, dans son petit appartement de la rue Arbadji-Abderrahmane. Parfois elle téléphone à son maître de thèse, mais lui-même n'arrive plus à la convaincre que l'avenir du pays passe par ses enfants diplômés, sa jeunesse érudite. Elle appelle certains de ses amis, qu'elle ne voit plus. On ne sort plus à Alger. Les garçons peuvent encore se permettre de s'amuser. Les filles, elles, risquent leur vie si elles flirtent, si elles dansent, si elles fument, si elles boivent... Elle s'aventure dans la Casbah le moins possible, juste pour faire quelques courses, et de loin en loin pour rendre visite à la mère de Raouf, rue des Abdérames. Encore doit-elle patienter jusqu'à ce que Yamina Bougachiche s'absente. Yamina, la veuve du frère de Raouf, a déjà essayé de l'étrangler, la traitant de pute à Français, de *kâfir*, même. Pourquoi rend-elle visite à Djazia Bougachiche qui n'est plus qu'un légume, assise dans son fauteuil face aux toits et aux terrasses sales qui descendent jusqu'à la mer? Pour goûter à l'ancien temps?

En vérité, Gh'zala vit en recluse.

Elle s'est approchée de la porte et a posé l'oreille au centre.

— Gh'zala?

Cette voix...

— C'est Tedj.

Elle a ouvert et l'homme qui lui fait face sourit maladroitement.

Quelques semaines auparavant, Gh'zala aurait aussitôt refermé la porte. Aujourd'hui, elle hausse simplement les sourcils.

Elle reste une minute en contre-jour, elle dans la lumière, lui dans l'obscurité du couloir. *Une minute, c'est long*, se dit-elle enfin en s'écartant.

— Entre.

Elle va s'asseoir sur la chaise devant son minuscule bureau.

Tedj a vieilli. Bien sûr le temps à passé, mais il paraît épuisé, ses mouvements sont lents, son sourire triste.

Une minute, c'est long, à se regarder fixement.

— Comment vas-tu ? demande la jeune fille.

Il hausse les épaules, répond que ça ne va pas si mal. Il parle de Vanessa, de son nouvel amoureux qu'il ne semble pas porter dans son cœur. Il raconte Sarajevo, la maison de Paimpol, la France qui a peur des attentats, de la violence, mais aussi des étrangers et de la différence. Rien qui étonne vraiment Gh'zala.

Ce qui l'étonne, c'est que Tedj n'évoque pas ses sentiments d'avant, ceux qui l'ont un jour poussé à l'exiler, elle, en France. Il ne parlera plus de cet amour absurde.

— Je suis en Algérie pour cette affaire des moines...

Là, elle le prévient immédiatement : elle ne veut pas en savoir plus. Les Français essayent toujours de tirer leur épingle du jeu algérien. Gh'zala ne comprend pas vraiment pourquoi. Mais que le capitaine

147

Benlazar revienne, ça prouve que ses supérieurs, donc la France, cherchent à influencer le pouvoir politique ici.

Elle lui dit que cette guerre en Algérie est une guerre de décomposition sociale, que la seule solution pour y mettre un terme, c'est l'éducation, l'enseignement et l'entraide. Rien d'autre. Et surtout pas les intrigues des Français.

— Tes intrigues, Tedj.

Il a un moment de réflexion et sourit. Il y a de la bienveillance dans son regard, elle ne peut se le cacher. Puis il dit qu'il comprend son combat parce qu'il sait lui aussi la réalité de la violence.

Gh'zala s'empêche de répondre que lui, le militaire français, il n'a pas idée de ce qu'est la violence, que la violence atteint ici un niveau absurde, pire encore que quand le Français vivait en Algérie.

— Ceux qui tuent les tiens, les professeurs, les journalistes, les femmes, sont bien les islamistes, poursuit Tedj. Mais les services secrets, l'armée et les généraux au pouvoir manipulent ces islamistes et sont à l'origine de ces meurtres.

Il comprend son combat, mais il lui fait la leçon, encore une fois. Le Français fait la leçon à l'Algérienne.

Une demi-heure plus tard, Tedj se lève. Il y a quelques cris dans la rue, en bas ; au loin une sirène hurle, rien d'inhabituel. Mais Tedj ne va pas à la fenêtre. Autrefois, il aurait scruté la rue, les toits. Il enfile sa veste et se dirige vers la porte. Ils n'ont plus rien à se dire.

Il esquisse un geste de la main, peut-être voudrait-il

la serrer dans ses bras. Gh'zala ne l'aurait peut-être pas repoussé.

Il lui souhaite seulement bonne chance, il ajoute qu'il reste encore quelques jours à Alger mais qu'on le renvoie déjà en France. Elle, elle ne se lève même pas de sa chaise.

Gh'zala Boutefnouchet et Tedj Benlazar ne se reverront plus.

*

Parfois, on envisage une porte de sortie pendant des années. On peut l'envisager toute une vie sans l'ouvrir, en la gardant comme issue de secours.

Tedj Benlazar aurait pu se dire encore de longues années qu'il allait démissionner, sans jamais démissionner.

La plage de Boulgueff est déserte. Elle n'est jamais un haut lieu touristique, mais dès le début de juillet des touristes viennent s'y allonger, profiter du calme et de l'eau claire. Vanessa y vient souvent l'été. C'est là qu'elle a passé l'été précédent, quand Benlazar tentait d'aider Fadoul Bousso à ne pas être renvoyée au Tchad.

Aujourd'hui le ciel est gris, mais il fait bon. Benlazar s'est assis sur les galets, il fume des Gitanes et regarde les goélands frôler les flots. Il s'est installé dans la «maison de Paimpol» quelques jours auparavant. *Agréable début de retraite*, s'est-il dit ce matin. Mais il n'y croit pas. Il attend la suite comme un malade attend l'inéluctable rechute.

Le capitaine Benlazar a été mis à la retraite. C'est fait.

Le Premier ministre n'a pas apprécié que les hommes de Charles Pasqua négocient directement avec le pouvoir algérien, le DRS, et sans doute les ravisseurs des sept moines.

À Alger, lorsque Benlazar est revenu à l'ambassade de France après son escapade au monastère de Tibhirine, Gombert est resté con quand il l'a entendu dire que les moines étaient déjà morts. Le commandant Gombert a bu toute la journée en se demandant s'il fallait faire remonter cette info sans preuve jusqu'à la direction, boulevard Mortier. Tard dans la soirée, cet imbécile a téléphoné à l'ambassadeur qui n'a pas goûté la nouvelle. Il n'a fallu que quarante-huit heures pour que le colonel Chevallier reçoive l'ordre de rapatrier Benlazar en métropole.

De retour boulevard Mortier, Chevallier lui a recommandé de mettre la pédale douce sur ses théories fumeuses – « les moines assassinés, l'implication de l'armée algérienne, etc. ». Gombert a appelé, excédé ou fin saoul, pour se plaindre que « les âmes damnées de Môssieur Pasqua » jouaient les matamores et ridiculisaient la DGSE. « On n'est plus que des dames pipi, à l'ambassade de France ! » a-t-il hurlé dans le combiné.

Chevallier a ordonné au chef de poste en Algérie de se reprendre.

Benlazar a senti un ras-le-bol l'envahir. Il s'est isolé dans un bureau, a décroché un téléphone et demandé à être mis en communication avec la rue de Varennes – « pour la DGSE, cellule Algérie », a-t-il précisé.

Cinq minutes et trois interlocuteurs plus tard, il s'est entendu demander au directeur de cabinet du Premier ministre :

— Je souhaiterais parler à Jean-Charles Marchiani, est-il présent à Matignon ?

— Mais de quoi parlez-vous ? Que ferait le préfet du Var dans nos locaux ? D'ailleurs, qui est à l'appareil ? Vous avez dit appartenir à la cellule Algérie, pourquoi M. Marchiani...

Benlazar a écrasé le combiné sur le boîtier.

Il a eu le sourire imbécile du gamin turbulent qui vient d'en faire une bien bonne au directeur de son école. Ça ne lui ressemblait pas.

Il a parfaitement joué : le 9 mai, Alain Juppé et Jean-Louis Debré, le ministre des Affaires étrangères, désavouaient publiquement Jean-Charles Marchiani, mettant ainsi fin aux pseudo-négociations. Puis tout s'est accéléré. Était-ce le désaveu de Matignon et du Quai d'Orsay ? Était-ce le cours logique des choses ? Quoi qu'il en soit, de l'autre côté de la Méditerranée, le 21 mai, le communiqué n° 44 du GIA annonçait : « Nous avons tranché la gorge des sept moines, conformément à nos promesses. »

Il était rue Mortier lorsque la nouvelle est tombée. Dans la grande salle de la cellule Algérie, Chevallier et les autres sont restés interdits devant l'écran de télévision. Le Premier ministre était en gros plan, visiblement très ému. Il a déclaré : « Il est maintenant certain qu'ils ont été assassinés dans des conditions qui vont au-delà de ce que la barbarie a déjà produit, ce sont des meurtres programmés contre des hommes qui vivaient leur foi dans un esprit de pauvreté, de solidarité et de sacrifice. Cela inspire le respect. »

Benlazar a eu du mal à respirer, sa poitrine l'a fait souffrir comme si un infarctus le gagnait. Mais il connaissait les signes : point de crise cardiaque, juste l'angoisse qui fait dérailler le corps. Car il s'est immédiatement posé la question de sa responsabilité. Si Akim Hallich, le gendarme de Médéa, avait tort ou s'il s'était moqué de lui en inventant des histoires, était-ce lui qui avait précipité l'exécution des moines en prévenant Matignon des agissements de Pasqua et de Marchiani ? Depuis, cette question l'écrase littéralement.

Le 30 mai suivant, on découvrait les têtes des sept moines non loin de Médéa.

Benlazar a appelé Laureline Fell ce jour-là, pour lui parler, peut-être pour l'entendre lui dire que non, il n'avait pas provoqué la mort des moines. Mais la commandant de la DST était en Belgique, quelque chose à voir avec le gang de Roubaix. Il n'a pas réussi à la joindre.

Lorsque les services de Matignon ont remonté la piste qui les avait conduits à prendre connaissance des activités de Jean-Charles Marchiani, même le colonel Chevallier n'a rien pu faire pour lui. Il a bien tenté de le faire renvoyer à Sarajevo, mais la direction du renseignement a refusé tout net. Jacques Dewatre, le directeur de la Sécurité extérieure, aurait ordonné qu'on lui apporte la tête du capitaine Benlazar. Une envolée lyrique un peu malvenue après l'exécution des moines. Benlazar a été démis de ses fonctions dans l'heure.

Deux types du service Action sont venus le cueillir rue du Douanier-Rousseau. Il était 4 h 30 du matin lorsqu'ils ont pénétré dans son appartement en forçant discrètement la serrure de la porte d'entrée. Benlazar n'avait pas dormi de la nuit, il avait déjà fumé un paquet de cigarettes, debout devant la baie vitrée. Dans la rue, il venait de repérer le lieutenant Berthier.

Quand il a senti le canon se planter dans ses reins, il a souri : s'il avait voulu, il aurait pu s'enfuir, régler leur compte aux gros bras de la DGSE – il en était encore capable, a-t-il pensé en levant les mains.

— Quelles sont vos intentions, capitaine ? a demandé le sous-officier.

— Je suis disposé à vous suivre. Je sais pourquoi vous êtes là et je ne tenterai rien, messieurs, a répondu Benlazar.

Les deux types ont réfléchi quelques secondes, échangé un regard, puis ils ont baissé leurs armes.

— Êtes-vous en possession de votre Pamas de service, capitaine ?

Benlazar a secoué la tête.

— Non, il est à la Boîte, comme le veut le règlement.

Les deux types lui ont laissé le temps de prendre quelques affaires, d'écrire un mot pour Vanessa au cas où la jeune fille passerait à l'appartement, puis ils ont rejoint Berthier sur le trottoir.

Berthier aurait pu fanfaronner.

— Je suis désolé, Tedj, a-t-il seulement dit.

— Faut bien que quelqu'un fasse le job, hein, Marek...

Benlazar a été interrogé pendant vingt-quatre heures. Il n'était pas soupçonné de trahison, on lui reprochait seulement d'avoir outrepassé ses droits. Beaucoup, boulevard Mortier, considéraient d'ailleurs qu'il avait remis les pendules à l'heure en faisant éjecter un type comme Marchiani du circuit et en remettant la DGSE dans son rôle. « Dommage que les moines soient morts », résuma Chevallier, l'air dépité. Mais il n'avait pas oublié que le capitaine Benlazar avait téléphoné à sa femme morte pendant plusieurs années.

Voilà, la porte de sortie qu'envisageait Benlazar depuis tant d'années s'est ouverte, et on l'a forcé à la prendre. Il n'a pas résisté. Reste la question de sa responsabilité dans la mort des moines, sa punition. Il sait qu'il ne se défera pas de sitôt de cette culpabilité. Mais pour l'instant, sur la plage de Boulgueff, il se dit que l'endroit est agréable pour un début de retraite.

Hier soir, Laureline Fell l'a enfin rappelé. Ils n'ont pas parlé plus de deux minutes, mais elle a dit qu'elle viendrait le voir le week-end suivant. Benlazar a répondu : « Il ne fait pas très beau en ce moment, tu sais. »

Une fois son paquet de cigarettes vide, il remonte sur la jetée. Une Xantia aux vitres teintées quitte le parking lorsqu'il rejoint sa voiture. Les mecs de la Direction des opérations lui collent au cul depuis qu'il a quitté Paris. Il a déjà remarqué la Citroën dans le centre-bourg il y a deux jours, garée devant le Bar du Centre. Ses ex-collègues ne se cachent même pas : ils ont pour mission de lui faire comprendre qu'il est toujours sous surveillance, qu'on ne quitte pas la Boîte aussi facilement.

Il pense à ce secret-défense qu'il a violé en balançant des infos à Réif Arno. Ça, ça peut lui valoir une trentaine d'années de prison. Ça, il faudra toujours le cacher.

Depuis sa mise à la retraite, il se trouve inutile. Depuis une décennie, il ment. Il mentait pour son travail, il mentait à ses proches, il se mentait à lui-même. Le mensonge était sa façon de ne pas s'engager, de prendre ses distances face à la réalité. Sans mensonge, il est désarmé face à cette interrogation délirante : qui est-il maintenant qu'il n'a plus à mentir ?

*

Gh'zala tente de contenir son tremblement de colère.

Elle n'est pas folle, elle a entendu Nadjah, dans la classe voisine, demander à ses élèves : « Quelle est la langue des gens du paradis ? » Les gamins ont répondu en chœur : « L'arabe ». « Cette année, on ne s'exprimera qu'en langue… ? » a continué Nadjah. « En langue arabe ! » ont crié les enfants.

Gh'zala a passé la tête dans la classe voisine : ses sourcils froncés, le léger mouvement de sa tête ne cachaient rien de sa colère. Nadjah est venue vers elle et lui a lancé :

— J'ai le droit d'enseigner en arabe. Si ça te pose un problème, tu n'as qu'à retourner en France !

Gh'zala est allée chercher le directeur et lui a expliqué ce qui venait de se passer.

Le directeur est un homme de presque soixante ans. Il essaye d'empêcher l'islamisation de ses classes, mais le ministère ne l'y aide pas. Ça fait cinquante ans que la question de l'usage de l'arabe classique se pose à l'école. Ça fait cinquante ans que les tenants du français et de la darija, la langue algérienne, ce mélange d'arabe, de berbère et de français, tentent de résister. Dès le primaire, l'arabe classique est préféré pour l'enseignement. Ça date de loin maintenant : en 1962, après l'Indépendance, les instituteurs qui sont venus d'Égypte étaient des islamistes, des Frères musulmans souvent. Aujourd'hui, les conservateurs et les islamistes considèrent l'arabe classique comme la langue du Coran, celle qui doit être enseignée aux enfants dans les madrasas.

— Vous pouvez enseigner en arabe, Nadjah, tempère le directeur. Mais il ne faut pas mélanger enseignement de la religion et enseignement tout court.

— Leur enseigner l'arabe pur leur permettra d'accéder au Paradis, monsieur.

Les autres instituteurs et institutrices se sont regroupés à l'entrée de la classe. La tension est telle que quelques élèves pleurnichent.

— Ils n'ont que six ans, Nadjah…

— À six ans, ils ont le droit de connaître l'enseignement du prophète. À six ans, ils ont le droit d'avoir accès au Paradis.

Gh'zala retrouve son calme, le tremblement a disparu.

Elle s'avance vers sa collègue.

— Nadjah, l'aspiration au Paradis est légitime, et nul ne veut t'offenser.

Pour la première fois, elle prend la parole en public pour exprimer ses idées.

— Mais l'envie de voir notre pays et notre jeunesse accéder au développement est encore plus légitime. Tu es religieuse, très bien, on respectera ta foi. Ces enfants, et tous les enfants d'Algérie, ont besoin d'apprendre la darija et le français, les sciences et plus encore la tolérance, l'ouverture sur le monde. Ils ont besoin de cela pour prendre leur avenir en main. Et celui de l'Algérie.

Le directeur et ses collègues l'observent. Il y a du soutien dans leurs regards, mais leur attitude témoigne de leur frayeur.

— L'arabe classique et la religion viendront bien assez tôt, tu ne crois pas ?

Nadjah fait un pas vers Gh'zala, son visage est impassible.

— *Kāfir !*

Et elle la gifle.

Des enfants crient leur stupeur.

Le tremblement revient dans ses mains. Gh'zala puise en elle une force qu'elle n'imaginait pas posséder pour ne pas répondre d'un coup de poing.

Le directeur intervient juste avant.

— Nadjah, je ne peux tolérer ça. Veuillez me suivre dans mon bureau.

Gh'zala reprend lentement son souffle. Ce n'est pas comme si elle découvrait l'intolérance. En Algérie, l'intolérance s'est immiscée dans tous les cercles de la société, et l'école est devenue le lieu de toutes les luttes politiques. Les enseignants sont pratiquement tous arabisants, et la plupart sont islamistes. Gh'zala sait que certains de ses collègues n'hésitent pas à augmenter la moyenne d'une jeune fille qui accepte de porter le hijab.

Ce jour-là, elle est fière d'avoir pris la parole, d'avoir affronté Nadjah. Lorsqu'elle rentre chez elle, ce soir-là, elle garde le léger voile sur ses cheveux, même si l'envie de le retirer la titille : ça terminerait bien cette journée où elle a résisté.

La Casbah vit.

La rue est toujours aussi bleue : des portes cochères bleues, des balcons bleus, des volets bleus, le bleu d'Algérie. Les gens marchent vite, sans s'attarder. Ça aussi c'est bleu, la peur bleue. Les gens ont toujours peur, beaucoup ont perdu des proches, des enfants, des amis. Beaucoup en perdront encore. On dirait que la violence explose au hasard, que le pays est violence. Le pays de la violence…

Mais si elle résiste, Gh'zala est persuadée qu'elle n'est pas la seule. D'autres résistent, d'autres résisteront, et un jour viendra où ceux-là seront plus nombreux que ceux qui tuent au hasard.

Gh'zala n'est pas devenue folle. Elle a refusé de devenir folle de peur.

Elle lit, elle se tient informée. Elle cherche à transmettre ce qu'elle sait. Elle n'a toujours pas terminé son doctorat, mais elle aurait aimé enseigner le droit. Elle se contente d'enseigner le français à des enfants de cinq à sept ans.

En remontant la rue Abderrahmane, elle évite des femmes qui font leurs courses en observant les étals des marchands. *Quand même*, pense-t-elle, *nos mères étaient moins voilées et elles avaient l'air moins triste*. Des « hitistes », ces jeunes désœuvrés qui tiennent les murs, l'observent méchamment. Ça non plus, ça n'existait pas, avant.

Depuis peu, Gh'zala milite. Elle fait partie d'une association, Tharwa N'Fadhma N'Soumeur, dont le but est l'abrogation du Code de la famille. Le Code de la famille maintient la femme dans un statut de mineure. Tant que la femme ne sera pas juridiquement l'égale de l'homme, l'Algérie ne pourra sortir du chaos. C'est ce qu'elle croit au plus profond d'elle-même.

Un peu plus loin, la foule s'écarte : un imam suivi de cinq hommes barbus vêtus de djellabas descendent la rue. Certains passants les saluent respectueusement, d'autres froncent les sourcils de réprobation. Elle, elle s'efforce de faire comme si ces hommes n'avaient aucune importance.

Gh'zala Boutefnouchet ne sombrera pas dans la folie face aux attentats, aux assassinats, aux massacres qui se multiplient. Elle fera tout pour ne pas mourir, mais elle s'opposera à la folie de ces hommes.

1997

Zacarias a offert deux livres de Said Qutb à Djamila, *L'Islam par le martyr* et *Jalons sur la route de l'islam*. Peut-être sa sœur n'a-t-elle pas saisi qu'il lui indiquait ainsi la voie. Il a même cru voir de la crainte au fond de ses yeux.

Il n'avait pas revu sa famille depuis longtemps. Sa mère, sa sœur et son frère ont semblé étonnés par son aspect : il porte la barbe et un sarouel, s'est rasé la tête, comme un vrai croyant. Son frère lui a dit que ses fréquentations à Londres lui porteraient préjudice – il parlait de la justice française, mais aussi de Dieu. Abd Samad affirme que le cheikh Omar Abou Omar, de la mosquée de Baker Street, est un mauvais croyant. C'est son frère qui est un mauvais croyant ! Que sait-il du vrai islam ?

À la mosquée de Narbonne, Zacarias a voulu expliquer aux jeunes présents après la prière ce qu'était le vrai islam. L'imam l'a apostrophé en lui reprochant d'endoctriner les gens avec de mauvaises croyances. C'est ce qu'il a dit, « des mauvaises croyances » ! Et il lui a ordonné de sortir.

Peu après, Zacarias a reçu de l'argent envoyé par

ses amis londoniens. Il a acheté un billet d'avion et a dit au revoir à sa mère. La tristesse et l'inquiétude qui lui tordaient les intestins n'étaient pas feintes : il savait que son départ était définitif, qu'il embarquait pour un voyage sans retour. Il s'est agenouillé devant sa mère en demandant pardon pour tout le mal qu'il lui avait fait ; il a promis d'être bon.

Il vient d'atterrir à l'aéroport international Bina de Bakou.

L'air est étouffant. Des militaires en armes observent sévèrement les touristes qui débarquent. Son accoutrement pourrait lui valoir un interrogatoire, mais il ne s'attardera pas en Azerbaïdjan ; il doit se rendre en Tchétchénie, puis en Afghanistan. Il apprendra le reste de son périple plus tard. Ses amis de Londres le contacteront en temps et en heure. Pour eux et pour leurs frères de tous les pays, les États-Unis et l'Occident sont dorénavant Dar al-harb.

Mais pour Zacarias, c'est le monde entier qui est « terre de guerre ».

*

Réif Arno n'est pas invité sur les plateaux de télévision pour donner son avis éclairé sur l'actualité. Aucune grande maison d'édition ne lui a payé une fortune pour pondre un essai insipide ou un roman convenu sur son enquête, de Roubaix à Sarajevo. Il est toujours pigiste pour *Libération, La Voix du Nord, Ouest-France* et d'autres canards – deux fois, *Le Parisien* a accepté ses articles. Son nom circule dans les rédactions, on lui répond lorsqu'il propose un sujet. C'est déjà ça.

Il a quitté Lille, vit à nouveau en banlieue parisienne. Brétigny-sur-Orge, avenue de la Commune-de-Paris, un appartement dont les voisins, une famille d'Arméniens, les Habjan, ont des gamins un peu turbulents, tôt le matin. C'est déjà ça.

Il voit toujours Vanessa. Elle ne vit pas avec lui, mais certains soirs elle dort chez lui. Elle a eu dix-huit ans quelques semaines auparavant. Elle veut être journaliste, elle aussi, et a intégré Sciences Po. Réif a été un peu bluffé par la facilité avec laquelle la jeune fille a décroché son bac (sans trop le réviser) et réussi le concours d'entrée de l'école de la rue Saint-Guillaume (sans trop le préparer). Elle prend des cours d'arabe, trois soirs par semaine. On pourrait croire qu'elle a déjà un plan de carrière.

Réif pense qu'elle fréquente un jeune gars. Il ne sait pas s'ils couchent ensemble, mais elle lui a parlé de lui un jour en ces termes que seules les gamines de dix-huit ans peuvent employer : «C'est l'homme de ma vie.» Il s'est retenu d'éclater de rire. Parfois, il la regarde, nue, endormie sur son lit, et il se dit que leur histoire n'a aucun sens et qu'elle n'ira pas loin. Que ce Gaspar va la lui reprendre. Quand il lui en parle, elle lui répond que deux amours, c'est possible. Et elle sourit de son sourire incroyable. C'est déjà ça.

Et puis il y a le père de Vanessa. Depuis leur «entrevue» à Lille, dans son appartement, il l'a revu à trois reprises.

La première fois, Vanessa a joué les intermédiaires. Elle l'a traîné un peu de force jusqu'à ce qu'ils appellent la «maison de Paimpol». La bicoque lui appartient, à moitié avec sa tante. Celle-ci n'y vient jamais et en laisse la jouissance à Vanessa, qui elle-même la laisse pour l'instant à son père. Ils sont restés un week-end à Plouézec, et Benlazar père ne lui a pas adressé un mot. Il a été mis à la retraite après un bref séjour à Alger, où il avait été envoyé pour enquêter sur l'enlèvement des moines de Tibhirine. Là-bas, il a sans doute déconné.

La deuxième fois, Arno y est allé seul.

C'était deux jours après l'attentat du RER B.

Le 3 décembre 1996, à 18 h 02, une rame a explosé à la station Port-Royal, sur la ligne B en direction de Saint-Rémy-lès-Chevreuse. Quatre morts et 91 blessés.

Arno faisait du sur-place depuis quelques semaines : il craignait déjà la page blanche. C'est ça, le problème, quand tu places la barre haut : tu deviens le type qu'on attend au tournant. Et lui, il fallait qu'il publie, qu'il apporte de la nouveauté : c'était ce qu'on attendait de lui.

L'explosion a été provoquée par une bonbonne de gaz, de la poudre noire, du soufre et des clous. Arno n'avait pas suivi l'affaire, mais il s'est souvenu que c'était à peu près les mêmes éléments qui constituaient les bombes de la campagne d'attentats imputée à ce que les flics et ses confrères journalistes appelaient le « réseau Kelkal », en 1995. Le père de Vanessa enquêtait à l'époque sur les réseaux islamistes venus d'Algérie. Le lendemain de l'attentat, sans rien dire à la jeune femme, Réif louait une voiture et débarquait peu après midi à Plouézec.

C'est peu dire que Benlazar père a tiré une gueule

de six pieds de long lorsqu'il a vu son gendre pénétrer dans le patio.

— Hello, beau-papa, a osé Arno en croyant que l'humour était un passeport universel.

Ça n'a pas fait rire Benlazar.

— Tu crois qu'on va faire copain-copain ? Que ça va se finir par des claques sur les cuisses ?

Arno a tout de suite balancé la raison de sa présence. Il a vu passer un trouble dans le regard du retraité.

Benlazar l'a toisé de haut en bas sous la fine bruine glacée.

— Tu ne trouves pas que c'est le même temps qu'à Sarajevo ? a-t-il demandé avec un mouvement de la main, comme s'il essayait de saisir les gouttes d'eau. Sauf qu'ici, c'est l'hiver, et là-bas, c'est plutôt le début du printemps.

— Je ne connais pas la Bosnie, je n'y ai jamais vécu. À part les quelques jours l'année dernière, quand on s'est rencontrés.

Le retraité lui a fait un signe du menton, l'invitant à entrer. Dans la cuisine, il lui a indiqué une chaise, l'encourageant à s'asseoir à la table de ferme bancale.

— J'allais manger un morceau.

Il lui a servi une espèce de ragoût dont Arno n'a pu déterminer quelle viande le constituait. Ils ont bu une bouteille de vin en discutant de l'attentat de Port-Royal. L'antipathie, feinte ou réelle, de Benlazar à l'égard du type qui couchait avec sa fille avait disparu. Souvent, son regard s'illuminait lorsqu'il racontait l'Algérie, le DRS et les militaires au pouvoir, le FIS, le GIA et les assassinats d'innocents. Était-ce le vin ou la nostalgie ? Il répondait aux questions sans méfiance. *La nostalgie, camarade*, fredonna Arno à part lui.

— Comment ça se fait que Khaled Kelkal soit mort, que Boualem Bensaïd soit en prison, et que le même *modus operandi* se retrouve dans cet attentat ?

Benlazar lui a jeté un regard.

— Tu es con ou quoi ?

Arno a convenu d'une grimace qu'il connaissait la réponse.

— C'étaient des marionnettes ?

— Rien n'est certain. En tout cas, c'étaient des soldats, et la guerre ne s'arrête pas parce que les soldats se font tuer. Derrière Kelkal, Touchent ou Bensaïd, tu as les militaires et les islamistes, le DRS et le GIA.

Le journaliste n'a pu retenir un sourire.

— Vous croyez au complot du DRS qui manipule les islamistes du GIA ? Merde, Tedj, c'est comme ce truc qui voudrait que les Américains aient piégé Saddam Hussein pour qu'il attaque le Koweït en 1991.

Les yeux de Benlazar se sont plantés dans les siens.

Oh putain ! Il croit en la thèse du piège tendu par le Pentagone pour envahir l'Irak.

— Merde, Tedj, pas vous. Pas vous, quand même.

— Moi ce que je sais, c'est qu'en juillet 1990, Mme April Glaspie, l'ambassadrice américaine en Irak, a rencontré Saddam Hussein, ou Tarek Aziz, je ne me souviens plus. Ils ont évoqué les raisons de la présence massive de l'armée irakienne à la frontière koweïtienne. Glaspie a affirmé que les États-Unis, inspirés par l'amitié et non par la confrontation, n'avaient pas d'opinion sur le désaccord entre le Koweït et l'Irak. Son pays n'avait aucune intention de commencer une guerre économique avec l'Irak.

De là à ce que Hussein se soit laissé convaincre qu'il avait le feu vert des États-Unis...

Arno a tendu la main vers le paquet de Gitanes.

— Et qui t'a dit de m'appeler Tedj?

Il y a eu un silence pendant lequel Réif Arno s'est demandé si son interlocuteur pouvait s'en prendre à lui physiquement. Il s'est vu assommé à coups de poing, traîné dans le jardin et achevé à coups de pelle. Son corps serait enterré sur une plage des environs, et plus personne n'entendrait parler de lui.

— Je rigole, a lâché Benlazar avec un sourire presque charmant.

Il a poussé le paquet de cigarettes vers Arno.

— Par contre, si je t'entends encore une fois me donner du beau-papa, je t'explose la gueule et je t'enterre sur une plage, pas très loin.

Arno s'est forcé à rire, ça a sonné faux. Il a eu la certitude que son beau-père ne tournait pas rond.

— Pour en revenir à ton histoire du RER Port-Royal, je vais te filer un truc. Ça vaut ce que ça vaut, mais les ramifications terroristes entre l'Algérie et la France ne vont plus durer. Peut-être encore un ou deux ans. Tu verras, on trouvera un nom à ces années dans les livres d'histoire : la décennie noire ou une connerie du genre.

La pluie s'est arrêtée, mais le ciel à travers la grande fenêtre était presque noir.

— Le GIA a besoin d'argent, et les généraux au pouvoir à Alger ont acquis la légitimité qu'il leur faut.

— Vous voulez dire que le GIA, c'est fini?

Benlazar a tendu la flamme de son briquet vers la cigarette d'Arno.

— Le fric vient déjà d'ailleurs. Tu te souviens des

Saoudiens qui ont financé l'armée bosniaque et les combattants de la brigade El Moudjahidin ?

— Les Saoudiens donnent de l'argent au GIA ?

Arno en est resté bouche bée.

— Vous avez des preuves ?

— Aucune. Je te l'ai dit, ça vaut ce que ça vaut. Un de mes supérieurs avait rassemblé des documents, des notes, peu avant sa mort. Je les ai lus et j'ai vu deux choses : d'abord, l'un des fondateurs du GIA, un ancien d'Afghanistan, appartenait au comité consultatif d'Al-Qaïda. Mon supérieur a noté dans la marge : « Al-Qaïda est un danger ». Et puis, vers la fin de l'année 1994, un des émirs du GIA a tenté un ralliement à Al-Qaïda. Tu connais Al-Qaïda ?

Arno a secoué la tête, peu sûr de ses connaissances sur le sujet.

— C'est une organisation terroriste. On pense qu'elle est derrière l'attentat du World Trade Center, en 1993.

— On pense bien.

Benlazar a versé les dernières gouttes de la bouteille dans son verre et les a bues bruyamment.

— Ce sont des anciens d'Afghanistan. Pour moi, il s'agit d'une création des Américains.

Arno n'a pas eu le temps de lui dire que c'était encore une théorie du complot.

— Et ne viens pas m'emmerder avec tes conneries gauchistes : pour combattre les Soviétiques, les Américains ont armé et financé les barbus. C'était pratique, à l'époque. Mais ça va leur péter à la gueule. Si ce n'est déjà fait. C'est exactement comme nous quand on soutient les militaires algériens qui manipulent le GIA : ça nous pète à la gueule.

Benlazar s'énervait. Il s'est coincé une cigarette entre les lèvres, a allumé à plusieurs reprises son briquet sans passer la flamme sur l'extrémité de la clope.

— Al-Qaïda a fait péter le World Trade Center, attaqué des troupes américaines à Aden, fin 1992, et je ne sais quoi encore. Les chefs du GIA veulent conserver un pouvoir total sur leur organisation, c'est pour ça qu'il n'y a pas encore eu d'allégeance à Ben Laden. Mais ça ne va pas tarder : le GIA passera dans le giron d'Al-Qaïda.

Puis il s'est levé brusquement.

— Bon, tout ça m'emmerde, ça ne me concerne plus.

— Les dossiers de votre supérieur, je pourrais y jeter un coup d'œil ?

Benlazar a seulement ouvert la porte de la cuisine.

— Tire-toi.

Arno a écrasé la fin de sa cigarette dans le cendrier avant de sortir dans le patio.

— Merci, Tedj.

L'autre a haussé les épaules.

— Ça ne me concerne plus, mais toi, si tu veux faire ton boulot de journaleux, du bon boulot, penche-toi sur Al-Qaïda. Les prochains coups viendront de Ben Laden et de ses potes.

Une voiture a remonté la rue, de l'autre côté du parking qui faisait face à la maison.

— Putain ! Toujours à me surveiller, ces cons, a-t-il grogné.

— Hein ? Quoi ?

— La Xantia aux vitres fumées qui vient de passer, c'est les mecs du service Action de la Boîte qui me collent au cul.

Arno a hoché la tête : pour lui, c'était une bagnole blanche quelconque.

Il a repris la route en direction de Paris, un peu mal à l'aise. Benlazar lui faisait l'effet d'un individu borderline, un fou détenant quelques vérités que son esprit sur le point de chanceler ne lui permettait pas de rendre intelligibles. *Qu'est-ce qu'il est allé se perdre dans ce coin paumé de Bretagne, aussi ?* Il n'en parlera pas à Vanessa.

La troisième fois qu'il s'est entretenu avec Tedj Benlazar, c'est au début de l'été 1997. Il a réussi à convaincre Vanessa de l'accompagner à Plouézec.

Ça faisait plus d'un an que l'ancien capitaine vivait reclus dans sa retraite bretonne. Plus de six mois qu'Arno ne l'avait pas revu : il était très amaigri, s'était laissé pousser la barbe et toussait beaucoup.

— Tiens, Humbert Humbert est de retour, a-t-il dit en lui serrant la main.

Vanessa a éclaté de rire.

— On ne reste que trois jours, a-t-elle prévenu. Ne commence pas à jouer les pères la morale, on n'aura pas le temps de se rabibocher.

— Toi, il faudra que je te parle, a-t-il glissé à Arno.

— Papa, fous-lui la paix…

Benlazar a souri : ses yeux se sont allumés, il y avait toujours ce vert étonnant au fond.

— Il faudra que je te parle pour le boulot, a-t-il souligné lentement. Tu es toujours journaliste, hein ?

Vanessa n'a pas eu l'air plus rassurée. D'autant moins que Benlazar a jeté quelques regards suspicieux sur les voitures garées en face de chez lui. Arno s'est souvenu des prétendus mecs du service Action.

— Je vais aller me baigner, a déclaré Vanessa. Avant qu'il pleuve.

— Il ne pleuvra pas, s'est étonné Benlazar en jetant un œil au ciel bleu.

— Il pleut au moins une fois par jour dans ce bled, a dit la jeune fille avant d'entrer dans la maison.

Benlazar et Arno se sont assis sur des chaises en bois, dans le patio. À l'abri du vent, le soleil tapait dur, mais c'était agréable. Benlazar a proposé une Gitane, Arno a sorti ses Lucky Strike.

— Vous allez bien ? s'est enquis Arno.

— Qu'est-ce que ça peut te foutre ? Tu t'inquiètes pour ton beau-père, Arnotovic ?

C'est moi qui t'emmènerai à l'hôpital psychiatrique, a pensé le journaliste. *Et je le ferai seulement pour Vanessa. Moi, à tout prendre, je te laisserais bien te balancer du haut d'une falaise, persuadé d'être pourchassé par tes anciens collègues dans une Xantia aux vitres fumées.*

Et puis, il a aperçu la crosse du pistolet sous la chemise de Benlazar.

— Non, c'est histoire de discuter…

Vanessa est apparue avec une serviette sur l'épaule.

— Tu veux venir, Réif ?

— Laisse-nous, a répondu Benlazar, on doit parler boulot.

La jeune fille a plissé les paupières, comme si elle jaugeait son père, se demandant s'il était toujours un menteur professionnel.

Il a souri paisiblement.

— Je ne vais pas lui faire de mal, à ton Réif. Va, ma fille, va en paix.

Elle est montée sur le vélo posé contre le mur de la petite cour et a pris la direction de la plage.

— Elle va à Boulgueff. Sa mère allait toujours sur cette plage. Enfin, c'est ce qu'on raconte, moi je ne m'en souviens plus.

Les deux hommes sont rentrés à leur tour dans la maison. Benlazar a entraîné Arno dans ce qu'il appelait son bureau, c'est-à-dire le grenier. Au centre de la pièce qui puait le bois pourri trônait une large table, plutôt un long pan de bois posé sur deux tréteaux. Beaucoup de journaux, en tas, sur le sol. La chaleur était suffocante, car le soleil frappait directement sur les tuiles du toit, et il n'y avait aucune isolation. Le froid devait y être glacial, l'hiver.

Benlazar s'est approché de la table : trois dossiers cartonnés siglés DGSE/Confidentiel Défense étaient posés dessus.

— Je t'ai parlé des dossiers de mon supérieur, l'autre fois, hein ?

Arno a fait oui d'un mouvement de tête.

— Disons que ça en faisait partie…

Il a repoussé le premier dossier.

— Celui-là, il est dépassé, c'est le GIA, le DRS et des conneries d'avant.

Il a montré les deux autres.

— Ceux-là, peut-être qu'ils prédisent l'avenir.

— Vous avez volé des documents classés confidentiel défense ? a sifflé Arno en s'approchant à son tour.

— Bellevue me les avait donnés, ces dossiers. La DGSE a estimé qu'ils étaient juste bons à être enterrés aux archives, rien de plus. Les cons ! Mais ces dossiers m'appartiennent. J'estime qu'en garder quelques-uns n'est pas trahir la France.

Arno a repensé à l'arme dissimulée sous sa chemise, un frisson lui a parcouru l'échine.

— Si tu trouves quelque chose qui peut te servir…, a ajouté Benlazar en s'engageant déjà dans l'escalier. C'est la dernière chose que je peux faire pour toi.

Arno a suivi du regard l'homme barbu, un peu voûté, jusqu'à ce qu'il disparaisse au bas des marches.

Il a ouvert le premier dossier. Puis le second. Des milliers de feuilles. La plupart annotées d'une écriture presque illisible, celle du commandant Bellevue. Une mine d'or.

Un bruit de moteur est monté depuis la rue.

— Il va où, le Hubert Bonnisseur de La Bath de mon cul?

Mais alors qu'il se précipitait pour aller trouver Benlazar, le journaliste a repensé à l'arme sous la chemise. Une peur atroce l'a saisi, le figeant sur place.

Il a descendu les marches lentement, s'arrêtant au moindre craquement.

Sur le mur de l'escalier, il y avait des photos encadrées. L'une d'elles montrait une famille ordinaire : Tedj Benlazar, plus jeune, plus athlétique, souriait franchement en serrant contre lui deux fillettes. Vanessa et Nathalie, la sœur disparue. La femme à ses côtés portait une cicatrice sur la joue gauche, qui étonnamment ne l'enlaidissait pas. Évelyne, la mère de Vanessa.

Arno n'a trouvé personne dans la salle à manger, personne dans la cuisine. Benlazar n'était pas non plus dans le patio ni dans le jardin. Il s'était tiré – le bruit de moteur dans la rue, c'était sa voiture.

La respiration saccadée de Réif Arno s'est calmée. Il est remonté auprès des dossiers Bellevue qu'il a commencé à feuilleter. D'abord du bout des doigts puis de plus en plus frénétiquement. Sur la poutre qui surplombait la table où se trouvaient les documents, il a découvert un Post-it. Dessus, au stylo bille, étaient notés un nom (Abdullah) et un numéro en 06, un téléphone cellulaire. Celui de Qasim Abdullah, l'homme que Benlazar lui avait fait rencontrer près du pont de Zenica ? Arno a arraché le Post-it et l'a fourré dans sa poche, comme si Benlazar pouvait venir lui reprendre. Puis il est redescendu dans le patio en emportant quelques documents.

Il a somnolé un peu au soleil. Un goût désagréable a envahi sa bouche, l'impression que personne ne le prenait au sérieux, ni Benlazar ni les gens avec qui il bossait, ses collègues et les rédacteurs en chef qui lui prenaient ses articles de temps en temps. Pourtant, Benlazar lui avait « légué » ces dossiers.

Deux heures plus tard, Vanessa a poussé le vélo contre le mur, à sa place habituelle.

— Il est où ?
— Je ne sais pas, il a pris sa bagnole et il s'est tiré sans dire un mot.

La jeune fille est restée immobile. Dans ses yeux, on lisait qu'elle s'y attendait.

— J'ai faim. On se fait quelque chose à manger ?

Après le repas, Arno est remonté dans le grenier. Oui, les dossiers étaient une mine pour qui savait s'en servir. Pour qui voulait s'en servir. Pas besoin d'être un grand spécialiste de la géopolitique pour comprendre où Benlazar voulait entraîner Arno : la piste à suivre, c'était Al-Qaïda.

Tedj Benlazar est rentré tard dans la soirée.

Depuis le grenier, Arno a entendu sa fille lui demander :

— Ça t'arrive de prévenir quand tu disparais ?
— Je suis allé boire un coup.

Arno a reposé le dossier qu'il lisait, en retenant son souffle.

— Il bosse, ton Humbert Humbert ?
— Il a un boulot, lui, et il le fait consciencieusement, lui.

Un sourire stupide a déformé le visage d'Arno.

*

Au début de l'automne, Gh'zala a commencé à noter le décompte des victimes recensées par les médias. C'était une façon de témoigner, de faire œuvre d'histoire, en quelque sorte. Son carnet contient une trentaine de pages noircies.

20 septembre 1997 : 50 morts à Beni Slimane, près de Médéa, tués par un groupe armé.
22 septembre 1997 : entre 85 et 400 morts à Bentalha, banlieue est d'Alger
23 septembre 1997 : bombe dans un café de Réghaia, Alger ; 3 morts et 6 blessés.
24 septembre 1997 : rien.
25 septembre 1997 : 3 morts et plusieurs blessés dans un attentat à la bombe à Ouled Yaïch, Blida ; 8 personnes d'une même famille exécutées dans une ferme de Hameur El Aïn, près de Tipaza ; 6 personnes égorgées à Sidi Bel Abbès.
25 septembre 1997 : 7 personnes tuées à El Affroun ; 20 habitants du village de Aïn El Hadj, près de Djelfa, massacrés.
27 septembre 1997 : Ø
28 septembre 1997 : 12 personnes assassinées sur la route de Shamda près de Sidi Bel Abbès à un

barrage dressé par des hommes armés non identifiés ; 47 membres d'une même famille, tués par une bande armée ; 10 ouvriers tués sur un chantier de la société Cosider à Bouzareah, Alger ; 8 personnes tuées à Sidi El Kebir, Alger

29 septembre 1997 : 10 personnes massacrées à Tlemcen ; 4 personnes de la même famille tuées dans le quartier de Sidi Youcef à Beni Messous ; 6 personnes d'une même famille massacrées à Rabahia près de Saïda ; 3 hommes tués près de Tlemcen.

30 septembre 1997 : aucun.

1er octobre 1997 : 4 membres d'une même famille tués à Saïda ; 7 cadavres mutilés découverts dans un puits à Tiaret.

2 octobre 1997 : 14 personnes massacrées à Kharouba, près d'Oran ; 37 personnes massacrées à Melaha, près de Blida ; 32 habitants assassinés à Ouled Sidi Aïssa, près de Médéa ; 13 membres d'une même famille massacrés à Seghouane, près de Médéa.

3 octobre 1997 : 22 cadavres retrouvés sur le pont de Khemis Miliana à Aïn Defla, mutilés et criblés de balles.

4 octobre : 22 personnes massacrées à Ouled Bouachra, près de Médéa ; 10 habitants de Blida tués par des tirs d'obus de mortier à Blida ; un ratissage de l'armée fait 100 victimes dans la région de Tiaret.

5 octobre 1997 : 16 personnes massacrées à Sekmouna, près de Médéa ; 10 personnes massacrées à Ouled Sidi Yahia (Aïn Defla) par un groupe armé ; 17 écoliers circulant à bord d'un bus, tués à un barrage dressé sur la route par un groupe armé ; une dizaine de cadavres mutilés retrouvés à Maamoura, près de Saïda, après un ratissage de l'armée.

6 octobre 1997 : massacre de 15 personnes à Zoubiria, près de Médéa ; 3 morts et 10 blessés dans un attentat à la bombe au passage d'un train à Tlemcen.

7 octobre 1997 : rien.

8 octobre 1997 : rien.
9 octobre 1997 : 9 personnes massacrées à Souaghi, près de Beni Slimane.
10 octobre 1997 : 7 morts et 30 blessés dans l'explosion de bombes dans deux mosquées de Bouzareah, à Alger, en pleine prière du vendredi.
11 octobre 1997 : 14 personnes de deux familles massacrées à Boufarik.
12 octobre 1997 : 22 personnes massacrées à Beni Slimane, près de Médéa ; 9 automobilistes tués à un barrage dressé par des hommes en tenue militaire sur la route Seghouane-Medjbeur, près de Médéa ; 43 voyageurs tués à un barrage dressé par des hommes armés à Sidi Daoud, près d'Oran ; un père et ses deux enfants tués près de Saïda.

Le 13 octobre, Gh'zala n'a plus pu écrire.

Son carnet s'arrête ce jour-là parce qu'il n'aurait pas eu assez de pages. Elle a péché par présomption : tenir une comptabilité des morts n'aidera pas les vivants. Ce qui aidera les vivants, c'est se battre comme elle le fait avec ses collègues dans Tharwa N'Fadhma N'Soumeur. Abroger ce Code de la famille d'un autre âge, ça, ça aidera les vivants.

Et puis noter ces dates, ces nombres, ça la rend plus anxieuse, ça l'oblige à craindre qu'un jour son nom à elle se retrouvera sur les pages du carnet.

Elle est restée immobile devant son bureau, dans le halo faible de la petite lampe de verre. La peur, elle l'éprouve suffisamment au quotidien pour ne pas l'augmenter plus encore par une recension morbide.

*

Réif Arno termine son café, trop parfumé à la cardamome. Autour de lui, Peshawar s'active. Un brouhaha de cris, de Klaxons, de motos sur lesquelles s'entassent trois ou quatre passagers, de braiements d'ânes que l'on fouette, de jappements de chiens que l'on savate s'élève du bazar Qissa Khwami.

Les marchands de primeurs ont mis en place leurs étals, des charrettes à bras qu'ils déplacent au fil de la journée. Des soldats et des miliciens remontent la rue d'un pas détendu.

De nombreuses femmes sont entièrement voilées. Certaines portent une petite grille sur le visage, qui masque leurs yeux. Les talibans ont imposé la burqa, ce vêtement traditionnel des tribus pachtounes, en Afghanistan. Peshawar est le fief des Pachtounes au Pakistan. Elle est surtout située au pied de la mythique passe de Khyber, 58 kilomètres de chemins escarpés qui relient le Pakistan à l'Afghanistan, passage obligé de tous les trafics, marchandises et hommes depuis l'Antiquité – des hommes en armes, de plus en plus. Ici, il paraît que des dizaines de factions, de tribus ou de nations s'affrontent : Pendjabis, Ouzbeks, Tchétchènes, même des Chinois ; et aussi des agents des États-Unis et des correspondants de l'Otan. Arno a l'impression d'être à Istanbul pendant la guerre froide, dans un mauvais film d'espionnage.

Il laisse quelques roupies sur la table et hèle un taxi jaune.

— *Saint-Johns Cathedral, please*, dit-il au chauffeur.

Réif Arno est à Peshawar.
Il a composé le numéro de téléphone que Benlazar

avait placé bien en vue dans le grenier de la maison de Paimpol.

Sur la boîte vocale, il a laissé un message : ils s'étaient rencontrés en Bosnie par l'entremise d'un agent de la DGSE, il était journaliste et travaillait sur le Moyen-Orient, l'Algérie et la Bosnie.

Trois jours plus tard, un homme l'a rappelé. C'était bien Qasim Abdullah, l'ancien de la brigade El Moudjahidin. Il a demandé «combien?» dans un anglais à fort accent afghan. «Combien, quoi?» a répondu Arno. «Combien tu me donnes pour les renseignements; le Français me donnait deux mille dollars.» Le journaliste a répondu que la dernière fois, il n'avait pas payé. Abdullah a ri. «Le capitaine Benlazar m'avait gentiment demandé de t'aider, et quand le capitaine demande, ben, on accepte, même gratuitement.» Arno n'a pas négocié : c'est le prix, oui, deux mille dollars. Puis il a réfléchi. «Vous ne savez même pas quelles informations je cherche.» L'autre a eu un ricanement, la ligne était mauvaise, parfois saccadée. «Tu veux savoir des choses sur la Base, n'est-ce pas? Ici, il y a d'autres journalistes, beaucoup, des Américains, des Anglais, qui veulent savoir des choses sur la Base. Si tu veux tes informations, on se retrouve vendredi prochain, dans une semaine, en fin de journée, devant la cathédrale Saint-Jean, à Peshawar.»

Peshawar? Merde, mais Peshawar c'est au Pakistan, ça? Je suis à Paname, moi!

Mais son interlocuteur avait raccroché.

D'abord, Arno s'est dit que c'était délirant d'aller se perdre à Peshawar. C'était un coup à y laisser sa peau. Il imagine le coin comme un vaste Far West à l'orientale où la vie n'a de prix que celui fixé par la rançon attendue. Et personne ne paiera jamais pour lui.

Puis il a réfléchi toute la semaine suivante. Vanessa ne s'est pas braquée comme il l'avait craint ; elle a d'abord dit : « Il faut faire gaffe : le Pakistan, l'Afghanistan, pour mon père, y aller, c'est un peu comme passer des vacances à Paimpol pour nous. » Réif a songé qu'elle ne pouvait pas s'opposer à son départ. Peut-être était-ce cette possibilité de voyage vers l'inconnu qui la motivait à s'engager en journalisme, elle aussi. La jeune fille venait d'intégrer l'EFJ, après avoir préparé sans trop se forcer le concours d'admission. En réalité, c'est elle qui l'a décidé à accepter la « proposition » de Benlazar.

— Franchement, si tu crois que ça peut donner quelque chose, il faut peut-être tenter le truc, a-t-elle dit. Parce que moi, entre l'école, le stage que je vais devoir faire, les cours d'arabe, je vais être pas mal occupée.

Parce que Réif la regardait, indécis, elle a ajouté :
— Tu fais attention, hein ? Tu fais attention à ce que raconte mon père et tu fais attention là-bas. Mais je ne vais pas te retenir, on n'est pas mariés.

Elle le surprend souvent par sa maturité. Parfois il se trouve moins adulte qu'elle. Évidemment, il voit tout l'intérêt d'un voyage dans les zones tribales : un tel voyage pourrait relancer sa carrière, mais il aurait voulu que Vanessa le retienne un peu plus. Juste un peu plus pour lui prouver qu'elle tient vraiment à lui.

Alors, il a mis en vente sa bagnole et entrepris les démarches nécessaires à un départ pour Peshawar. De fait, Vanessa s'est complètement investie dans la reprise de ses études. Après qu'elle avait claqué la porte de Sciences Po, Arno avait pourtant cru qu'elle se ferait toute seule, comme il s'était fait tout seul, lui, sans études, sans carnet d'adresses, sans piston.

Un soir, ils ont mangé dans un restaurant place Clichy et ils se sont saoulés. Vanessa n'était pas triste, elle comprenait les raisons de son départ, lui a-t-elle assuré à plusieurs reprises. Arno a songé qu'il n'était pas certain de les comprendre.

Le lendemain, il prenait l'avion pour Peshawar. Le chèque qu'il a signé dans une agence de voyages était en bois. La somme que lui a rapportée la vente de son véhicule, il l'a changée en dollars US.

Il fait chaud dans le taxi qui avance par soubresauts. Le chauffeur écrase sans cesse son Klaxon pour accélérer le trafic au ralenti devant lui. Arno décolle son dos du Skaï de la banquette. Un pousse-pousse tracté par un vélo se colle à sa fenêtre ; le passager, un homme à épaisses moustaches, tape sur son chauffeur à coups de journal en lui hurlant dessus.

— *Tourist ?* demande le chauffeur de taxi.
— *Yes... no... Journalist.*
Le type éclate de rire.
— *Journalist ? But there is nothing here for your newspaper.*

Il rit à s'en décrocher la mâchoire, puis crie soudain une insulte en pachto à l'adresse d'un tricycle décoré de guirlandes, sur lequel une demi-douzaine d'hommes sont juchés, et qui vient de lui couper la route.

— *You lose your time in Peshawar*, reprend-il, à nouveau souriant.

Comme si je ne perdais pas mon temps à Paris…

Trois quarts d'heure plus tard, le taxi s'arrête non loin d'une église massive. Les murs sont ocre, la façade, blanche, qui renvoie les derniers rayons du soleil en une lumière aveuglante.

Le chauffeur passe la tête par la fenêtre de sa portière avant de redémarrer.

— *Be careful, journalist. There is nothing for you in Peshawar but war is coming.*

Arno reste debout sur le trottoir : s'il lui fallait une raison pour se dire qu'il a perdu la raison, l'arrivée d'une guerre est tout à fait appropriée.

Peshawar se trouve à moins de deux cents kilomètres du Cachemire. Il y a eu deux guerres indo-pakistanaises, mais c'était il y a longtemps. La guerre dont parle le taxi est celle qui viendra de l'Ouest, de l'Afghanistan. Les talibans ont pris Kaboul l'année précédente. Une vaste offensive a été lancée vers le Nord. Personne ne sait vraiment jusqu'où ira la guerre, quels seront les prochains fronts. Au Pakistan même, les zones tribales à l'ouest de Peshawar, frontalières de l'Afghanistan, sont considérées comme un facteur d'instabilité pour le pays et pour toute la région.

— *So, you are here.*

Arno se retourne. Un homme barbu, portant le pakol afghan, le dévisage : c'est Qasim Abdullah. Il a décidé de parler anglais.

— *Nice to meet you*, baragouine Arno en tendant la main.

L'homme refuse sa main, mais pose la sienne sur son cœur.

— *The money, give me the money.*

Le Français secoue la tête.

— *We need to talk first.*

Les lèvres d'Abdullah se déforment, et son regard n'augure rien de bon : il suinte la trouille.

— *Last time, it was good for you, I've read your shit in a french newspaper.*

— *Yes, but the last time was free. It's a lot of money today…*

— *Fuck you! And be careful, you are not in France, here.* Voilà. Deux fois qu'on lui dit de se méfier en quelques minutes. Deux fois qu'on le menace, et il se trouve à des milliers de kilomètres de Paris, dans une région que les spécialistes qualifient de «poudrière».

Il plonge la main dans la poche intérieure de son blouson et en tire une enveloppe qui contient deux mille dollars – les quinze mille balles que valait sa bagnole.

Qasim Abdullah prend l'argent, fait mine de compter les billets, les glisse dans sa veste.

— *Let's talk now*, dit-il avec un large sourire.

Le soleil s'est couché derrière les toits de Peshawar.

*

Le commandant Laureline Fell de la DST et le capitaine Riva Hocq du SRPJ de Lille patientent dans la petite pièce. Les murs sont tachés d'humidité, et une ampoule éclaire faiblement la table derrière laquelle elles sont assises. Hocq n'a jamais mené d'interrogatoire à l'étranger.

Elles sont arrivées la veille à Sarajevo. L'aéroport a été rouvert aux vols civils à peine un an plus tôt, la ville porte encore les marques de la guerre qui l'a ravagée. Mais les rues revivent, les habitants aussi.

Le soir, après le repas, elles ont fait quelques pas le long de la Miljacka. Des gamins jetaient des pierres dans la rivière en riant.

— J'ai connu un homme qui a vécu ici, a dit Fell.
— Un Bosniaque ? Pendant la guerre ?
— Non, un Français, juste après les accords de paix. Il était de la DGSE, en poste à Sarajevo.

Hocq connaît cet agent de la DGSE, le grand type qu'elle a vu le soir de l'attentat manqué devant le commissariat de Lille et plus tard, en bas de chez Réif Arno.

— Il voulait que je vienne l'y rejoindre quelques jours. Il parlait d'une petite ville, pas très loin, où l'on pouvait skier. Je n'y suis jamais allée…

De la musique s'échappait de la porte entrouverte d'un café. Des hommes fumaient, assis contre la façade.

— Il est toujours à Sarajevo ?

Fell a paru gênée.

— Non, il a disparu.

Elles se sont arrêtées au bas d'une rue qui montait sur la colline au-dessus de Bašèaršija, puis elles ont rebroussé chemin.

Hocq n'a pas cherché à en savoir plus. Inutile. Si Benlazar a disparu, c'est parce qu'elle a prévenu sa hiérarchie qu'un officier traitant de la DGSE en poste à Sarajevo avait transmis des informations confidentielles à un journaliste. Son ministère a demandé des explications au ministère de la Défense. La DGSE n'a pu couvrir Benlazar, elle a été obligée de lancer une mise aux arrêts. Mais Benlazar avait déjà quitté la maison de Plouézec.

À Zenica, aujourd'hui, elles doivent rencontrer Lionel Dumont.

Dumont a réussi à quitter la France après la fusillade de la rue Henri-Carette. Il a refait surface en Bosnie où il a retrouvé Mouloud Bouguelane et Bimian Zefferini, d'autres membres du gang de Roubaix.

À leur arrivée, un flic bosniaque a expliqué la suite à Fell et Hocq. En Bosnie, les choses ont changé depuis les accords de Dayton : les autorités bosniaques souhaitent prendre leurs distances avec les moudjahidine. La Brigade a été dissoute sur demande des Américains de la SFOR, la force de stabilisation de l'Otan, dont la mission est de faire appliquer les accords de paix.

Dumont et Bouguelane n'ont pas retrouvé leurs amis. Ils étaient seuls en Bosnie. Ils ont dû ressortir les flingues et ont commis plusieurs braquages autour de Zenica. Après l'attaque d'une armurerie, puis celle d'une station-service au cours de laquelle un policier en civil a été abattu, Dumont et Bouguelane se sont enfuis dans la montagne avec leur arsenal. Leurs portraits s'affichaient en une de la presse bosniaque. Ils sont restés cachés jusqu'à ce qu'un émissaire des émirs de la Brigade vienne les chercher pour les aider, un certain Abou El-Maali, surveillé par la police bosniaque. Les deux Français, rejoints par Bimian Zefferini, se sont planqués pendant un temps dans un appartement à Sarajevo. Bouguelane s'est fait arrêter le premier. Trois jours plus tard, les forces de sécurité ont donné l'assaut sur la planque. Fell et Hocq ont vu les images filmées par les caméras de télévision : les flics tiraient sans sommation, Zefferini et un policier ont été tués, Dumont arrêté.

Le 16 juillet, Lionel Dumont, vingt-huit ans, et Mouloud Bouguelane, vingt-neuf ans, ont été condamnés à vingt ans de réclusion pour meurtres.

En terminant son récit, le flic bosniaque a soupiré : « Parfois, la peine de mort, enfin, vous voyez… »

Un bruit de serrure se fait entendre. Fell et Hocq se lèvent.

L'homme qui entre glisse quelques mots au gardien qui l'accompagne ; il parle le bosniaque et se fait appeler Abou Hamza, il vient d'épouser une toute jeune femme des environs de Zenica.

— Bonjour, dit-il avec un sourire bienveillant.

Il s'assoit sur la chaise, pose un livre sur la table. *Papillon*, d'Henri Charrière, note Hocq. Le gardien reste debout, dos à la porte.

— Je suis le commandant Fell de la Direction de la surveillance du territoire. Voici le capitaine Hocq du Service régional de la Police judiciaire de Lille. Nous voudrions vous entendre à propos de différents crimes dont vous êtes accusé en France.

Lionel Dumont est plutôt costaud, son regard bleu est franc. Il a l'apparence tranquille d'un type qui ne regrette rien, mais n'attend rien de l'avenir non plus.

— Je ne me cherche pas d'excuses, commence-t-il. Mais je n'ai tué personne : l'autopsie et les analyses balistiques l'ont prouvé. J'allais chercher de l'argent là où il y en avait, pour m'aider et pour aider mon prochain. Sans tuer de braves gars. Dieu le sait, et c'est l'essentiel.

Hocq ouvre le dossier posé devant elle, sur la petite table.

— Vous reconnaissez votre implication dans l'attaque à main armée, le 20 janvier 1996, de la supérette

Eda, rue Corneille, à Wattrelos ; la tentative de meurtre sur des policiers de la Brigade anti-criminalité, rue Verte, à Croix, le 27 janvier 1996 ; l'attaque à main armée contre l'Aldi de Lomme, le 3 février 1996 ; la tentative, le même jour, d'attaque à main armée contre l'Aldi d'Haubourdin ; l'attaque à main armée du Lidl d'Auchy-les-Mines, le 7 février 1996 ; l'attaque à main armée contre le Lidl de Faches-Thumesnil, le 8 février 1996 ; l'attaque à main armée de l'Aldi de Croix, le même jour, et l'homicide de M. Hamoud Feddal ; la tentative d'attaque à main armée d'un fourgon blindé sur le parking de l'Auchan de Leers, le 25 mars 1996 ; et la tentative d'attentat à la voiture piégée devant le commissariat central de Lille, le 28 mars 1996 ?

Dumont a un sourire.

— C'est tout ?

— C'est déjà pas mal pour un jeune homme de vingt-huit ans, non ? Vous reconnaissez votre participation à ces faits ?

Il hausse les sourcils.

— J'avais les yeux bleus, une jeunesse modeste et belle, le profil idéal pour réussir. Avoir des enfants, un métier. Mais Allah m'a choisi un autre chemin.

Fell le fixe quelques instants.

— Vous étiez dans une logique d'importation du djihad en France, monsieur Dumont ?

Le prisonnier cesse de sourire, il réfléchit à la question. On entend des cris dans la prison.

— Je ne représente pas la religion que j'ai adoptée, répond-il. Je suis un marginal. Par certains côtés, je suis un exemple à ne pas suivre.

— Pourquoi, une fois revenu en Bosnie, avez-vous

continué à voler de l'argent ? reprend Fell. Vous financez quelle organisation ?

Son visage est beau, son regard peut-être nostalgique.

— On n'avait plus rien, sinon nos flingues à la ceinture, Interpol aux fesses. Ils nous ont mis clochards. En un an de cavale, ils n'ont pas fait porter un paquet de dattes à ma femme.

— Vos amis, ici ? Vous avez des noms ?

— Les prisons sont pleines d'anciens moudjahidine comme moi.

— Vous avez des noms à nous donner, monsieur Dumont ? répète Fell sans quitter des yeux le prisonnier.

Celui-ci reste muet.

— Vous êtes en sécurité, ici, dans la prison ? s'inquiète Riva Hocq.

— Les seuls qui sympathisent sont les prisonniers serbes, un comble !

Il semble méditer un instant à ce qu'il va dire.

— Peut-être sommes-nous dans la situation de témoins d'un accident de voiture qui, juste en décrivant ce qu'ils ont vu, permettraient à des enquêteurs de comprendre ce qui a pu se passer.

Laureline Fell pose ses mains sur la table.

— Vous avez été témoin de quoi exactement ? Vous avez des noms ? Quelque chose qui pourrait intéresser notre enquête ?

Les lèvres de Dumont se tordent légèrement : il n'en dira pas plus, son témoignage pourrait sans aucun doute lui coûter la vie.

Fell change de sujet.

— Et l'Iran dans tout ça ?

— Là-bas, c'est de la politique.

— Et l'Afghanistan ?

— J'y serais bien allé, mais je n'aurais pu emmener mon épouse. Pour les femmes, ça manque de commodités.

— Justement, votre femme, ça lui fait quoi d'être mariée à un type qui va faire vingt années de prison ?

Dumont l'observe quelques instants.

— Elle est très pieuse. Elle sait comme moi qu'il n'y a de vraie vie que l'autre vie.

Hocq sent que Fell s'énerve : ses doigts tapotent nerveusement sur le bord de la table. Lionel Dumont se referme. Elle repousse sa chaise en arrière.

— OK pour moi, lâche-t-elle en se levant.

Riva Hocq s'avance ensuite vers Dumont.

— Nous allons demander aux autorités bosniaques votre transfert en France, ainsi que celui de votre complice, M. Mouloud Bouguelane, dans le cadre de l'instruction sur le gang de Roubaix.

— Vous êtes également soupçonné de liens avec les réseaux islamistes, monsieur Dumont, lance Fell. Bonne journée.

Hocq se surprend à sourire au prisonnier : ce type a sans doute beaucoup de sang sur les mains, il a tiré sur ses collègues, il n'hésiterait pas à lui tirer dessus, mais elle ne peut s'empêcher de lui adresser un sourire.

— Bonne journée, dit-elle à son tour.

Lionel Dumont se lève et le gardien le fait sortir de la pièce.

— De la merde, tout ça, grogne Fell.

*

Il faut bien comprendre ce que sont les zones tribales où s'enfonce Réif Arno : un territoire grand comme la Belgique, qui s'étire sur presque 30 000 kilomètres carrés à l'ouest de Peshawar et jusqu'à la frontière afghane.

Le Français voyait la région comme un Far West un peu exotique. Un cliché pas si éloigné de la réalité.

Qasim Abdullah conduit la Peugeot 504 à plateau sur la route étroite qui surplombe un ravin de plusieurs dizaines de mètres. Au loin, les massifs montagneux qui émergent de la brume indiquent la passe de Khyber. Une cinquantaine de kilomètres plus loin, c'est l'Afghanistan.

À la gauche d'Arno est assis un homme qui porte des lunettes de soleil, une barbe dense et un pistolet à la ceinture. Il n'a pas dit un mot depuis le départ de Peshawar. Abdullah l'a présenté comme Ali, un soldat de la Base.

La Base. Al-Qaïda. Qasim Abdullah lui a promis un rendez-vous avec un chef important de l'organisation. Mais pour cela, il faut s'enfoncer dans les zones tribales, le Far West. Réif a accepté. Il tourne en rond depuis son arrivée à Peshawar : ce que lui raconte Abdullah n'est pas intéressant, d'autres l'ont déjà raconté. Rentrer en France sans rien serait signer sa mise au ban du journalisme. Alors il veut revenir auréolé de gloire, gagner la reconnaissance de ses collègues. Et puis, une fierté qu'il ne se connaissait pas le pousse vers le danger, une fierté qu'il voudrait voir Vanessa éprouver à son égard.

Abdullah et lui ont pris la route très tôt, le matin même. À la sortie de Peshawar, Ali est monté dans la camionnette. Ils n'ont pas tardé à s'engager sur des routes étroites et sinueuses, croisant ou doublant dangereusement des camions surchargés de marchandises et d'hommes.

Les zones tribales, que l'on nomme ici les Fata, Federally administered tribal areas, constituent la région la plus pauvre du Pakistan. Ici, l'État central n'a pas le contrôle juridique ou policier, ce sont les chefs de tribus qui exercent le droit coutumier. C'est ce qu'il ressort des articles de presse et des rapports d'ONG qu'Arno a lus pour préparer son voyage.

Abdullah confirme : Islamabad n'a aucun pouvoir ici. Il montre une ligne imaginaire vers l'Ouest, au-delà de la passe de Khyber.

— *A long time ago, at the end of the nineteenth century, I guess, a man called Mortimer Durand decided that the frontier is over there.*

Il éclate de rire. Ali lui-même a un léger sourire.

— *This Durand Line is officially the border. This line separates the pachtoun people. But they don't care!*

C'est vrai : les zones tribales sont de véritables zones grises, peuplées de tribus ne répondant qu'à leurs chefs, mais aussi pleines de réfugiés afghans, d'anciens moudjahidine ayant combattu l'Armée rouge durant les années quatre-vingt.

Islamabad a soutenu la lutte antisoviétique et, après la paix, les Pakistanais ont choisi le camp des talibans qui viennent de s'installer à Kaboul. Ils s'opposent aux forces de l'Alliance du Nord du commandant Massoud : celles-ci sont principalement constituées de Tadjiks et soutenues par l'Inde, l'ennemi historique du Pakistan. Islamabad appuie les mouvements fondamentalistes. Al-Qaïda, par exemple… Oussama Ben Laden a récemment été reçu à Kaboul, et des camps d'entraînement fleurissent sur le territoire taliban.

— *Give me a french cigarette!* exige Abdullah tout en s'escrimant à doubler un camion-citerne qui se traîne.

Réif lui tend une Lucky Strike.

Certaines études d'ONG et des rapports du ministère de l'Intérieur français notent qu'ici les zones tribales disposent d'un niveau d'autonomie presque total. Des collègues d'Arno considèrent l'endroit comme le repaire idéal pour les candidats au djihad international. Le journaliste a lu aussi que la société pachtoune n'est pas restée à l'âge de pierre. Le libéralisme économique des années quatre-vingt, le boom de la contrebande et les transferts de fonds des émigrés ont permis à des groupes tribaux émergents de s'enrichir. Pendant la guerre d'Afghanistan, les flux de dollars en provenance de l'Arabie saoudite ou des États-Unis, les armes et la contrebande, le trafic de drogue et les enlèvements contre rançon, les vols de voitures ont été des sources importantes de revenus. Voilà à peu près tout ce que sait Réif Arno.

Depuis une vingtaine de minutes, Abdullah n'a pas dit un mot. Il affiche un air soucieux.

Ali dégaine bientôt son arme.

— *What's happening?* bredouille Réif en s'agrippant au tableau de bord.

Les deux hommes gardent le silence, les yeux rivés sur le haut de la falaise abrupte qui plonge sur la route.

La camionnette s'engage brusquement sur un petit chemin, bondissant de nids-de-poule en pierres d'éboulis. L'ascension est lente, et les passagers sont ballottés dans tous les sens. Le moteur hurle, et Abdullah, qui se mord les lèvres dans l'effort, tente de maîtriser le véhicule.

Au bout d'une centaine de mètres, le chemin débouche sur un promontoire.

— *Here we are*, déclare Abdullah en coupant le moteur.

Il saute à terre. Ali pousse Arno et le force à descendre, il tient toujours son pistolet à la main.

— *A cigarette, quick!* ordonne à nouveau Abdullah.

Réif obtempère. Physiquement, il se sent supérieur à son indicateur, mais il y a le flingue d'Ali. Il lui propose d'ailleurs une cigarette. Ali le fusille d'un regard méprisant : fumer, c'est *haram*.

Arno laisse vagabonder son regard sur la vallée. En contrebas, on voit le toit des camions sillonner la montagne aride. Comment des gens peuvent-ils vivre dans un tel désert ?

Soudain, deux hommes apparaissent au-dessus du promontoire rocheux. Derrière eux, un troisième guide une demi-douzaine d'ânes.

Abdullah écrase précipitamment sa cigarette, l'air gêné.

— *Assalamu alaykum!* dit-il.

— *Wa aleykum assalam wa rahmatoullahi wa barakatouh*, répond un grand type barbu, coiffé d'un pakol.

Il porte une kalachnikov en bandoulière, des chargeurs entourent son abdomen, et un couteau afghan à manche fin pend à sa ceinture. Qasim Abdullah lui adresse quelques mots sur un ton déférent, presque obséquieux.

L'homme scrute Arno un instant, comme s'il essayait de pénétrer son cerveau.

— *I'm Ahmad Khan Zazaï. Please, come with us*, dit-il en accompagnant ces mots d'un large signe de la main.

Ali rengaine son arme et pousse le Français dans le dos.

On lui attribue un bourricot. Ali lui fait signe de monter dessus. Le journaliste se souvient d'avoir vu des photos dans des articles datant du début des années quatre-vingt : une longue file de moudjahidine à dos d'âne gravissant une montagne. Rien n'a vraiment changé en presque vingt ans.

Ahmad Khan Zazaï ouvre la marche, ses hommes le suivent. Viennent ensuite Qasim Abdullah, Réif Arno et Ali, dont le regard ne quitte pas le Français. Celui-ci comprend que le soldat silencieux est chargé de sa surveillance depuis Peshawar, pour le protéger – et sans doute pour l'abattre, en cas de problème.

Le chemin étroit grimpe entre les lignes en écailles des crêtes.

Arno se retourne : en bas dans la vallée, le désert s'étend, d'une couleur ocre crémeuse. Ici ou là, le damier vert d'un champ signale un point d'eau.

Les ânes marchent à la vitesse d'un homme, mais les gros cailloux qui roulent sur le sol à leur passage ne les ralentissent pas. Après trois heures d'ascension, la respiration d'Arno se fait plus difficile. *Rien de grave*, se rassure-t-il, juste l'impression que l'air n'est pas suffisant pour respirer. Et puis cette fatigue extrême qui lui tombe dessus, et la température qui chute. Bientôt il frissonne, claque des dents. Un des guides vient lui poser une couverture sur les épaules et lui enfonce un bonnet de laine sur les oreilles.

La caravane traverse enfin un village. C'est plutôt un rassemblement de huttes de boue séchée. Des gamins sales traversent la petite rue centrale en se moquant du Blanc sur son âne. L'un d'eux imite son tremblement.

Sur le pas des portes, des hommes portant le turban regardent passer les voyageurs avec un air méfiant. Dans l'ouverture d'une fenêtre, Arno voit apparaître subrepticement une femme en niqab intégral bleu nuit. Ça pourrait être un fantôme : il se sent lui-même cotonneux, sa difficulté à respirer empire et une douleur lancinante lui laboure le cerveau.

À la sortie du village, Abdullah se porte à sa hauteur.

— *You look bad, French journalist.*

Arno n'a pas envie de répondre : il est en effet au plus mal, comme foudroyé par une grippe intestinale, en plus costaud.

— *High-altitude illness*, continue l'autre avec une moue méprisante. *We are near 13 000 feet, you know?*

Treize mille pieds, ça fait combien, ça? Arno s'efforce de convertir les pieds en mètres. Ses méninges sont rouillées. *Quatre mille mètres d'altitude, ce n'est pas possible!*

Arno vomit au pied de sa monture.

Abdullah éclate de rire. Ahmad Khan Zazaï et ses hommes se retournent : le chef leur dit quelque chose, les autres acquiescent d'un hochement de la tête.

— *Soon, we will stop*, crie-t-il à l'intention du Français.

Bientôt, ça sera trop tard, rumine Arno. Parce que

la migraine, l'envie de dégueuler son estomac vide, ses poumons douloureux ne sont pas les pires à supporter. Ce qui tourne dans son esprit l'angoisse bien plus que son état physique. Bordel, mais qu'est-ce qu'il vient faire ici ? Se faire enlever ou tuer pour prouver qu'il a les épaules à un espion à la retraite, à une gamine, à deux ou trois journalistes parisiens ? Déjà, la Bosnie, c'était n'importe quoi, quand il y repense. Mais là, venir de son plein gré se perdre à 4 000 mètres d'altitude au milieu d'une bande d'extrémistes armés jusqu'aux dents, il atteint des sommets. C'est le cas de le dire ! *Tiens, attends, ça pourrait faire un bon titre ça, un truc comme : « Les zones tribales, sommet du djihadisme ». Putain, c'est bon, ça. Ah ah ah ah! Vous allez me cirer les pompes, me lécher le cul avec un grand sourire quand je rentrerai à Paris. Ah ah ah ah!*

Et il chute dans le vide.

L'âne hennit, Abdullah crie quelque chose, et le sol fait un drôle de bruit contre son crâne.

Ça sent la fin, tout ça, et ça ne va pas être une partie de plaisir.

*

Vanessa gare la Clio sur le petit parking en contrebas du promontoire rocheux sur lequel se trouve le château-mairie de Châteaugiron. Elle descend de voiture, traverse la route et se plante devant l'étang. Le ciel est gris et l'humeur de la jeune fille, plus encore.

Son premier stage de journaliste, elle le fait au *Journal de Vitré*, un minuscule hebdomadaire qui couvre l'est de l'Ille-et-Vilaine. Aucun autre journal n'a répondu favorablement à ses demandes. Elle n'espérait rien des grosses rédactions parisiennes, mais même les canards de province lui ont fait comprendre que les places étaient chères. C'est-à-dire réservées aux gosses des amis des patrons.

Elle a donc accepté le poste au *Journal de Vitré* et loue un studio dans la petite ville. Ce n'est qu'un stage de deux mois, non conventionné qui plus est, car les cours n'ont pas encore débuté. Elle tenait à se faire une expérience avant même d'intégrer officiellement l'école, histoire de prendre un peu d'avance sur ses futurs camarades de promo. Bon, question expérience, il n'y a pas non plus de quoi se vanter : elle va de village en village, prendre deux photos d'un lâcher de truites, d'une course cycliste ou d'une inauguration de crèche ; parfois elle réalise un entretien avec un conseiller municipal ou un directeur d'entreprise locale, mais aucune enquête, aucun sujet qu'elle propose n'est retenu par le rédacteur en chef. Elle ne peut pas lui en vouloir : il est aux ordres des directeurs du *Courrier de la Mayenne*, qui ont pour unique objectif de mordre sur le territoire de *Ouest-France*.

Les stages ne sont pas rémunérés, lui a-t-on précisé à l'embauche. Sur l'échelle hiérarchique de la rédaction – qui compte un rédacteur en chef, deux journalistes, un graphiste et une quinzaine de correspondants locaux –, elle est tout en bas. Au même niveau qu'une gamine de 3e qui fait son stage d'observation, une débile qui veut travailler plus tard chez *Jeune et Jolie* ou s'engager dans l'armée, elle ne sait pas encore très bien. Vanessa a eu de la chance de décrocher son permis de conduire deux mois auparavant, sinon sa candidature n'aurait même pas été retenue.

Dans un quart d'heure, elle a rendez-vous avec

Pierre Le Treut, le maire de Châteaugiron. La mairie occupe l'imposant château qui sent l'encaustique et la mort. Ce n'est pas vraiment ce qu'elle attendait en s'engageant dans des études de journalisme. Il faut dire aussi qu'elle n'a pas tenu à Sciences Po. Ça, elle ne le regrette pas : des têtes à claques et des filles à papa, une descendance d'élite politique qui ne rêve que de prendre la place de ses aînés. Et ils ne le cachaient pas. Certains se disaient de droite, d'autres, de gauche, mais les uns comme les autres étaient prêts à passer à l'autre bord pour trouver une place. Vanessa est restée deux semaines rue Saint-Guillaume. En vérité, elle n'a fait aucun effort pour appartenir à l'élite, elle le reconnaît.

Elle met beaucoup d'espoir dans cette école de journalisme même si elle sait qu'elle devra batailler encore longtemps avant de devenir grand reporter. Comme Réif ? Oui, peut-être comme lui. Parfois il lui manque plus qu'elle ne l'aurait imaginé. Il faut dire qu'elle est seule à présent : Gaspar l'a envoyée chier il y a quelque temps. Lorsqu'elle se souvient de ce qu'elle lui a dit – « Tu es l'homme de ma vie, Gas, c'est toi, mais je crois qu'il faut que je vive ce truc avec Réif » –, elle en a presque honte. Il n'a pas eu tort de claquer la porte en hurlant : « Jamais je serai ton bouche-trou ! »

Réif et Gaspar partis, elle pense à son père : parti, lui aussi.

Il a disparu à la fin de l'été. Sa disparition serait presque du domaine de l'habitude. Vanessa imagine qu'il a même pu retourner en Algérie. Il faudra qu'elle appelle Gh'zala pour s'en assurer.

Elle observe quelques instants le héron qui fouille

la berge à la recherche de nourriture. Il sort un petit poisson, l'engloutit voracement, tourne la tête à droite et à gauche, avant de fixer le château. Vanessa sourit cyniquement en se disant qu'elle ne pourra même pas en faire le chapô de son article. Ce n'est pas le ton du *Journal*... Non, elle devra s'en tenir à la nouvelle unité de production de Marine Harvest qui vient de s'ouvrir dans la commune, et à ses 125 emplois spécialisés dans la découpe de saumon frais et surgelé. Le maire fera sa publicité : son territoire en pleine expansion aux dix-portes de Rennes, un lieu où il fait bon vivre, une ville en devenir. Ce n'est pas du journalisme, c'est de la communication institutionnelle. De la merde, rien d'autre. C'est de ça que crève la presse française : recopier les communiqués de presse des institutions, des préfectures, des politicards, rappliquer le petit doigt sur la couture du pantalon chaque fois qu'un conseiller régional a une déclaration de la plus haute importance à faire. De la merde et rien d'autre.

Elle regarde sa montre : dans cinq minutes, c'est l'heure de son entretien. L'heure de rappliquer le petit doigt sur la couture du pantalon. Le héron a disparu, elle aussi aimerait s'envoler loin d'ici. *Être aussi aigrie à dix-huit ans, ce n'est pas bon*, se dit la jeune fille en remontant en voiture. Mais elle ne voit pas d'issue. Elle sent pourtant au fond d'elle qu'il faudra la trouver, l'issue ; c'est sa santé mentale qui est en jeu.

Putain ! La caisse du *Journal* ne veut pas démarrer.

Elle tourne la clé plusieurs fois et aucun bruit ne répond.

Putain de merde...

Elle sort de la voiture et se dirige vers le château.

*

Laureline Fell et Riva Hocq sont rentrées de Bosnie le lendemain de leur entretien avec Lionel Dumont.

— On se tient au courant, hein ? a dit Hocq lorsqu'elles se sont séparées, après avoir récupéré leurs bagages à Orly.

Fell a hoché la tête et a fait un petit signe de la main. *Des adieux minimalistes*, a considéré Hocq.

Mais la boss de la DST l'a rappelée et, de fait, elle la tient au courant de ses avancées, de ses réflexions sur l'enquête en cours. Les deux femmes se téléphonent souvent, on pourrait parler de collaboration.

Au lendemain de l'assaut du RAID, rue Henri-Carette, Jean-Louis Debré, le ministre de l'Intérieur, avait déclaré : « Cela n'a rien à voir, ni avec l'islamisme, ni avec le terrorisme, ni avec le G7. Donc, on en reste là. » Une information judiciaire pour « tentative d'attentat par explosif, tentative d'homicide volontaire sur agents de la force publique et association de malfaiteurs » a seulement été ouverte par le parquet de Lille.

Une demande d'extradition a été transmise à Sarajevo, et Lionel Dumont doit être jugé en France.

Riva Hocq est venue à Paris pour informer Fell que la piste d'une filière islamiste internationale ne sera pas retenue.

— Je vous répète que c'est la position de mes chefs : ils n'ont pas de preuve de l'existence d'un réseau djihadiste...

— Et les journaux du FIS qu'on a trouvés dans la maison de Zemmiri, rue Henri-Carette ? s'emporte Fell. Et ces papiers à propos du réseau de Fateh

Kamel qui étaient sur le corps de Caze quand on l'a abattu ?

— Ça n'a pas été retenu.

Riva Hocq lui adresse un sourire désolé.

— Vous leur avez expliqué que Fateh Kamel a suivi un entraînement militaire dans les camps d'Al-Qaïda, en Afghanistan ? Qu'il a coordonné les réseaux du GIA en Europe et participé à l'organisation de la brigade El Moudjahidin en Bosnie ?

— Oui, et ils m'ont répondu que c'étaient des hypothèses, juste des putain d'hypothèses.

— On a trouvé un agenda électronique sur le corps de Caze avec les coordonnées de Fateh Kamel.

— C'était le numéro de Mohamed Omary, un ami de Kamel, rien de plus, vous le savez.

— C'était un moyen détourné pour joindre Kamel. Vos chefs croient vraiment que Dumont, Bouguelane et Zefferini ont pu rallier la Bosnie seuls, sans l'aide d'un réseau ?

Hocq regarde Fell sans un mot : elle aussi est persuadée qu'il existe une filière djihadiste internationale, mais elle ne peut rien y faire. Elle aussi va faire l'expérience de la surdité de sa hiérarchie.

— Ce réseau, c'est celui de Fateh Kamel. Et Fateh Kamel est proche de Ben Laden. D'ici à ce que Dumont, Caze et les autres aient été proches d'Al-Qaïda, il n'y a qu'un pas.

Un silence s'installe dans le bureau.

— Je sais, je sais. Mais au SRPJ, ils m'ont dit que mon boulot, ce n'était pas d'écrire des romans policiers. On abandonne.

Fell se laisse tomber dans son fauteuil. Elle pense à Benlazar et elle pense comme lui.

— Vous savez quoi? Les mecs du gouvernement, les directions du renseignement et vos chefs sont complètement à la ramasse. Il va se passer quelque chose de terrible et tout le monde dira «on ne pouvait pas prévoir un tel bordel».

Laureline Fell a tenté de reprendre le travail en cours. Et ce qu'elle a en cours, ce n'est pas vraiment officiel. Toujours cette certitude que le gang de Roubaix faisait partie d'un réseau international. Elle essaye de lier Dumont, Caze et les autres à Fateh Kamel et à Al-Qaïda. Si sa direction s'aperçoit qu'elle mène ces recherches en sous-main, elle va se faire taper sur les doigts.
Quelques jours plus tard, le téléphone sonne dans le bureau de Fell.
— Bonjour, Laureline.
C'est Hocq.
— Il y a du nouveau?
— On ne peut pas dire ça. On vient de coincer un type, Saïd Ben Arfa. C'est un trafiquant du coin, il faisait passer des bagnoles remplies de came entre la Hollande et la France. C'est pas un réseau international qu'on vient de faire tomber, mais...
— Il appartient au gang? coupe Fell.
— On ne peut pas dire que vous y allez par quatre chemins, vous. Non, mais justement, il nous a balancé le nom de Dumont. Ben Arfa affirme qu'il a rejoint l'Afghanistan ou le Pakistan, qu'il est dans un camp d'Al-Qaïda. J'ai tout de suite pensé à vous. Ben Arfa n'a aucune information à nous donner, il tente un coup de poker, mais il doit y avoir des rumeurs dans le milieu.

— Vous pouvez me le faire rencontrer ? Je voudrais bien l'interroger.

Il y a un long silence.

— Je ne crois pas que le SRPJ soit d'accord.

— Bon, laissez tomber, j'arrive, je demanderai moi-même à vos chefs.

— Commandant, je ne pense pas que... Et puis Ben Arfa est déjà devant le juge, il va prendre trois ans et fera un an de taule, pas plus.

Fell sent que Ben Arfa est peut-être la clé. Enfin, elle l'espère : elle n'a jamais cru au *Deus ex machina* en matière d'investigation.

— Si ce Ben Arfa parle d'Al-Qaïda, c'est qu'il sait quelque chose. Et s'il sait quelque chose, il faut qu'il balance.

— On va le faire parler, Laureline. Moi aussi, je fais mon job.

Fell jette un coup d'œil par la fenêtre, le ciel est gris dégueulasse.

— Je sais, Riva, je sais.

Elle raccroche.

Elle sort de son bureau avec un sentiment mitigé au fond du cœur. Elle ne peut s'empêcher de se demander à quoi rime sa quête.

*

Réif Arno remonte à la surface d'une eau sale, collante, qui sent la sueur. Il n'est pas mort, mais son cerveau semble battre sous son crâne. La douleur lui transperce la tête d'une tempe à l'autre.

Il est allongé sur une couverture à même le sol,

dans une pièce quasi obscure. Un homme est assis en tailleur devant lui.

— L'ascension a été trop rapide pour toi, mais ça ira. Le mal des montagnes, peu de gens y échappent, à cette altitude.

Arno réussit à s'asseoir.

— Tiens, avale ça, dit l'homme en lui tendant un cachet et un verre d'eau.

Il sourit dans sa barbe, il ne doit pas avoir plus de trente ans, porte une sacoche noire à l'épaule.

— C'est de l'acétazolamide, contre le mal des montagnes.

Dans ses yeux, il y a de la méfiance.

Il aide le Français à se lever.

— Il faut marcher un peu, ça te fera du bien.

Le jour cueille Arno comme un uppercut à la pointe du menton. Ses yeux s'enfoncent dans sa boîte crânienne, augmentant la céphalée.

Il lui faut de longues minutes pour s'habituer à l'intensité de la lumière et à la température glaciale. Il reste debout, hébété, au milieu d'un fortin traditionnel pachtoune. Avant son départ, il en a vu de semblables dans des reportages datant des années quatre-vingt : une longue demeure d'habitation, une cour carrée dont le centre est un puits, le tout ceint d'un haut mur de pierres.

Dans un coin, sur un banc, Ali égrène un chapelet et le surveille toujours.

— Où sommes-nous ? demande Réif, la bouche pâteuse.

— C'est le dernier col avant la descente sur le plateau. On t'a amené jusqu'ici à dos d'âne. On a bien cru que tu allais mourir. Vous, les gens d'en bas, vous êtes trop faibles pour supporter l'air raréfié des montagnes.

Arno hoche la tête.

— Tu es français ?

L'homme ne répond pas. Français, peut-être ; éduqué, certainement : il parle un français impeccable et sans accent.

— C'est le Pakistan ou l'Afghanistan, ici ? demande Arno.

L'homme ferme les yeux.

— Ici, ce n'est ni Islamabad ni Kaboul. On est ailleurs.

Il dépose sa sacoche et s'assoit sur l'un des bancs qui bordent la cour. Arno l'imite. Un instant plus tard, Ahmad Khan Zazaï apparaît au portail. Qasim Abdullah le suit, il sourit au journaliste.

— *Ah, you look better, French journalist*, lance-t-il.

Zazaï s'avance vers Réif.

— *The end of your journey is close, don't worry.*

— *Who are you ? Where are we ?* bafouille Arno dans une grimace de douleur.

Abdullah est embarrassé, Ali a un hoquet de moquerie.

Zazaï lance un ordre en arabe ou en pachto.

— *We leave in one hour*, traduit Abdullah.

Ils quittent tous la cour, seul Ali reste. Il continue d'égrener son chapelet, les yeux clos.

L'homme qui a soigné Arno a oublié sa sacoche. Le journaliste est dans un état pâteux, mais il lui faut savoir qui sont ces hommes, trouver quelque chose sur quoi s'appuyer pour créer une proximité avec ses geôliers. Sans cette proximité, Arno craint pour sa vie. Il réfléchit quelques secondes, jette un œil du côté d'Ali qui est plongé dans sa méditation. Délicatement, il glisse une main dans la sacoche. Avec un peu de chance... Il tire lentement une enveloppe sur laquelle figure un nom, Aïcha Moussaoui, et une adresse à Narbonne. L'homme est donc bien français. Arno n'ira pas plus loin : il repousse la lettre, écarte la sacoche et attend.

L'homme, le Français, revient. Son regard passe de la sacoche au journaliste.

— Ah ! Je l'avais laissée là.

Il sourit à Arno.

— Nous n'allons plus tarder.

— Je m'appelle Réif Arno, au fait.

— Nous connaissons tous ton nom, ici. Moi, c'est Abu Khalid al Sahrawi.

Il pose la main sur son cœur et se retire.

Et ton vrai nom, c'est quoi, au juste? Moussaoui, peut-être?

Une heure plus tard, la caravane d'hommes et d'ânes reprend la route. Quatre hommes et quatre ânes de plus. Le type qui lui a donné le cachet est parmi eux. Il se place devant lui. Ali le suit toujours, les yeux braqués sur son dos.

Le chemin caillouteux dominé par des pics vertigineux redescend vers la vallée.

Un vent glacé leur brûle bientôt le visage alors qu'ils pénètrent dans une forêt de pins et de cèdres. De nombreux troncs ont été sciés à la base, offrant d'immenses clairières.

— C'est le massif de Spīn Ghar, explique l'homme devant lui, en montrant de la main les sommets enneigés au-dessus d'eux. *Spīn Ghar*, ça veut dire «poussières blanches».

Au bout d'un temps qu'Arno est incapable de quantifier, les ânes grimpent sur une route plus large.

L'homme pointe son index vers une montagne dépouillée de toute végétation, dont le sommet est caché par une brume grise.

— Tora Bora!

Le corps de Réif Arno est secoué d'un tremblement. Rien à voir avec le mal des montagnes. Il a déjà lu des choses sur Tora Bora. En 1987, pendant son engagement contre les Soviétiques, le chef d'Al-Qaïda, Oussama Ben Laden, aurait tracé une route qui traverse le massif de Tora Bora. Cette route reliait son camp d'al-Masada, près de Jaji, dans la province de Paktiyâ, à Jalalabad. On raconte que la forteresse souterraine de Ben Laden serait constituée d'une quarantaine de grottes, toutes fermées par des portes blindées, une véritable fourmilière enterrée 300 mètres sous la surface, avec un hôpital, un QG opérationnel, des armureries, un char russe T-34 et de quoi loger des milliers de combattants.

Ils sont passés en Afghanistan. Arno sait que Tora Bora est situé dans la province de Nangarhâr, dans l'extrême est de l'Afghanistan.

Tora Bora, c'est quelque chose comme l'antre du diable – pourtant, une certaine excitation le saisit: est-il possible que lui, petit fait-diversier d'un quotidien du nord de la France, puisse rencontrer Oussama Ben Laden en personne? Il va tenir le coup, il va s'en sortir indemne et revenir en France. Et là, oui, on va lui cirer les pompes et lui lécher le cul avec de grands sourires quand il rentrera à Paris. Cette fois, il ne rigole pas, il reste en selle et inspire une grande bouffée d'air glacé.

« Ça va aller, ça va aller », marmonne-t-il.

*

Vanessa a quitté son studio de Vitré pour revenir vivre chez sa tante et son oncle à Lagny-sur-Marne. Certains soirs, quand ses cours se terminent trop tard, il lui arrive de dormir rue du Douanier-Rousseau. En montant l'escalier, elle se demande si son père ne va pas lui ouvrir la porte. Mais il doit être loin de Paris, désormais. Elle ne s'inquiète pas pour lui, elle sait qu'il réapparaîtra un jour.

Gaspar l'inquiète plus. Elle pensait qu'à son retour de Vitré, ils feraient la paix. Mais lui aussi a complètement disparu : il ne répond à aucun de ses appels.

Plusieurs fois, elle est allée frapper à la porte de son studio, rue des Pyrénées. En vain. Plusieurs fois, elle l'a attendu à la sortie de l'école de dessin dans laquelle il est inscrit – Gaspar veut faire de la bande dessinée son métier. En vain. Elle a interrogé ses potes, mais aucun n'avait vu Gaspar depuis des semaines. « Ça ne vous inquiète pas ? » leur a demandé Vanessa. Les mecs ont paru stupéfaits qu'on leur pose une telle question. « Il est majeur, il fait ce qu'il veut », l'a rabrouée un type à lunettes rondes. « Et si tu cherches quelqu'un pour te tenir chaud, ben, je te file mon adresse », s'est esclaffé un autre qui était dans le même bahut qu'elle, l'année précédente. Vanessa lui a fait un super doigt d'honneur et s'est tirée.

Le lendemain, elle a appelé le père de Gaspar, le romancier, celui que Gaspar surnomme « le Chester

Himes du pauvre » quand ils s'engueulent. Il ne savait pas où était son fils : ces derniers temps, les relations étaient compliquées entre eux et Gaspar pouvait ne pas lui donner de nouvelles pendants plusieurs semaines. Un instant, Vanessa a eu l'impression qu'il lui cachait quelque chose de grave. Puis il lui a quasiment raccroché au nez.

Elle est retournée rue des Pyrénées et elle a réussi à convaincre la gardienne de la laisser jeter un coup d'œil dans la chambre. La vieille avait un double des clés, mais elle n'a pas voulu le lui confier. Elle est restée devant la porte ouverte. Vanessa a pu voir qu'il n'y avait pas de bordel, pas de pile de feuilles gribouillées, de stylos ou de feutres qui traînaient par terre, comme à l'accoutumée.

Ce n'est pas une disparition, ça, c'est une fuite préméditée, s'est dit Vanessa, inquiète, lorsque la concierge a refermé la porte.

*

Tora Bora n'a rien à voir avec ce qu'on en dit. Zacarias croyait à cette histoire de forteresse enterrée plusieurs centaines de mètres sous terre, à ses équipements modernes, sa clinique, son arsenal contenant de quoi armer des milliers de combattants, son char soviétique.

En réalité, c'est plutôt un réseau de grottes sommairement aménagées. Certaines sont plus confortables que d'autres, c'est là que vivent les dirigeants d'Al-Qaïda. Lui, la nuit, il grelotte dans la petite grotte moite et à peine éclairée qu'il occupe avec six autres combattants. Le jour, il apprend : beaucoup d'exercices physiques, quelques entraînements au tir et la lecture du Coran. Parfois il voit passer le chef, Oussama Ben Laden, appuyé sur une canne et souriant. De lui émanent une sagesse et une piété extraordinaires. Il est toujours suivi par des hommes armés qui, eux, ne sourient pas ; ils observent les montagnes pelées autour du complexe militaire et scrutent le ciel : les Américains et les Israéliens disposent d'avions sans pilote, complètement silencieux et capables de lancer des missiles.

Des hommes importants viennent voir Oussama Ben Laden, ils restent quelques jours puis repartent.

Beaucoup d'étrangers ont rejoint le camp, dont des Européens. Il paraît qu'il y a même un Américain ! Il y a aussi ce journaliste français qui prétend rencontrer le chef d'Al-Qaïda pour un entretien exclusif… Zacarias ne peut s'empêcher de sourire : ça fait combien de temps qu'il est là ? Des semaines, des mois ? Un Pakistanais le suit partout, comme une sorte de gardien privé. On ne peut pas dire que le Français est prisonnier, mais personne ne lui a jamais proposé de quitter le camp. Les montagnes blanches de Spīn Ghar sont des enceintes infranchissables pour un homme seul. De toute façon, ce Français n'a pas l'air disposé à s'enfuir : il cherche à glaner des renseignements. Zacarias le soupçonne d'ailleurs d'avoir fouillé dans sa sacoche, l'autre jour. Il s'en fiche : il n'y avait que des lettres de sa mère, datant de l'époque où il faisait ses études à Londres. Ce journaliste s'accroche surtout à sa rencontre avec le chef, comme à une bouée de sauvetage. De temps en temps, il échange quelques mots avec Ahmad Khan Zazaï, qui semble apprécier sa conversation. Un autre Pachtoune, Qasim Abdullah, celui qui l'a guidé depuis Peshawar, discutait aussi avec le journaliste. Mais lui, il vient d'être envoyé quelque part à l'étranger pour y faire son devoir. Zacarias en a éprouvé un peu de jalousie, bien sûr.

Récemment, Khalid Cheikh Mohammed est venu le voir : il lui a demandé s'il avait un passeport français, s'il se sentait prêt. Khalid Cheikh Mohammed est un des principaux chefs d'Al-Qaïda, il a déjà attaqué les États-Unis : l'attentat contre le World Trade Center en 1993, il paraît que c'est lui qui l'a organisé. Zacarias a compris que lui aussi serait bientôt envoyé quelque part, pour accomplir son grand destin.

1998

Laureline Fell ne fêtera pas le nouvel an. Elle s'en fout, elle n'a jamais aimé cette date. Après le réveillon de Noël dans sa famille, elle a son compte des embrassades et des bonnes résolutions.

Vanessa Benlazar non plus ne fera pas la fête. Elle n'est invitée nulle part ; elle n'a pas cherché à l'être.

Après son passage rue des Pyrénées, elle est allée chez les flics. Ils ne l'ont pas prise plus au sérieux que les connards de l'école de dessin. Gaspar est majeur, sa disparition n'est pas jugée inquiétante, aucune enquête ne sera ouverte. En désespoir de cause, dans l'après-midi du 31 décembre, Vanessa a appelé Laureline Fell, la copine de son père. Quand elles s'étaient croisées à Plouézec, elles s'étaient bien entendues ; et quand Tedj était parti pour Sarajevo, il lui avait filé le numéro de Laureline. « En cas d'urgence », avait-il précisé.

Gaspar qui se volatilise, c'est une urgence, non ?

Fell a dû considérer que oui, car elle a immédiatement accepté d'aider Vanessa.

Elles entament leurs recherches au Saint-Furcy, un bar du centre-ville de Lagny-sur-Marne. Quelques jeunes gens déjà un peu ivres faisaient du raffut autour de la fontaine et devant la mairie.

— On y allait quand on était au bahut, peut-être qu'il est nostalgique de cette époque, dit Vanessa sans conviction en descendant de bagnole.

Fell s'apprête à l'imiter, mais :

— Vous devriez m'attendre.

Elle ressemble tellement à un flic? Elle pourrait vraiment effrayer un gamin de dix-neuf ans? Fell referme la portière et allume l'autoradio : Daft Punk entonne *Around the World*.

Elle fume une cigarette. Son réveillon, elle va le passer à trouver le gamin. Ça fait trop longtemps qu'il n'a pas donné signe de vie, et apparemment ça ne lui ressemble pas.

Vanessa réapparaît, le col de son blouson relevé devant sa bouche.

— Personne ne l'a vu depuis des semaines, déclare-t-elle en se laissant tomber sur le siège.

— Tu as une autre idée?

— Un type m'a dit qu'il traînait parfois au Guinness Tavern, près des Halles, à Paris. Il y a les Pogues qui jouent ce soir. C'est possible que Gaspar aime bien les Pogues, je ne sais pas.

Fell prend la direction de l'autoroute de l'Est.

— Vous auriez une cigarette?

— Tu fumes, toi?

Et aussitôt, la flic a sorti son paquet. Qu'est-ce que ça peut bien lui faire si la gamine fume? Elle se prend pour qui, pour sa mère? La cigarette aux lèvres, Vanessa tourne le bouton de la fréquence de l'autoradio. Elle grimace chaque fois qu'elle tombe sur un morceau.

— Je peux ? dit-elle en exhibant une cassette audio.

Fell acquiesce d'un mouvement de tête. Elle ne connaît pas. Ça dit :

« Tu ne crois pas qu'il faudrait quand même passer l'éponge
Te rendre compte que tout ça c'est du passé
Mais toi, tous les jours, tous les jours tu y songes
Tu tournes, retournes cette histoire insensée.
Et à force, tu vois moi ça me ronge... »

— Gaspar, c'est ton mec ? demande Fell sans quitter la route des yeux.

Elle double des voitures pleines de fêtards plus ou moins jeunes qui rallient la capitale pour le passage à la nouvelle année. Certains font des signes amicaux, klaxonnent déjà leur enthousiasme. Comme si la grande fête pouvait faire oublier que 1998 serait aussi merdique que 1997, songe Fell.

— C'est pas mon mec, c'est l'homme de ma vie. C'est avec lui que je vieillirai. Mais bon, on ne l'a jamais vraiment dit comme ça.

— Mais tu y tiens.

— Bien sûr que j'y tiens ! Les gens autour de moi disparaissent tous. À un moment ou à un autre, ils disparaissent. Alors, merde ! pas Gaspar.

Elle se tait, entrouvre sa fenêtre et lâche la fin de la cigarette dans les airs. Ça fait une gerbe d'étincelles.

— Tu crois qu'il a des vrais problèmes ?

Vanessa ne répond pas. C'est une possibilité qu'elle refuse d'envisager.

Rue des Lombards, Fell gare sa voiture sur le trottoir.

— Je viens avec toi.

Vanessa lui lance un regard dubitatif, pas persuadée que cela facilitera les choses.

— J'ai tellement la gueule du flic ?
La jeune fille hausse les épaules, embarrassée.
— Non, non, c'est pas ça. Mais bon, ça fait un peu la mère et la fille qui recherchent le frère fugueur, vous voyez ?
Fell voit.
— J'ai quel âge, à ton avis ?
Vanessa s'est marrée, la vieille flic a souri aussi.
À l'entrée, l'un des videurs, un géant à coupe de skinhead, leur barre la route sans leur adresser un regard.
— Faut attendre, y a trop de monde à l'intérieur.
Fell lui colle son insigne devant le nez.
— On ne va pas attendre.
L'impressionnant physionomiste ne se laisse pas décontenancer pour autant : n'est-il pas, d'une certaine manière, le détenteur de l'autorité, ici ?
— Il y a un problème, madame ?
— Non, répond Fell, on cherche quelqu'un.
Le gros jette un coup d'œil à Vanessa puis s'écarte.
— S'il vous plaît...
En entrant dans le pub, elles constatent que le vigile disait vrai : la salle est bondée. La fumée de cigarettes et une odeur de transpiration les prennent à la gorge ; la musique saturée et les conversations hurlées se mêlent en un brouhaha presque inaudible. Des serveuses slaloment entre les clients debout ou perchés sur des tabourets autour de hautes tables en bois, accordant des sourires purement commerciaux aux gros lourds qui leur glissent quelque compliment sur leur physique.
Sur la scène minuscule, trois types jouent *Summer*

in Siam. Et Sean McGowan, complètement bourré, est assis à leurs pieds, incapable de chanter.

Fell s'arrête au comptoir, s'accoude entre deux jeunes gars qui beuglent en anglais – en yaourt – en levant leur pinte de bière vers la scène. Vanessa s'éloigne dans la foule.

— Vous voulez quoi ? gueule un barman en se penchant vers Fell.

— Rien, merci.

— Faut consommer, ou vous sortez !

À lui aussi, elle colle sa plaque sous le nez.

— Je ne consomme pas et je ne sors pas.

Elle aime fermer leur claque-merde aux petits chefs, à ceux qui abusent de leur pouvoir insignifiant.

Elle sort une cigarette, amusée : parfois, elle se fait l'impression d'être une idéaliste, peut-être même de gauche ! Du n'importe quoi : la gauche est en train de se planter sur toute la ligne.

L'un des deux types à côté d'elle lui tend son briquet ; il doit avoir vingt ans, un pot de gel dans les cheveux et quatre degrés d'alcool dans le sang.

— Bonsoir, mamie, on cherche un petit jeune ?

Fell écarte son blouson, révélant le Beretta 92 coincé dans son holster de ceinture.

— Je te tue maintenant ou je te suce d'abord ?

Le type est devenu livide. Fell ne peut s'empêcher de rire devant sa trouille. Il glisse quelques mots à l'oreille de son pote, et ils se fondent dans la foule des spectateurs.

Vanessa réapparaît, traînant derrière elle un mec, gominé lui aussi, affublé de lunettes à montures épaisses. Elle crie pour couvrir la musique :

— Lui, c'est David. Il était au bahut avec nous. (Elle se tourne vers lui.) Répète-lui ce que tu m'as dit.

Le gosse regarde Fell de biais.

— Vous êtes la mère de Gaspar ? Il nous dit tout le temps que sa mère, elle vit à San Francisco...

— Répète ce que tu viens de me dire ! ordonne Vanessa en le secouant par le bras.

— À San Francisco, sa mère connaissait peut-être un type qui connaissait Spain Rodriguez. Un dessinateur, le mec qui a fait *My True Story*, vous voyez ?

Fell secoue la tête : elle ne connaît pas. Plus loin, elle aperçoit les deux types au briquet qui la montrent du doigt. Derrière eux, il y a deux videurs.

— Tu sais, Vanesse, moi je crois que Gaspar tente de montrer ses dessins aux types de la BD underground, là-bas, et que...

Avant qu'elle puisse répondre, l'un des videurs s'interpose en s'efforçant d'adopter un regard de professionnel du crime – ce qui lui donne l'air d'un type qui n'a pas dû pousser très loin ses études.

— Madame, ces jeunes gens nous ont dit que...

Il n'a pas le temps de terminer : un mouvement de foule incontrôlable se produit. Fell, Vanessa et David sont repoussés contre le bar, les deux types au briquet et les videurs, plus loin vers la scène.

— Neuf, huit, sept..., hurlent les gens autour d'eux.

Les videurs tentent de revenir vers le comptoir, mais on croirait qu'ils nagent le crawl contre un courant trop fort.

— On se casse ! crie Fell en entraînant Vanessa et son jeune camarade vers la sortie.

— Six, cinq, quatre, trois...

Les videurs, hors d'eux, ne parviennent pas à se

rapprocher. Des mecs s'amusent à les retenir, à les gêner.

— Deux, un, zéro!

Les écrans de télévision fixés aux murs du pub se sont allumés, laissant apparaître un feu d'artifice dans lequel s'est inscrit « 1998 ».

Le pub n'est plus que cris et rires. Les gens s'embrassent, se sautent dans les bras. Les videurs sont immobilisés au milieu du chaos.

Aux premières secondes de 1998, Fell se retrouve sur le trottoir de la rue des Lombards.

Les deux videurs, accompagnés de deux autres armoires à glace, ont enfin réussi à se frayer un passage et déboulent sur le pas de la porte.

— Viens, toi! dit Fell à Vanessa.

Elles montent dans la voiture, abandonnant David qui se gratte la tête, les yeux ronds derrière ses lunettes.

Fell démarre en trombe.

— Bonne année, Laureline! lance Vanessa en bouclant sa ceinture de sécurité.

Une fois loin, Fell adopte une allure plus tranquille.

Vanessa rallume l'autoradio : Miossec toujours.

« Ne plus jamais se laisser surprendre
Ne plus jamais se laisser embringuer
Par des visages tellement tendres
Des visages qui vous font oublier
Tout ce qu'on a un jour pu apprendre
Tout ce qu'on a déjà essayé »

— Il me fout le plomb, ton poète maudit, lâche Fell en baissant le son.

Vanessa a l'air serein, comme si finalement cette nuit du nouvel an prenait un tour intéressant.

— Tu crois que Gaspar serait parti à San Fransisco ?
— Et il ne m'aurait rien dit ?
— Peut-être parce que vous n'êtes pas vraiment ensemble ?

Vanessa la regarde, stupéfaite.

— Tu peux me ramener chez moi, s'te plaît ?

Voilà comment le commandant Laureline Fell n'a pas fêté le nouvel an 1998. Elle s'en fout, elle n'a jamais aimé cette date ni les embrassades.

Et de fait, le lendemain, Vanessa la rappelle. Elle s'est pointée chez le père de Gaspar ; entre le gamin et son père, ce n'est pas toujours l'entente cordiale.

— Parfois il m'appelle même le « Roi des pommés », ça, ça me fait bien marrer.

Elle, elle a mis un moment avant de piger la référence à Ed Cercueil et Joe Fossoyeur. Fell est encore une fois complètement larguée.

Le père avait tout de suite corroboré l'hypothèse du jeune David :

— À la fin de l'été, Gas m'a demandé un peu d'argent pour faire un voyage. Je crois qu'il est allé voir sa mère et qu'il voulait rencontrer un dessinateur de BD à San Francisco.

— Et vous pouviez pas me le dire plus tôt ?

Le père de Gaspar l'a observée quelques instants.

— La dernière fois qu'on s'est vus, on s'est un peu engueulés, je dois bien l'avouer. Il m'a répondu. Il m'a traité de « Jean-Patrick Manchot », sans déc' ! Jean-Patrick Manchot, tu t'imagines ?

Jean-Patrick Manchot : là, Vanessa n'avait pas compris.

Fell a eu un petit rire.

— Tout va bien, finalement.

— Ben non, tout va pas bien ! Les gens disparaissent et tout le monde s'en fout, a dit Vanessa en raccrochant.

Fell a convenu qu'effectivement tout n'allait pas bien.

*

Le Safed Koh est blanc de neige. À perte de vue.

La journée, la température ne s'élève pas au-dessus de 0 °C ; la nuit, aucun homme ne survivrait dehors. Réif Arno a froid, il attend depuis des semaines, des mois, qu'on lui accorde son interview avec le chef d'Al-Qaïda. Ahmad Khan Zazaï lui répète qu'il n'est pas prisonnier, que chaque chose arrive en temps voulu, qu'il doit être patient.

Ali a été relevé de ses fonctions : il a quitté Tora Bora trois semaines auparavant. Les conditions hivernales rendent absurde la présence d'un gardien aux côtés du journaliste : jamais il ne pourra rejoindre la passe de Khyber, encore moins franchir le col. D'ailleurs les routes sont coupées jusqu'au printemps.

Parfois des hommes viennent lui parler, lui offrent une cigarette. Ce sont en général des Algériens ou des Tunisiens qui ont de la famille en France : des cousins, un frère en banlieue parisienne… Ils lui demandent s'il connaît untel ou untel, une ville ou un quartier. Arno brode, romance : parler français lui fait du bien. Ces hommes ne racontent pas le périple qui les a menés jusque dans les montagnes du Spīn Ghar. Entre deux taffes, ils lèvent souvent des yeux suspicieux ou inquiets vers la crête des montagnes. Un jour, le feu américain viendra du ciel, ils le savent.

Abu Khalid al Sahrawi, l'homme à la sacoche, ne vient plus discuter. Il se borne à faire un signe de la main, de loin.

Arno ne craint plus d'être tué, ses « geôliers » ne sont jamais agressifs : ils lui sourient, plaisantent fréquemment. Il est correctement nourri et logé dans une cabane chauffée par un poêle grossier mais efficace qui le protège du froid glacial. On lui fournit même de la lecture : des livres en anglais ou en français sur la religion musulmane, quelques journaux arrivés par hasard jusqu'au camp – certains jours, le *Washington Post*. On lui a laissé son appareil photo. Arno économise ses pellicules tout en s'efforçant d'immortaliser ces moments.

Ce qui l'inquiète, en fait, c'est d'être arrivé trop tard. Il a vu venir et repartir quelques Occidentaux qui n'étaient pas vêtus à l'afghane et ne semblaient pas faire partie des combattants. Il craint dès lors que des journalistes ramènent avant lui un entretien exclusif avec Oussama Ben Laden. Sûr que ces enfoirés ont lâché des milliers de dollars, sûr qu'ils sont arrivés par hélicoptère depuis Islamabad avec un sauf-conduit en or, sûr que demain ou après-demain, ils se feront bronzer au bord d'une piscine de Beverly Hills.

Au camp, Réif a fait la connaissance d'un érudit. Son nom est Salam ou Salem. C'est un surnom, un pseudonyme de guerre. Il vient toutes les semaines s'entretenir avec lui, le jeudi. Le journaliste se demande s'il s'agit d'un interrogatoire subtilement déguisé en conversation ; parfois, il a l'impression de recevoir une leçon de politique. L'homme parle un excellent français, mais dit être saoudien.

Devant sa cabane, Réif prépare un thé. Comme tous les jeudis.

Salem arrive, il descend le chemin en s'aidant d'une canne. Il n'est pas armé. Quel âge a-t-il? Réif l'a cru très vieux, la première fois qu'ils se sont vus. Son visage usé est seulement celui d'un homme d'une cinquantaine d'années qui a traversé des épreuves terribles.

— *Assalamu alaykum*, dit-il en s'accroupissant devant la grosse pierre plate sur laquelle sont disposés la théière et les deux verres.

— *Wa aleykum assalam*, répond Arno.

Au début, il ne savait pas s'il en avait le droit, s'il faisait bien de répondre ainsi. Salem lui a simplement cité le Coran : « Lorsqu'on vous fait une salutation, répondez par une salutation meilleure, ou rendez-la simplement. Certes, Dieu tient compte de tout. »

— Quand verrai-je quelqu'un? demande Arno.

— Qui veux-tu voir?

— Je suis ici parce qu'on m'a promis que je pourrais interviewer un responsable, quelqu'un de haut placé. Je suis journaliste, vous savez.

Une demi-douzaine de jeunes hommes portant des kalachnikovs passent devant eux. Ils saluent Salem. L'un d'eux qui a déjà discuté avec Arno lui serre la main du bout des doigts et pose sa main droite sur son cœur.

— Tu vois : tu rencontres des gens, ici, dit Salem avec un sourire ironique.

Arno le lui rend.

— Les Pachtounes et Al-Qaïda, comment ils se sont alliés ?

Salem réitère son sourire ironique.

— Tu es curieux, n'est-ce pas ?

— J'essaye de faire mon travail.

Ça ne paraît pas convaincre le Saoudien. Il se sert un autre verre de thé, tire une longue bouffée sur sa cigarette.

— Après la sécession du Bangladesh en 1971, le gouvernement pakistanais s'est inquiété de la montée du nationalisme pachtoune. Le seul contrepoids était l'islam, alors on a instrumentalisé l'islam. Mais en Afghanistan, les institutions rurales traditionnelles et l'invasion soviétique ont donné aux groupes religieux la possibilité de s'autonomiser.

Il boit une gorgée de thé, offre une cigarette au Français.

— La ligne Durand, cette frontière qui n'a jamais été reconnue par le Pakistan, est devenue une frontière ouverte. Il paraît que 200 000 personnes la franchissent chaque jour, tu imagines ?

Arno hoche la tête en recrachant la fumée.

— Les réfugiés afghans se sont installés dans les zones tribales pour fuir les Soviétiques. Nous, nous avons créé des camps d'entraînement, des madrasas, et nous avons attiré ici nombre de jeunes gens de tous les pays, qui ont décidé de se soumettre à la volonté de Dieu – *Allahou akbar*.

— Mais ici, on est en région pachtoune. La religion n'était pas la base de la société pachtoune. Pourquoi sont-ils présents à vos côtés ?

Salem sourit, il apprécie les questions du Français.

— L'arrivée des réfugiés afghans a déstabilisé

l'équilibre démographique des zones tribales et la structure du pouvoir pachtoune. Les Pachtounes n'ont eu d'autre choix que d'abandonner leur nationalisme ethnique. Et seule l'identité religieuse est capable de remplacer le nationalisme comme politique mobilisatrice d'un groupe.

— Bien joué, sourit Arno à son tour.

Salem se lève. Il rajuste son long manteau vert, un oripeau d'uniforme de l'armée soviétique.

— Oui, tu peux penser que nous avons instrumentalisé les symboles culturels pour nous rallier les tribus. Beaucoup de gens le pensent, dont les Américains. En réalité, c'est le sens de l'Histoire : ce mouvement de société est irréversible, et ce sont les opérations militaires, soviétiques d'abord, pakistanaises ensuite, qui ont détruit l'ancien système. Pas nous.

Il paraît réfléchir quelques secondes.

— Les Pachtounes aussi ont préféré se soumettre à la volonté de Dieu – *Allahou akbar*.

— Quand rencontrerai-je celui que je suis venu rencontrer, Salem ?

— *Inch Allah*, répond l'homme en remontant lentement le petit chemin. Je dois te laisser, c'est bientôt la *salat-ul-'asr*. Merci pour le thé, Réif.

La veille, le passage à 1998 n'a évidemment pas donné lieu à des festivités. Le calendrier grégorien n'est pas reconnu ici : Salem lui a appris que, pour les musulmans, on est en 1418 de l'hégire.

Les journées du Français se suivent et se ressemblent depuis si longtemps. Des jours rythmés par les prières auxquelles il n'assiste pas, des nuits entrecoupées par les alertes lorsque les forces pakistanaises s'approchent de Tora Bora ; des semaines rendues supportables uniquement par l'espoir de rencontrer Oussama Ben Laden.

Et rien qui vient.

Rien.

*

Rue Nélaton, au siège de la DST, l'effervescence monte peu à peu. Le juge Jean-Louis Bruguière planifie une opération d'envergure contre les réseaux islamistes en France. Il est convaincu, comme le ministre de l'Intérieur Jean-Pierre Chevènement, que la Coupe du monde de football, qui doit avoir lieu en juin et juillet, sera la cible d'attentats terroristes. La cellule Algérie de la DGSE a transmis un nom que les Algériens ont donné : Hassan Hattab.

Fell connaît sa fiche signalétique presque par cœur. Hattab est un ancien militaire qui a fait ses classes à l'École des troupes aéroportées de Biskra. Il déserte et rallie les maquis du GIA au début des années 1990. Selon les services de sécurité algériens, il serait en train de créer une nouvelle organisation avec pour ambition d'étendre l'activisme islamiste en Europe. Si le GIA a toujours refusé l'aide d'Al-Qaïda, Hattab pourrait bien, lui, l'accepter. Benlazar sourirait de savoir que ses anciens *amis* algériens sont toujours capables de prédire l'avenir.

— Tedj, Tedj, Tedj… Où es-tu ? murmure-t-elle.

Elle s'étonne parfois de n'avoir rien fait de concret pour savoir où se trouvait Tedj Benlazar. La DST dispose d'une armée d'indics, elle n'en a même pas contacté un pour tâter le terrain. Rien.

Elle sait que la DGSE a engagé une procédure à

l'encontre de l'ancien capitaine. Hocq lui a dit qu'il était recherché pour trahison du secret-défense, une histoire avec un reporter... Tedj risque trente ans de prison s'il a vraiment transmis des informations classées à un journaliste. Fell se demande si le service action est aux trousses de Tedj. C'est sa seule inquiétude : que ses anciens collègues le blessent. Ou le tuent.

Mais ça l'a soulagée : Tedj ne l'a pas « quittée », il fuit.

Elle a parfois peur pour lui, il lui manque beaucoup, mais elle ne fera rien pour le retrouver. Tout mouvement de sa part pourrait entraîner des conséquences, pour elle et pour Tedj. L'imaginer en prison, elle ne le peut pas. Quant à risquer de se faire taper sur les doigts par sa direction, peut-être d'être mise à l'écart, elle s'y refuse : elle sent que quelque chose de très gros s'annonce. Et elle veut être là pour tenter d'empêcher ce truc énorme dont elle ne visualise pas les contours.

Quelque chose lui dit que Tedj l'appellera un jour. Il était un bon officier traitant : il saura quand il pourra donner de ses nouvelles. Elle l'espère.

*

Le pick-up, une vieille 504, se gare contre le trottoir.
Le conducteur dont il ne connaît pas le nom lui dit :
— *Here we are.*
Ils y sont, oui. Après ces longs mois passés en altitude dans le Spīn Ghar, à Tora Bora, Réif Arno est déboussolé par Kaboul. Ce n'est pas exactement l'idée qu'il se fait de la modernité, mais il y a trop de monde,

trop de véhicules qui klaxonnent, trop de bruit et de fureur... Il se force à ouvrir la porte et à poser un pied sur le trottoir défoncé.

— *Have a good trip!* lui lance le chauffeur.

Et le pick-up repart.

Il aimerait fumer une cigarette, boire un verre d'alcool pour atterrir.

Sauf que.

Sauf que fumer une cigarette ou boire de l'alcool sont passibles de coups de fouet, peut-être pire encore. La charia régit jusqu'à la plus profonde intimité des individus ici.

Autour de lui, les femmes sont dissimulées sous des burqas bleues. Rares sont celles qui osent laisser apparaître leurs yeux. Les hommes, eux, sont presque tous barbus. Beaucoup portent le qamis. Les autres arborent des vestes militaires. Aucune musique ne sort des quelques échoppes ou des restaurants.

Les talibans tiennent Kaboul et la majeure partie du territoire afghan, mais les forces de l'Alliance du Nord maintiennent encore la pression sur la ville : les bombardements sont fréquents. Deux jours plus tôt, la terre a tremblé dans la province de Takhar, faisant des milliers de morts ; les talibans ont décidé une trêve des combats.

Arno aurait préféré retourner au Pakistan, mais la passe de Khyber est impraticable en cette saison. L'aéroport de Kaboul n'assure plus de vols internationaux. Il a entendu dire que des vols non réguliers partent encore de l'aéroport de Kandahar.

Il fait froid ici, mais bien moins que dans les montagnes. Une fine couche de neige blanchit les toits des bâtiments, et le sol est couvert d'une boue gluante qui colle aux semelles. Dans son portefeuille, il a encore soixante dollars, et quelques afghanis que lui a remis Ahmad Khan Zazaï peu avant son départ, en lui expliquant que l'aumône était l'un des cinq piliers de l'islam. Arno a compris que pour le Pachtoune, il n'était qu'un mendiant.

Il faut pourtant qu'il rentre en France rapidement. Il le faut, car il la tient, son interview. Bien sûr, ce n'est pas celle qu'il espérait, celle d'Oussama Ben Laden, mais un de ses lieutenants proches a accepté qu'il enregistre ses propos. C'était la semaine dernière. Arno n'en revient toujours pas : si l'homme dit vrai, il tient un scoop de première classe. Un truc énorme qui pourrait lui valoir beaucoup plus que des coups de fouet, ici.

La barbe d'Arno a poussé durant ses longs mois d'isolement, et il est coiffé d'un pakol que lui a offert le vieux Salem au début de l'hiver, mais il est vêtu à l'occidentale : les regards méfiants de certains hommes dans la rue le lui rappellent. Il décide de trouver un hôtel et de réfléchir à la situation.

Il hèle un taxi et demande le « *Grand hotel or something like that* ». Le chauffeur lui propose l'Intercontinental ; Arno accepte.

Le taxi roule vite, slalomant entre les autobus bondés et les vieilles charrettes tirées par des bourricots, klaxonnant chaque fois qu'un piéton imprudent s'aventure sur la chaussée. Rapidement, il monte vers les hauteurs, à l'ouest de la ville, faisant gicler des gerbes d'eau boueuse à chaque virage.

— *That is the Kârte Parwân neighbourhood*, explique le chauffeur lorsqu'il pénètre dans un quartier résidentiel.

Il gare sa voiture devant un long bâtiment blanc de six étages qui a visiblement souffert des bombardements et des tirs : nombre de vitres sont remplacées par des panneaux de bois, certains murs sont constellés d'impacts de projectiles.

Arno paye la course avec l'argent d'Ahmad Khan Zazaï.

Sur la porte d'entrée de l'hôtel, une affichette annonce : « *Only 85 of the 200 rooms of the Inter-Continental are habitable due to damage of warfare. Welcome* ». La même chose est inscrite en arabe, juste en dessous.

Les deux réceptionnistes le regardent venir. Sans doute eux aussi voient-ils en lui un mendiant. Il dégaine sa petite liasse de dollars.

— *A room, please.*

L'un des deux hommes, dont la barbe n'est encore qu'un duvet presque adolescent, lui tend une clé. Sans un mot, sans un sourire.

Le vaste hall est vide. Quelques fauteuils sont réunis autour de deux petites tables basses. Les murs sont fissurés çà et là.

— *Elevators don't work, mister!* crie le jeune homme.

De fait, d'autres affichettes scotchées sur les portes des deux ascenseurs annoncent « *Out of order* » – indication elle aussi répétée en arabe. Arno prend l'escalier, sa chambre se trouve au deuxième étage.

L'établissement est désert, il ne croise personne dans les couloirs. Au plafond, une ampoule sur quatre fonctionne, les autres sont aussi « *Out of order* », ou inexistantes. Il se dégage une odeur de plâtre frais et de bois brûlé.

La chambre est propre et étonnamment confortable.

Arno tire les rideaux et se laisse tomber sur son lit. Il entend les muezzins appeler à la prière. C'est *al-maghrib*, la prière du coucher du soleil. Ça fait des semaines, des mois qu'il l'entend chaque soir. Étrangement, ça le rassure. Il a presque l'impression que tout ira bien.

Réif Arno s'endort.

*

« Ce traître de Gaspar », répète sans cesse Vanessa.

Assise sur le canapé dans l'appartement de son père, elle fixe les quelques coupures de presse et les deux photos anthropométriques qui sont restées punaisées au mur. Elle croit savoir qu'il s'agit de Djamel Zitouni et de Khaled Kelkal.

Elle vient de raccrocher au nez de Gaspar. Finalement, elle a réussi à joindre « l'homme de sa vie ». Mais lui ne semblait pas plus ému que ça de lui parler après tant de semaines de séparation.

— J'ai rencontré Spain Rodriguez, a-t-il expliqué. Il m'a dit trois mots, je crois qu'il s'est foutu de moi, en réalité. Ses potes aussi, d'ailleurs.

Elle a perçu un peu de tristesse dans sa voix.

— Tu rentres quand ?

Il y a eu quelques secondes d'un silence gênant.

— Tu es toujours avec le vieux ?

Le rire de Vanessa n'était pas sincère.

— Il est au Pakistan ou en Afghanistan. Et puis je te dis que toi et lui, ça n'a rien à voir…

— Je vais peut-être rester un peu à Frisco. Voir si je peux dessiner. Paris, c'est chiant.

Elle lui a donc raccroché au nez.

— Ce traître de Gaspar...

Son père, Réif et maintenant Gaspar l'ont quittée. Chacun à sa façon et pour des raisons diverses, ils l'ont quittée. Elle refuse pourtant de céder à l'inquiétude, elle refuse même de se remettre en question. « Ce n'est pas moi qui ai trahi », grince-t-elle en passant sur le balcon.

Elle allume une cigarette et se tourne vers la baie vitrée.

Cet appartement appartient à son père, mais il est vide de tout souvenir. Quelques jours auparavant, elle s'est aperçue qu'il n'y avait aucun papier personnel, aucune photo d'elle, de sa sœur ou de sa mère. Rien. Tedj Benlazar ne conserve rien du passé. D'où ça lui vient? De son travail d'espion? De l'incendie de la maison de Pessan? De cet attentat à Beyrouth?

L'attentat à Beyrouth auquel son père a survécu, elle n'en sait rien : jamais il n'a voulu en parler. Mais c'est peut-être le seul moment de sa vie qu'elle pourrait élucider. Il lui vient alors l'idée que cela pourrait donner lieu à un bel article. À un livre peut-être? À un beau travail de journalisme, en tout cas. Alors, elle se jure d'aller un jour au Liban et d'essayer d'y comprendre son père.

*

Enfin, Kandahar.

Le voyage depuis Kaboul a été éreintant : son corps le fait souffrir comme s'il avait quatre-vingts ans. L'autocar devait dater des années soixante-dix, et son chauffeur semblait plus concerné par le nombre de ses passagers – certains ont voyagé sur la galerie du toit – que par l'état de son moteur. Il martyrisait la boîte de vitesses en jurant et en rigolant.

Réif Arno a trouvé une place à côté d'une femme vêtue d'une burqa, qui n'a pas prononcé un mot tout au long des cinq cents kilomètres de la Kabul-Kandahar Highway. Une autoroute, c'est beaucoup dire : des portions entières ont été quasi détruites par les bombardements, forçant le car à rouler au pas sur plusieurs kilomètres. Des camions surchargés de marchandises ralentissaient la circulation lorsque le chauffeur pouvait accélérer.

Il a fallu presque dix heures pour rallier Kandahar.

Arno a laissé vagabonder son regard par la fenêtre. Au loin, le massif du Koh-i-Baba, dans le prolongement de l'Hindu Kuch lui rappelle les mois passés à Tora Bora, l'attente insupportable, sa vie en suspens. Il ne comprend pas pourquoi on l'a laissé repartir si facilement après lui avoir révélé ce qu'on lui a révélé. Enfin, il n'était pas vraiment prisonnier, se dit-il en fermant les yeux.

Quand le car s'est arrêté à Ghazni, Arno s'est réveillé en sursaut. Des talibans armés sont passés le long du véhicule en jetant des coups d'œil à l'intérieur. Arno a enfoncé un peu plus son pakol et baissé la tête. Les deux hommes ne l'ont pas remarqué.

Après avoir fait le plein d'essence, le chauffeur s'est rassis derrière son volant et a dit quelque chose qu'Arno n'a pas compris. Puis il s'est endormi à son tour. Les passagers sont restés silencieux pendant sa demi-heure de sieste. Le Français et quelques autres sont descendus sans faire de bruit.

Autour de la station-service, une vingtaine de camions stationnait. Les conducteurs, réunis en petits groupes autour de braseros de fortune, buvaient du thé. La température ne devait pas dépasser les 5 °C ; d'épais nuages de buée blanche s'échappaient des bouches et des tasses.

Sur le bord de la route, entassés dans l'habitacle d'un pick-up, quatre talibans, dont les deux hommes qui avaient passé en revue les passagers du car, semblaient assurer une surveillance pour le moins légère. Dès qu'un camion arrivait, l'un d'eux descendait du 4×4 pour contrôler le chauffeur.

Un camion-citerne a pénétré sur le parking de terre, et un soldat armé d'une kalachnikov en est descendu. Arno a baissé la tête de nouveau, il a préféré remonter dans le car.

Quelques minutes plus tard, le chauffeur a émergé de sa sieste en bâillant bruyamment. Il a remis le contact, et les quelques retardataires se sont empressés de regagner leurs places.

Encore trois heures, et Kandahar apparaissait dans la brume du soir. Le froid mordait les passagers pourtant emmitouflés dans des manteaux ou des couvertures.

À la nuit tombée, Arno pose enfin le pied à Kandahar. Il lui reste quarante dollars en poche – il est parti sans payer son hôtel à Kaboul – et il aspire à une douche chaude.

Un break jaune le dépose devant une pension, dans le quartier de Chahar Suq, non loin de la mosquée Jame Mui Mubarak, la mosquée du cheveu du prophète. Le chauffeur de taxi lui lance un regard insistant dans le rétroviseur. Un instant, Arno se demande s'il va lui réclamer une augmentation sur le prix de la course ; puis l'autre détourne les yeux.

Sous l'eau tiédasse de la douche, il éprouve une sensation de délassement. Son corps se réchauffe enfin, et surtout la distance qui augmente entre ses « amis » de Tora Bora et lui le laisse enfin respirer. Pour la première fois depuis qu'il a franchi la passe de Khyber, il envisage de pouvoir quitter le pays sans encombre. Encore lui faut-il trouver de quoi se payer un billet d'avion.

Par la fenêtre de sa chambre, il assiste à la fermeture du bazar couvert. Les rues sont vides. Il se laisse tomber sur son lit ; peut-être Gérard Wattelet accepterait-il de lui envoyer de l'argent. L'adolescent qui tient la réception lui a dit, dans un anglais presque incompréhensible, que l'établissement dispose d'un téléphone dans le bureau du patron. Demain matin, Arno appellera Wattelet.

Des bruits de pas dans le couloir.

Des voix étouffées d'abord, puis une discussion vive.

Arno s'assoit sur le lit, passe son tee-shirt puis son pull.

Des cris résonnent soudain, suivis de coups sourds, comme si un corps cognait les murs. Comme si un corps était projeté contre les murs.

En vitesse, Arno enfile son pantalon, ses chaussures ; machinalement, il attrape le petit sac à dos dans lequel se trouvent son appareil photo et son calepin. Il reste debout au milieu de la chambre.

Encore des cris.

Et deux coups de feu.

Putain de merde, c'est pour moi ! Ils m'ont suivi jusqu'à Kandahar, ils vont me faire la peau...

Il ouvre la fenêtre : trois étages, trop haut. Peut-être

en s'agrippant à la gouttière ? La poignée de la porte est secouée brutalement plusieurs fois de haut en bas.

Arno est paralysé.

Un coup de feu : la serrure vole en éclats. Seul le loquet retient encore les intrus.

Il se jette sous le lit.

Un violent craquement, et des hommes bondissent dans la chambre. Ils échangent quelques mots qui sonnent comme des insultes. Une voix se fait suppliante. Un autre coup de feu claque : l'adolescent de la réception s'écroule sur le plancher. On vient de lui loger une balle dans la nuque. Ses yeux encore ouverts fixent Arno, caché sous le lit.

Maintenant, c'est mon tour.

Mais les hommes, deux ou trois, quittent la chambre. Leurs pas remontent le couloir puis dévalent l'escalier.

Arno n'y croit pas : dans quel mauvais film on ne jette pas un coup d'œil sous le lit quand on cherche quelqu'un dans une chambre vide ? La fenêtre ! Bien sûr, ces cons ont cru qu'il s'était fait la malle par la fenêtre.

Il sort de sous le lit. Le gamin ne doit pas avoir treize ans ; l'arrière de son crâne est en bouillie.

Dans le couloir, Réif enjambe un homme plus âgé, le propriétaire de la pension, assis contre un mur. Les deux premiers coups de feu ont été pour lui.

Arno traverse le couloir en courant, dégringole l'escalier. Par la porte-fenêtre qui donne sur la rue, il aperçoit le taxi jaune qui l'a amené depuis la gare routière. Juste à côté, gesticulant et hurlant, le chauffeur. « Putain de salopard ! » grogne le Français en se faufilant par la porte de service, derrière le comptoir de la réception. Ce ne sont pas ses amis de Tora Bora qui ont voulu le descendre : ce salopard de taxi a voulu arrondir ses fins de mois en enlevant un Occidental. C'est le sport national, dans le coin, même le *Guide du routard* l'explique. Tu parles ! Qui aurait voulu payer une rançon pour lui ? Il se serait fait décapiter au petit matin, ignoré de tous. Putain de salopard !

Arno débouche dans l'arrière-cour, escalade un petit muret et se retrouve dans une ruelle. Il court sans se retourner. Kandahar est un putain de piège pour un petit blanc comme lui. À l'aéroport, il trouvera bien le moyen de joindre Wattelet. Il se fait l'impression d'être une mouche collée à une toile d'araignée.

Depuis de trop longs mois.

*

Zacarias se nomme Abu Khalid al Sahrawi. Il a quitté les zones tribales pour s'installer à Kandahar. Il voudrait que la France ne soit plus qu'un souvenir lointain, une autre vie, son ancienne vie. Il ne retournera plus en France, il ne reverra plus sa famille. Sa mère et sa sœur lui manquent, parfois.

Ici, Abu Khalid apprend. Il s'entraîne dans des camps, à combattre, à survivre. Il a fait sienne cette sourate : « Combattez ceux qui ne croient pas en Dieu ni au jour dernier et ne s'interdisent pas ce que Dieu et son envoyé ont prohibé ; combattez également ceux parmi les Gens du livre qui ne professent pas la religion de la vérité, à moins qu'ils ne versent la capitation directement et en toute humilité. » Oui, il est prêt à devenir un combattant de la guerre légale.

Il approfondit aussi ses connaissances du Coran

parce que le « djihad majeur » nécessite de se perfectionner moralement et religieusement pour mener un jour le djihad contre les infidèles. En Afghanistan, il fréquente des madrasas. À ses côtés, les élèves sont très jeunes, des enfants souvent. Mais il a appris l'humilité et travaille pieusement. Il se sent meilleur qu'avant, meilleur que lorsqu'il était français.

*

Un toubib belge a accepté que Réif Arno embarque sur un avion qui venait de livrer quarante tonnes de matériel pour la Croix-Rouge et Médecins du Monde. Il a eu pitié de ce Français qui le suppliait : « Je risque ma vie, en Afghanistan. » « Tout le monde risque sa vie, en Afghanistan », lui a répondu le toubib.

Avec Arno, trois journalistes et une dizaine d'humanitaires repartent vers l'Espagne.

Lorsque les roues décollent du tarmac, Arno est tellement soulagé qu'il doit retenir des larmes. Et il n'a même pas eu à supplier Wattelet. Seulement le toubib belge. Mais bon, c'est un toubib, c'est un peu comme un prêtre, on s'en fout de se mettre à genoux devant lui. Arno rit, c'est la première fois depuis qu'il a quitté Peshawar. Puis il ferme les yeux, sans inquiétude ; ça aussi, ça faisait longtemps.

Quand il émerge, il lui faut quelques secondes pour se rappeler ce qu'il fiche dans cet avion.

— On est où ? hurle-t-il aux autres journalistes en tentant de couvrir les bruits de moteur.

— Italie ou Grèce, répond l'un d'eux, un binoclard aux cheveux frisés.

Arno pose son front contre le hublot : entre les

nuages gris de basse altitude, une myriade d'îles constelle la Méditerranée. L'Europe, enfin.

Il jette un coup d'œil vers les journalistes. Que ramènent-ils d'Afghanistan, eux? Des photos, des articles sur la vie des femmes, obligées de porter la burqa, des instantanés de la vie à Kaboul sous le joug des talibans... Rien de neuf. Dans toutes les dictatures, des journalistes se baladent quelques jours, quelques semaines puis reviennent dans leur pays avec ce genre de reportages. Certains reçoivent même le Pulitzer. Il se souvient d'avoir vu des dizaines de papiers «exclusifs» sur la guerre Iran-Irak, sur les massacres en Algérie ou sur le génocide du Rwanda. Ses parents achetaient tous les canards qui parlaient du siège de Sarajevo. C'était du vent, rien de rien. Rien qui soit à la hauteur de ce qu'il s'apprête à balancer.

Il tapote sur la carlingue de l'avion d'un air satisfait. *Un avion comme ça, ça peut vraiment réduire en miettes un gratte-ciel dans une capitale occidentale?* se demande-t-il en soupirant d'aise.

*

Les chefs de Fell et le gouvernement français, comme la plupart des gouvernements occidentaux à la suite de celui des États-Unis, considèrent enfin l'organisation d'Oussama Ben Laden comme le véritable ennemi à venir. À Langley, au QG de la CIA, on a créé une unité spéciale chargée de suivre les déplacements et les agissements d'Oussama Ben Laden. Nom de code : Alec Station. Depuis le début de l'année, Al-Qaïda est passée du statut de simple réseau à celui d'organisation internationale. Le 23 février, en effet, un certain Front islamique mondial pour le djihad contre les juifs et les croisés a publié un « Appel au djihad pour la libération des lieux saints musulmans ». Les signataires en sont les chefs des plus importants groupes djihadistes, dont Oussama Ben Laden. Le texte est une déclaration de guerre contre l'Occident, proclamant une fatwa destinée à tous les musulmans : « Tuer les Américains et leurs alliés civils et militaires est un devoir individuel pour chaque musulman qui peut le faire partout où il lui est possible de le faire jusqu'à la libération de la mosquée al-Aqsa et de la mosquée al-Harâm de leur mainmise. »

Les États-Unis sont bien obligés d'être en première ligne.

Comme à tous ses collègues, comme à tous les flics et agents des officines de renseignement, on a ordonné à Fell d'être prête à se battre. *Mais contre quoi, contre qui ?* se demande-t-elle sans cesse. Plus elle fouille, plus elle se rend compte qu'Al-Qaïda est une pieuvre insaisissable qui grandit en permanence. Alors elle bosse, elle se familiarise avec cette nébuleuse, elle apprend les noms, les pseudonymes, les dates, elle relie des élements, des faits, des déclarations. Ce qu'elle commence à savoir d'Al-Qaïda est fragile et mène souvent à des impasses, mais elle se constitue une véritable connaissance de l'organisation. C'est son boulot.

À la fin du printemps, Fell se voit forcée de mettre entre parenthèses son travail de recherche : c'est la Coupe du monde de football, elle a lieu en France. Tous les flics n'ont plus qu'une mission : veiller à ce que cette fête populaire se déroule sans accroc. On a pris les devants : un mois auparavant, plus de

170 islamistes ont été arrêtés, principalement parmi les réseaux Hattab ciblés par le juge Bruguière.

Et la Coupe du monde de football s'est déroulée sans accroc.

L'été est plein d'espoir, en France. La victoire de son équipe de foot laisse fleurir des slogans comme celui qui s'inscrit sur l'Arc de triomphe durant la nuit du 12 juillet : « La victoire est en nous », clame le portrait de Zinedine Zidane. *Un putain de slogan publicitaire d'Adidas!* pense Fell devant sa télévision. Elle ne croit pas à cette France Black-Blanc-Beur qui serait née après la victoire sur le Brésil. Elle n'oublie pas les scores du Front national aux élections depuis le milieu de la décennie. Fell n'est pas optimiste et pas sûre de pouvoir empêcher les islamistes de foutre le bordel. Voilà l'état d'esprit de Laureline Fell à l'heure où la France entière célèbre la victoire des Bleus.

Puis, le 7 août, Al-Qaïda donne le coup d'envoi d'un autre match : le terrorisme à grande échelle. À 11 heures, Fell décroche son téléphone. Le lieutenant-colonel Chevallier de la DGSE l'informe que le Kenya et la Tanzanie viennent d'être simultanément touchés par des attentats. « C'est énorme », répète-t-il plusieurs fois. Des voitures piégées ont explosé devant les ambassades américaines de Nairobi et de Dar es-Salaam. Plusieurs immeubles se sont écroulés. On compte des centaines de morts et des milliers de blessés.

Fell et tous ceux qui enquêtent sur Al-Qaïda, FBI et CIA en premier lieu, subodorent que Ben Laden est derrière les attentats. C'est lui qui finance et coordonne un nombre important de groupuscules grâce à son organisation. Bill Clinton a ordonné le bombardement de plusieurs camps d'entraînement en Afghanistan et d'une usine chimique au Soudan. *Comme si ça pouvait neutraliser la pieuvre*, pense Fell.

Et elle reprend son travail sur Al-Qaïda. Les mémos et les documents affluent, les services de renseignement des pays amis partagent leurs connaissances avec la DST. Pendant des jours, elle reste enfermée dans son bureau, rue Nélaton.

Puis, un matin, on frappe à sa porte.

L'homme qui entre dans son bureau lui dit vaguement quelque chose.

— Bonjour, je suis un ami de Vanessa Benlazar.

Fell n'arrive pas à remettre le type. Trop vieux pour être un camarade de lycée ; trop vieux pour n'être qu'un *ami* de Vanessa...

Il se laisse tomber dans l'un des deux fauteuils devant le bureau du commandant de la DST. Il a l'air épuisé, un peu nerveux.

— Vous êtes qui, exactement ? l'interroge Fell sans masquer son scepticisme.

— Réif Arno, je suis journaliste. C'est Vanesse qui m'a parlé de vous.

OK : Réif Arno, ou plutôt Arnotovic, le journaleux qui a sorti le truc des Ch'tis d'Allah sur le gang de Roubaix. Elle a dû voir passer sa bobine dans la presse. Tedj lui a dit qu'il l'avait croisé du côté de Sarajevo.

— Pourquoi elle vous a parlé de moi ?

Le journaliste plonge son regard dans celui de la flic. Un beau regard filtrant, digne d'une mauvaise série américaine. *Un vrai cliché, ce type*, se dit Fell.

— J'étais à Tora Bora, cet hiver, dans le QG d'Al-Qaïda, lâche Arno comme s'il capitulait enfin après une lutte homérique.

Fell se raidit.

— Qu'est-ce que vous me racontez ? Vous étiez dans le camp d'une organisation terroriste qui vient de commettre deux attentats au Kenya et en Tanzanie ?

Bien sûr qu'il est au courant.

— J'ai des informations de première sur Al-Qaïda et ses projets. Ça vous intéresse ?

— Vous êtes revenu quand, en France ?

— Six mois. Peut-être un peu moins...

— Et vous venez me voir seulement aujourd'hui ?

Réif Arno hausse les épaules.

— Je suis journaliste, et mon boulot, c'est d'informer.

— Je ne vois pas le rapport.

En vérité, elle le voit très bien, le rapport : en six mois, il n'a réussi à les refourguer à personne, ses « informations de première ». Et maintenant, après les attentats de Nairobi et de Dar es-Salaam, elles lui brûlent les doigts.

— Faut croire que la presse française est morte, répond Arno sans conviction. Personne n'a voulu de mon article. Les photos, oui, un compte-rendu de la vie dans un camp d'entraînement islamique, oui. Mais pour le reste, macache.

Fell lève les sourcils.

— Et le reste, c'est quoi, exactement ?

Le reste, c'est soit des conneries, soit une bombe. *Comment il dit l'autre, déjà ?* se demande Fell. « L'histoire est une suite de mensonges sur lesquels on est d'accord »? Bon, c'est du Napoléon, sans doute apocryphe, mais il y a du vrai là-dedans ; dans son boulot, il n'y a pas de demi-mesure : soit des infos de première, soit des conneries. Et parfois, on s'accorde sur ces conneries.

Et voilà qu'il raconte qu'un jour, à Tora Bora, un Pakistanais né au Koweït, Khalid Cheikh Mohammed, est venu lui parler.

— Quoi? Le type qui a financé l'attentat contre le World Trade Center en 1993? Le type de l'opération Bojinka?

Fell connaît évidemment Khalid Cheikh Mohammed. Elle a croisé son nom à maintes reprises dans les dossiers qu'elle lit et relit.

La bouche de Réif Arno se tord. Fell ne paraît pas étonnée par les « révélations ». Visiblement, il ne s'attendait pas à ce qu'elle connaisse ces noms, encore moins le projet Bojinka.

— Vous avez vu Khalid Cheikh Mohammed à Tora Bora?

Arno souffle longuement en se laissant tomber sur le dossier de son siège, avant de répondre :

— Oui, je l'ai vu, il est resté plusieurs semaines. Il disait attendre le résultat de deux actions d'envergure. Celles qui ont touché les capitales kenyane et tanzanienne, il y a quelques jours.

— Pourquoi il les attendait? intervient Fell.

— Parce que du résultat de ces attentats dépendait l'approbation de Ben Laden pour une nouvelle tentative du projet Bojinka.

Le journaliste n'a pas l'air d'un illuminé, mais les dingues cachent parfois bien leur jeu. Tellement bien qu'eux-mêmes ignorent qu'ils sont porteurs de vérité.

— Khalid Cheikh Mohammed est devenu plus ambitieux, reprend Arno. Et après ce qu'a réussi Al-Qaïda à Nairobi et à Dar es-Salaam, il peut se le permettre. Son nouveau plan, c'est une dizaine d'avions qui iraient s'écraser sur des cibles aux États-Unis.

Je fais quoi de ça, moi ? Qui va croire un truc pareil ?
Fell a du mal à cacher son trouble. Elle joue maladroitement avec un petit bloc de Post-it qui finit par terre.

— Quelles cibles ?

— Le World Trade Center, de nouveau, mais aussi le Pentagone, le QG de la CIA, celui du FBI. Et des centrales nucléaires, des buildings à Los Angeles, à Washington et à New-York.

Il a l'air harassé. Elle a un peu pitié de lui. Combien de refus a-t-il essuyés avant de se pointer rue Nélaton ? S'il a vraiment passé du temps dans les zones tribales, aux côtés de djihadistes, risquant sa vie, ne pas être pris au sérieux par ses propres confrères, ça a dû le briser. Le temps des Ch'tis d'Allah et de sa gloire éphémère est bien loin…

— Pourquoi il vous a dit tout ça ?

Le journaliste dévisage la flic quelques secondes.

— Je ne sais pas. Peut-être par vantardise ? Parce qu'il croyait qu'on allait m'empêcher de repartir, qu'on allait me tuer ?

Ou parce qu'il t'a raconté des conneries, simplement, pense Fell.

Arno étire ses bras au-dessus de sa tête, sa nuque craque.

— Aucun canard n'a accepté de publier ça, personne ne gobera un truc pareil. Mais c'est trop grave pour que je garde ces infos pour moi. Vanesse m'a dit que vous, vous pourriez peut-être en faire quelque chose...

— Vous avez des preuves, des témoins? demande Fell, sans se faire d'illusions.

— Des preuves? Quoi, comme preuves? Un papier signé de la main de Khalid Cheikh Mohammed?

— Fait chier, grogne-t-elle.

— Il y avait un Français à Tora Bora. Il a de la famille à Narbonne; il se fait appeler Abu Khalid al Sahrawi. Ça vous dit quelque chose?

— C'est un nom d'emprunt, il doit y avoir des centaines de Abu Khalid al Sahrawi. Son nom français, c'est quoi?

— Moussaoui.

Fell note le nom sur un Post-it.

Elle décroche son téléphone d'un mouvement brusque.

— Fell à l'appareil. Il faudrait que vous veniez dans mon bureau, monsieur le directeur.

Le directeur de la DST lui demande pourquoi.

— Je pense qu'on a un vrai problème.

Le directeur de la DST lui demande à nouveau pourquoi.

— Comment dire? Soit ce sont des conneries, soit on a une alerte de niveau maximal. Ça concerne Al-Qaïda...

Le directeur de la DST répond : « J'arrive. »

— Je vous attends, monsieur le directeur.

Elle repose lentement le combiné.

Arno la fixe toujours.

*

C'est ce soir-là que Tedj a appelé.

Fell est chez elle. Elle n'a pas tout à fait repoussé l'envie de se verser un verre de vin.

— Ça se rapproche, hein ?

Cette voix. Fell savoure quelques secondes le timbre rauque. Il lui semble qu'elle ne l'a pas entendu depuis une éternité. Le visage de Tedj lui revient immédiatement. Ces derniers temps, elle avait du mal à le reconstituer entièrement et craignait de bientôt oublier ses traits, la couleur de ses yeux, ses mimiques. Mais là, tout revient : son portrait comme une photo devant elle.

— De quoi tu parles ?
— Dar es-Salam et Nairobi. Al-Qaïda. Ça se rapproche.

Il pourrait lui parler d'autre chose que du boulot, quand même, mettre un peu les formes. Certes il n'a jamais été un grand romantique, mais elle aimerait bien ça. Après un an de séparation, ce n'est pas trop demander.

Elle se retient de lui raccrocher au nez, se redresse dans son fauteuil, cherche du regard un verre et une bouteille de vin pas trop loin de son canapé.

— Tedj, l'Afrique de l'Ouest, ce n'est pas vraiment la banlieue parisienne. Tu ne crois pas que tes fantasmes d'importation du djihad en France sont morts avec Kelkal et Caze ?

— J'ai presque arrêté la clope, dit-il en s'allumant ostensiblement une cigarette à l'autre bout du fil. Ne me dis pas qu'Al-Qaïda n'est pas l'ennemi numéro 1 pour le FBI et pour la DST, la DGSE et toutes les officines européennes.

Elle sourit. Sa place n'est pas en cavale, elle n'est

pas non plus au fond d'une prison. Où est sa place désormais ?

— Arno, il est revenu vivant. Pas mal, hein ?

Fell se raidit.

— Putain, Tedj, c'est toi qui l'as envoyé là-bas ? Mais tu es malade ou quoi ?

— Envoyé, c'est un bien grand mot. Tu me prends pour un tour-opérateur ou quoi ? Disons que j'ai aidé le mec de ma fille…

Elle comprend mieux comment Arnotovic a pu accéder à Tora Bora, entrer en contact avec un type comme Khalid Cheikh Mohammed et, en effet, revenir vivant avec ses informations.

— Je n'ai rien entendu aux infos, reprend Tedj. Il a publié quelque chose ?

Fell ne répond pas.

— Il est rentré les mains vides, ce con ?

Nouveau silence. Elle sent que Tedj réfléchit, soupèse toutes les possibilités. Elle le voit plisser ses yeux verts, regarder au loin quelque chose que seul lui peut apercevoir.

— Il n'a rien publié parce que vous le lui avez interdit, c'est ça ?

— Non, pas vraiment : aucun journal n'a voulu de ce qu'il racontait. Il est venu nous voir, après les attentats en Afrique. Bon, tu connais la chanson, on lui a baratiné le secret-défense…

— Putain, mais pourquoi ? grogne-t-il.

— Il nous a balancé des trucs tellement énormes qu'on ne pouvait pas courir le risque que ça s'étale dans les journaux. Tu sais comment ça marche.

— Non, je ne parle pas de ça. Pourquoi les journaux

n'en ont pas voulu, de ses informations ? C'est vraiment si gros ?

— Oui, ça l'est. Si c'est vrai, c'est incroyable. Tellement incroyable que mes chefs à la DST, et les tiens, à la DGSE, n'y ont pas cru.

Ils se taisent. Fell s'attend à ce qu'il raccroche. Elle voudrait au moins lui dire que sans lui la vie est moins marrante, qu'ils pourraient peut-être tenter de se revoir, même si elle sait que la DGSE le recherche.

— Tu me manques horriblement, Laureline.

Fell cesse d'essayer de trouver une bouteille de vin ; son corps, sa respiration semblent incapables de reprendre leur fonctionnement normal. Elle n'aurait jamais cru que Tedj Benlazar puisse prononcer une telle phrase.

— Je pense aux vacances à Plouézec avec toi et je me dis que c'étaient les plus beaux jours de ma vie. Depuis longtemps...

Fell reste immobile. Elle ne trouve pas les mots. *Dis quelque chose, imbécile !*

— Si je pouvais revenir en arrière, je crois que je reviendrais à cette époque. Je suis désolé de te laisser comme ça, seule, sans nouvelles. Mais je ne veux pas aller en prison parce que ça serait ne plus jamais te serrer dans mes bras.

Tedj renifle. Pleure-t-il ?

— En plus j'ai chopé la crève. C'est vraiment nul !

Fell se détend, elle est triste et bien à la fois.

— Moi aussi, j'aimerais retourner à Plouézec avec toi.

— Bon, faut que je te laisse, Laureline. Faut que je bouge, là.

— Tout va bien, Tedj ?

— Oui, oui, ne t'inquiète pas. Je te rappelle vite.
Et il raccroche.
Laureline Fell est triste et bien à la fois, un étrange mélange de sentiments qui n'est pas désagréable. Elle part à la recherche de cette satanée bouteille de vin.

*

Vanessa passe beaucoup de temps dans l'appartement de son père. Elle vit toujours officiellement chez sa tante, mais elle prétexte de plus en plus souvent la fin tardive des cours à l'IFJ pour rester rue du Douanier-Rousseau.
Bien entendu, Réif aussi. D'ailleurs, souvent il dort dans l'appartement, alors que Vanessa est à Lagny-sur-Marne. Ils ont réussi à reprendre un semblant de vie à deux. On peut dire qu'ils « sortent ensemble »... Un semblant de vie en couple malgré la séparation, malgré ce que Réif a ramené – ou laissé – là-bas dans son voyage à l'autre bout du monde.

Quelques jours après que Gaspar lui a annoncé vouloir tenter sa chance aux États-Unis, Vanessa a appelé Réif à Lille. Un peu par hasard, par désœuvrement, même.
Elle croyait tomber sur son éternel répondeur, mais le journaliste a décroché. Il n'allait pas très bien, sa voix était un peu caverneuse. La coke, a pensé Vanessa. Après quelques minutes, Réif lui a dit qu'il était revenu depuis peu des zones tribales entre l'Afghanistan et le Pakistan, et que depuis il se sentait comme une grosse merde. La jeune fille a rigolé.
— Ça fait du bien de t'entendre rire, a dit le

journaliste. Ça fait du bien parce que moi, franchement, je ne rigole pas souvent.
— Tu veux qu'on se voie ?
Réif a dit oui : il pouvait être à Paris le lendemain, de toute manière il devait faire la tournée des rédactions. « Une dernière fois, pour être sûr que… » Il s'est interrompu et a ajouté :
— Toi, ça va, au fait ?
— Je crois que je vais aller à Beyrouth pour enquêter sur l'attentat du Drakkar. Tu te souviens ? Le truc en 1983. Enfin, bon, quand j'aurai terminé l'école de journalisme. Mais j'ai décidé de faire ça.
Le lendemain, Réif s'est pointé rue du Douanier-Rousseau avec les croissants. Il était 9 heures et sur France Inter on annonçait l'opération Infinite Reach, des bombardements de l'US Navy en réponse aux attentats des ambassades de Nairobi et de Dar es-Salaam qui avaient fait 224 morts et plus de 5 000 blessés. Un journaliste supposait que c'était aussi, allez savoir, un moyen de détourner l'opinion publique américaine de l'affaire Monica Lewinsky. Le gouvernement cubain l'avait déjà dénoncé comme tel : « Le Président Clinton a ignoré la souveraineté du Soudan et de l'Afghanistan et a lancé un bombardement théâtral afin d'éclipser son récent scandale. » Vanessa a souri en allant ouvrir la porte.
Réif Arno avait la gueule fatiguée, mais il était toujours aussi beau.
Ils ont mangé les croissants, bu des cafés. Réif a raconté son périple au Pakistan puis en Afghanistan. Vanessa l'a écouté, s'est dit qu'il faisait bien son boulot, finalement. Au début, lorsqu'elle l'avait rencontré, elle ne l'aurait jamais cru capable d'aller si loin, de

risquer sa vie, même. En plus, pour des informations qu'aucun journal ne voulait lui acheter. Son ancien rédacteur en chef de *La Voix du Nord* avait bien voulu lui prendre un reportage sur la vie dans les zones tribales et les camps d'entraînement islamistes. Mais rien de cette histoire d'attentats de grande envergure en préparation.

Elle lui a parlé du commandant Laureline Fell de la DST.

— Tout ça, c'est trop grave pour qu'un canard accepte de le publier, a-t-elle dit. Franchement, personne ne croira un truc pareil.

Réif a reconnu qu'il n'avait pas vraiment de preuve; on lui avait d'ailleurs déjà objecté qu'il ne parlait ni l'arabe ni le pachto, qu'il avait peut-être mal compris. En réalité, on mettait en doute sa probité de journaliste, il n'était pas un crétin né de la dernière pluie.

— Le commandant Fell est quelqu'un de chouette. C'est un flic, mais elle est chouette. Tu dois lui parler.

Elle a vu, dans son regard, qu'il était d'accord. Il ne voulait pas admettre tout de suite qu'elle avait raison – un peu de fierté masculine –, mais il irait voir Fell.

— Un jour, tu m'aideras pour ce truc sur l'attentat du Drakkar, à Beyrouth? lui a-t-elle demandé en se serrant contre lui.

Ils se sont embrassés, ont fait l'amour, sont redevenus un couple.

Mais ça n'a pas été aussi simple.

Réif est revenu de son entretien avec Laureline Fell en fin de journée. Les mecs de la DST lui ont fait passer un sale moment. « Un putain d'interrogatoire de gestapistes! » s'emporte Réif. Il semble remarquer la présence des coupures de presse et des photos de Kelkal et de Zitouni, accrochées au mur du salon. Vanessa se dit qu'elle devrait les décrocher, sans s'avouer que c'est un peu de son père qui est punaisé là.

— Ta copine, Fell, c'est une vraie salope, grogne Réif. Elle me l'a fait à l'envers. Elle m'a baisé dans les grandes largeurs.

Vanessa s'allume une cigarette. Réif a une sale gueule, ses yeux bougent trop vite comme ceux d'un dément.

— Tu es resté toute la journée dans son bureau?

— J'en sors à peine. Ils m'ont demandé de leur raconter cent fois mon voyage. Je devenais barge... Et pour me dire de fermer ma gueule sous peine d'être inculpé pour trahison du secret-défense ou je ne sais pas quoi. Les enfoirés...

Il s'aperçoit que la jeune fille l'observe : il se force à sourire.

— Ça sert à rien de s'énerver, reconnaît-il. Mais quand même, ta pote, c'est une flic comme les autres. Rien de plus qu'une flic bornée et prête à tout pour faire son boulot de merde.

Vanessa voit bien qu'il se force à sourire.

— On va boire des coups? propose-t-il pourtant en se levant brusquement.

Vanessa accepte, mais elle sent que son mec va se réveiller avec une sale gueule de bois. Et pas seulement à cause des verres qu'ils vont boire ce soir.

*

Le journaliste, là, Réif Arno, ou plutôt Arnotovic, n'avait pas beaucoup d'éléments de poids. Son histoire d'avions lancés sur le World Trade Center, le Pentagone, le siège de la CIA et du FBI, des centrales nucléaires; sur Los Angeles, Washington et New York, ça a d'abord estomaqué la direction de la DST. Consultée, la DGSE a confirmé qu'un jour Al-Qaïda aurait les moyens d'atteindre de tels objectifs. Mais pas tous ensemble, et pas tout de suite. Encore faudrait-il que les Américains se laissent complètement dépasser : les réseaux de Ben Laden sont sous surveillance, et la DGSE fait confiance à la CIA.

Les quelques noms qu'a cités Arno sont déjà connus des services de renseignement français et américains. Seul celui d'Abu Khalid al Sahrawi a fait tiquer les Français. À la DST, un dossier est ouvert depuis 1994 sur un ressortissant français du nom de Zacarias Moussaoui, soupçonné de financer les groupes terroristes algériens. Mais le type habite à Londres, et les autorités anglaises ont considéré qu'il n'y avait pas suffisamment d'éléments à charge pour l'interroger. Moussaoui *aka* Abu Khalid al Sahrawi était à Tora Bora, selon Réif Arno. Le journaliste affirme qu'il aurait été sélectionné comme kamikaze pour les attentats sur les cibles américaines. Mais là encore, il n'a aucune preuve.

Par acquit de conscience, la DST alerte les Britanniques afin qu'ils accentuent leur surveillance de Moussaoui. Quelques heures plus tard, Fell reçoit un coup de fil du MI5 : Zacarias Moussaoui n'est plus sur le sol anglais. Peut-être se trouve-t-il en Allemagne, à Hambourg; rien n'est certain. Pour l'heure, les Anglais ont un poisson plus important dans le collimateur. « Mohammed Atta, ça vous parle ? » Non, Mohammed Atta, ça ne parle pas à Fell, ni à la DST.

Elle a précisé à Arno que toutes ses informations sont désormais classées « secret-défense » : il n'a pas intérêt à ce qu'elles se retrouvent étalées dans la presse.

Arno a souri, affalé dans le fauteuil devant elle.

— Vous avez une idée de ce que signifie le droit à l'information ?

— Et vous, vous comprenez l'idée de sécurité nationale ?

Le journaliste est resté un peu con. Puis il s'est levé, a marmonné : « Bon, ben, j'y vais, moi », et il est sorti du bureau sans demander son reste. Fell aurait aimé que le journaliste fasse preuve d'un peu plus de cran, qu'il refuse de se laisser dicter la direction à prendre. Voire qu'il poursuive son enquête et lui ramène des preuves. Car elle en a l'intime conviction : Arnotovic a flairé quelque chose dans les zones tribales. Quelque chose qui va se produire et faire beaucoup de bruit.

1999

Réif Arno est au plus mal.

Ça dure depuis le début de l'automne précédent. Le coup de grâce, ça a été son dernier entretien avec le commandant Laureline Fell. Ces enfoirés de la DST l'ont mis minable en lui «conseillant» de se taire. C'est pour ça qu'il a gardé une information pour lui, un nom que lui a glissé Khalid Cheikh Mohammed. Le nom d'un homme qui doit servir de courroie de transmission entre les membres du commando mis en place par Al-Qaïda : Anwar al-Awlaqi est l'imam de la mosquée Masjid Al-Rribat Al-Islami à San Diego. C'est ténu, comme piste, mais Réif garde ça pour lui, telle la dernière pièce d'un trésor qu'il s'est fait ravir.

Il s'est d'abord senti abattu. Puis il y a eu cette grosseur à l'aine. Le médecin qu'il est allé consulter lui a dit qu'en cas d'amaigrissement subit – Réif a perdu près de dix kilos au cours de son périple entre le Pakistan et l'Afghanistan –, des ganglions pouvaient apparaître. Aucune raison de s'alarmer.

Ensuite sont arrivés les vertiges et une fatigue comme il n'en avait jamais connu. Il a mis ça sur le compte d'un virus qu'il aurait chopé là-bas ; on lui a fait passer une batterie de tests sanguins : que dalle. Nada.

La grosseur a disparu. Remplacée par des maux de ventre, des ballonnements désagréables. Vers la Toussaint, il a passé une coloscopie. «Vous avez un colon de jeune homme, monsieur Arnotovic», lui a certifié la gastro-entérologue. Que dalle. Nada.

Pourtant, ces maux de tête, ces vertiges, cette fatigue de vieillard, il ne les inventait pas. Son généraliste lui a demandé s'il avait des idées noires. «Je vois pas le rapport», a répondu Arno avec une mauvaise foi consommée.

— T'as une sale gueule, lui a dit Vanessa.

Il l'a regardée, incapable d'expliquer que la fatigue, les soucis le marquaient plus que le commun des mortels.

— Tu bosses sur un truc? a-t-elle insisté.

Il s'est retenu de l'envoyer chier – après tout, Vanessa était la seule à le soutenir. Le soutenir contre quoi, au fait? Contre que dalle, nada.

Il a secoué la tête.

— Oui, oui, enfin, je réfléchis...

La jeune fille n'a pas creusé plus loin. Elle n'a pas vraiment le temps : quand elle n'est pas en cours, elle lit tout ce qu'elle peut sur le Beyrouth des années quatre-vingt.

Le temps, Réif va en manquer, car il est atteint d'un cancer ou d'une sclérose en plaques, un truc qui l'entraînera vers la déchéance physique la plus répugnante. Après quoi il crèvera dans d'atroces souffrances. Voilà ce qu'il pense chaque matin, au réveil, à peine sorti d'un sommeil qui ne répare plus rien depuis longtemps. Voilà ce qu'il pense toute la journée. Et encore le soir, avant de s'endormir.

C'est après le nouvel an qu'Arno a accepté d'envisager la vraie raison à son état.

Vanessa a réussi à le traîner dans une soirée organisée par des amies de son ancien lycée. Autant dire que le journaliste se faisait l'effet d'un père de famille venu chaperonner sa fille. Il s'est calé dans un coin, non loin d'un cubi de vin rouge, buvant tout ce qu'il pouvait boire.

Quand les Beastie Boys ont scandé *Intergalactic*, les gamins ont hurlé de bonheur. C'était ridicule. Lui, il a continué à picoler.

Au bout d'un moment, un type l'a accosté.

— C'est vrai que tu es allé chez les talibans, en Afghanistan? C'est Vanesse qui nous a dit ça. T'es journaliste, hein? Il paraît que t'as publié dans *Libé*?

Il a hoché la tête en espérant que le relou passe son chemin.

— Putain! Je comprends pas pourquoi ils se laissent faire.

Arno a dû avoir l'air étonné parce que l'autre a enchaîné.

— Oui, pourquoi les femmes afghanes se laissent recouvrir par des voiles? Et même les hommes, merde, pourquoi ils se laissent faire? C'est la servitude volontaire dont parle La Boétie, non?

Il a eu envie que l'immeuble s'écroule et que tout le monde soit enseveli sous des tonnes de pierres. Ce mec serait mort et tous ses potes avec. En cet instant, l'idée ne déplaisait pas à Arno : lui aussi aurait été écrasé.

— C'est eux qui ont fait péter les ambassades américaines en Afrique, cet été, tu crois ?

Il a écouté la musique en fronçant les sourcils : c'était bien *Le Sacre du printemps* qu'il entendait à travers les basses ? Ou devenait-il complètement fou ?

— Je sais pas.

Le jeune mec a secoué la tête en tirant sur sa cigarette. Il a eu une grimace mauvaise, de celui qui n'attendra pas que des islamistes envahissent la France, qui prendra les devants, qui défendra héroïquement les siens. Un putain de dur. *T'es un putain de dur, toi.*

— Pardon ?

Arno s'est raidi : avait-il parlé ?

Au vu de l'air surpris de son interlocuteur, la réponse à cette question ne laissait pas de doute. Le jeune a bu une gorgée de sa vodka et, pas découragé par l'hostilité manifeste du journaliste, il a continué à l'assaillir de questions :

— C'est quoi la prochaine étape, à ton avis ? C'est nous qu'ils vont attaquer ? Je veux dire, nous, ici, à Paris, en France ?

Arno a vu passer Vanessa derrière le type. Elle était ivre, heureuse et jeune.

Le gamin devant lui l'observait fixement : il attendait vraiment son avis. *Putain, mais qu'est-ce qu'on en a à foutre, bordel ! Va danser, sers-toi une autre vodka, mais fous-moi la paix avec tes questions de chiotte. Franchement, si je te dis que la prochaine étape, c'est douze avions de ligne sur Manhattan, sur la Maison-Blanche et sur des centrales nucléaires, t'y croirais ?*

— Ben, ouais, j'y crois. Bien sûr que j'y crois.

Arno s'est pétrifié : il lâche la rampe ou quoi ? Il parle alors qu'il croit penser, il est bon à interner.

Comme le père Benlazar, en somme. *Et ce petit merdeux qui se la joue grand géostratège, la gueule de cul qu'il se paye.*

— Hé! C'est pas parce que t'es le pote de Vanesse que tu peux te foutre de moi, hein!

Arno a eu du mal à déglutir. Il a posé lentement son verre sur la table à côté de lui. Se pouvait-il que quelqu'un ait mis de la drogue dans le picrate? *Bon, allez, je rentre, sinon cette face de cul va vraiment me faire chier.*

Et le mec a envoyé un direct. Arno l'a reçu sur la pommette gauche.

— Ah, tu veux jouer les durs! a-t-il gueulé.

Le gamin a levé les mains devant lui.

— Attends, c'est toi qui me traites de...

Arno a allongé son bras, mais son poing est passé à quelques centimètres du nez de son adversaire. Celui-ci avait esquivé, il avait eu de la chance, seulement de la chance.

— Arrête, a continué le gamin. On va pas se battre...

Le journaliste au chômage l'a saisi par le col et des gens autour d'eux ont arrêté de danser.

— Tu veux jouer les durs, hein? a craché Arno.

Il a levé le poing de nouveau, mais le gamin lui a collé un formidable coup de boule qui l'a envoyé valdinguer contre la table. Il a vainement tenté de se retenir au cubi avant de s'écrouler au sol.

Les gens gueulaient: «Mais arrêtez, merde, c'est la fête!»

Arno s'est redressé, son nez pissait le sang et faisait un mal de chien.

— Hé ben, tu vas en prendre plein la gueule, petit dur!

Le petit dur a envoyé un coup du droit, un coup du gauche qui ont parfaitement touché aux deux tempes. Et il a remonté un uppercut au menton. Cette fois, Arno a senti ses jambes se dérober sous lui et il est tombé à genoux.

— Je vais te massacrer, toi, ma salope! a-t-il craché en même temps que du sang.

Il s'est accroché à la jambe du mec en moulinant inutilement du poing dans les airs. L'autre l'a repoussé d'un coup de genou dans le plexus.

Arno a cru mourir, cinq minutes avant le passage à l'année 1999.

Mais il n'est pas mort.

« Les héros pathétiques ne meurent pas, pauvre con », a rétorqué Vanessa, quelques heures plus tard, tandis qu'il émergeait des limbes dans un des couloirs des urgences de la Salpêtrière.

— Tu devrais consulter, Réif, a murmuré la jeune fille à son oreille.

— Il m'a pris en traître, ton pote! Tu imagines, sinon, comment je l'aurais défoncé…

— Arrête! Tu es en train de devenir dingue.

Il l'a regardée. Les mois depuis son retour d'Afghanistan ont défilé dans son esprit. Jamais Réif Arno ne s'est perçu comme un gagnant. Ce voyage qui devait le lancer est un échec, comme tout ce qu'il entreprend, comme sa carrière qui n'a jamais vraiment décollé. Le coup des Ch'tis d'Allah? Un hasard provoqué par Tedj Benlazar, rien d'autre. Il a l'impression d'avoir fui toute sa vie. Et cette fuite est une course immobile depuis qu'il est revenu de son périple dans les zones tribales. Qu'est-ce qu'il lui reste de tout cela ? Un nom dont il ne sait pas quoi faire.

Vanessa lui a souri.

— J'ai vu un psychiatre pendant quelques mois, après l'incendie. Ça m'a fait du bien...

Arno a soufflé fort. Une tristesse immense l'a envahi, il a senti une douleur à l'estomac comme si une enclume pesait dessus. Est-ce qu'une larme a coulé de son œil, celui qui n'était pas poché ? Vanessa lui a caressé la joue.

— Ça se soigne, t'inquiète pas.

Il a fallu quelques semaines pour qu'un psychiatre accepte de le recevoir. Quelques semaines durant lesquelles il s'est découvert un lymphome, une arthrite généralisée, un cancer du pancréas. Quelques semaines durant lesquelles il a compris, bordel de merde, qu'il était devenu hypocondriaque.

*

Les jours et les semaines passent. Laureline Fell voit Vanessa de temps en temps, pour déjeuner ou boire un coup. C'est un peu de Tedj qu'elle espère saisir dans ces moments-là.

Vanessa lui parle surtout de Réif Arnotovic. Contre toute attente, il s'est remis au boulot : il veut écrire un livre.

Un soir, comme elle rejoignait Vanessa, au Bouquet, rue Daguerre, il est arrivé au bras de la jeune fille. Elle l'a salué et s'est assise en face des deux jeunes gens en s'efforçant de masquer sa gêne. Vanessa parvenait à mettre à l'aise les gens, sa bonne humeur était communicative. Et depuis qu'elle avait en tête ce projet sur l'attentat du Drakkar à Beyrouth, elle semblait portée par une énergie intarissable.

Pendant quelques minutes, elle s'est d'ailleurs mise à parler des services secrets syriens, les fameuses Panthères roses.

À côté d'elle, sur la banquette, Réif Arno écoute d'une oreille distraite.

— Et vous, le boulot, ça en est où ? lui demande Fell, un peu par politesse.

— Je vais écrire un roman sur les réseaux djihadistes entre la Bosnie, le reste de l'Europe et les zones tribales. Un polar. Histoire qu'on m'autorise à le publier.

Il lui lance un regard noir, avant de préciser :

— Un romancier peut recueillir plus de confidences qu'un journaliste, le roman, ça rassure les gens, ils ne savent pas que le romancier peut révéler la vérité, débite Arno, légèrement arrogant

— Réif m'a fait lire les premières pages, confirme Vanessa : c'est vachement bien.

Elle lui donne un coup d'épaule complice.

— J'ai hâte de lire ça ! dit Fell.

Et c'est la vérité.

Elle descend le reste de sa bière en deux gorgées et tend deux billets de dix francs au serveur.

— Bon, allez, je bosse, moi, demain. Hé ouaip, monsieur le journaliste, ou l'écrivain, je ne sais plus, les flics bossent même le dimanche.

— Ça, si la police respectait les avancées sociales, ça se saurait.

Arno lui offre un sourire, son regard est franc : il a l'air d'aller mieux qu'au moment de leur entretien à la DST.

Elle se lève, fait la bise à Vanessa et glisse une carte de visite au journaliste-écrivain.

— Je ne dis pas que je pourrai vous aider. Mais si vous en avez la volonté, je pourrais vous... accompagner. Enfin, bon, continuez à écrire sur tout ça.

*

Certains soirs, Laureline Fell rentre chez elle un peu plus tôt. Elle marche même d'un pas plus rapide. Ce sont les soirs où Tedj Benlazar doit l'appeler. Parfois il n'appelle pas – sans doute ne se sent-il pas en sécurité –, mais le plaisir de l'attente est déjà du plaisir.

La voix de Tedj est agréable. Ce soir, il ne paraît pas inquiet. Où se trouve-t-il? Elle sait qu'elle ne le lui demandera pas, car Tedj lui a répété qu'il ne pouvait pas lui donner le moindre indice, que c'était trop dangereux. Il ne lui décrit donc jamais une plage au sable fin, une montagne enneigée ou une rue pittoresque dans une capitale européenne. Il parle de lui, d'elle, c'est déjà beaucoup.

— Tu as vu? Bouteflika a été élu. Ça va peut-être ramener le calme en Algérie.

Il se souvient souvent de l'Algérie. Ça fait du bien à Tedj, et elle, au moins, elle sait comme ça qu'il n'est pas retourné là-bas.

— Un pansement sur une jambe de bois. Il va appliquer une politique d'amnistie généralisée et tu peux être sûre que dans dix ans, quinze ans, les gamins qui ont vu leurs parents ou amis se faire tuer vont vouloir se venger.

Le ton de sa voix s'est fait plus dur. Évoquer

l'Algérie, ça fait du bien à Tedj Benlazar jusqu'au moment où cela ravive les plaies.

Fell change de sujet :

— J'ai bu un verre avec ta fille, hier soir.

— Comment va-t-elle ?

La voix de Tedj s'est radoucie. Ils savent tous les deux qu'il ne peut pas la contacter et que c'est un crève-cœur pour lui. Fell ne lui dira pas les banalités d'usage : « Il faudrait que tu l'appelles. »

— Elle était avec ce journaliste, tu sais, Arnotovic ?

— Ah...

Fell a une idée depuis quelques jours, une idée peut-être dangereuse.

— Arnotovic a l'air d'être sorti de sa dépression. Tu sais, il veut écrire un roman sur les réseaux djihadistes entre Bosnie, reste de l'Europe et zones tribales. M'étonnerait pas qu'il ne nous ait pas tout dit.

Il y a quelques secondes de silence. Fell a l'impression d'être au bord d'un précipice : il a manifestement compris qu'elle avait une idée derrière la tête. Elle s'élance :

— Tu crois qu'Arnotovic est capable d'aller fouiller plus loin ? Je sais que tu le considères comme un nul, mais...

Nouveau silence ; cette fois Benlazar a sans doute inspiré de l'air, comme pour reprendre une course.

— Non, Arnotovic est sans doute un excellent journaliste. Même si je lui ai donné un coup de pouce, ce qu'il a fait sur le gang de Roubaix et sur Al-Qaïda dans les zones tribales, ça dénote un savoir-faire intéressant.

— Il n'a pas fait grand-chose sur Al-Qaïda, je te rappelle.

Benlazar siffle dans le combiné.

— Parce qu'on lui a fortement déconseillé de faire quelque chose, je te rappelle !

C'est vrai, pense Fell. Elle ne veut pas aller plus loin : son idée est dangereuse et irréalisable.

— Donc, il a décidé d'écrire un polar. Et Vanessa a l'air de bien l'aimer.

— Elle va bien ? répète Benlazar.

— Oui, elle va bien. Elle, c'est plutôt Beyrouth et l'attentat du Drakkar qui l'intéressent.

Tedj pouffe à l'autre bout du fil.

— Comme si ça intéressait encore quelqu'un…

*

Gh'zala Boutefnouchet ne parvient pas à terminer son doctorat pour cause d'absence des professeurs et de nombreux employés de l'administration. En attendant d'obtenir une date de soutenance, elle continue d'apprendre le français à ses élèves et évite d'affronter ses collègues qui enseignent en arabe classique. Le directeur le lui a conseillé.

De toute façon, son combat se mène à l'extérieur de l'école. Avec les membres de Tharwa N'Fadhma N'Soumeur, elle espère tordre le cou au Code de la famille. Bientôt. Plus tôt que ne le croient les conservateurs de tous bords.

Ce matin, la victoire d'Abdelaziz Bouteflika a été officialisée. Personne n'est dupe : il a remporté l'élection présidentielle avec près de 74 % des suffrages, certes, mais tous ses adversaires se sont désistés la veille. Tous ont dénoncé une élection truquée.

Dans la Casbah, on a tout de même vu quelques

scènes de liesse, comme un peu partout à Alger. Ce n'est pas tant Bouteflika que l'on fête, que l'espoir qu'il mette fin au terrorisme, à la guerre, à la décennie noire, ainsi qu'il l'a déclaré. Il parle de concorde civile et de paix. Les Algériens ont encore de l'espoir, c'est une bonne chose.

À la radio, le journaliste dresse le portrait du nouveau président de la République. Gh'zala, à l'instar de nombreux jeunes de sa génération, ne le connaît pas. Il paraît qu'il a été capitaine pendant la guerre d'Indépendance puis ministre de la Jeunesse et du Tourisme dans le gouvernement du président Ahmed Ben Bella. Il n'avait que vingt-cinq ans. Lors de la prise de pouvoir de Houari Boumediene, en 1963, il est devenu ministre des Affaires étrangères.

De vieux militaires, des anciens combattants, les mêmes qui sont au pouvoir depuis trois décennies : son pays n'a donc que ça à proposer ?

Le journaliste dit que c'est un grand jour pour l'Algérie.

Gh'zala éclate de rire.

*

À voir la tête du commandant Attia, il ne partage pas l'humour du capitaine Riva Hocq, qui ravale vite fait un commentaire ironique sur la situation. Depuis la nouvelle de l'évasion de Lionel Dumont, la gaudriole n'est pas à l'ordre du jour au SRPJ.

Dumont s'est tiré de la prison de Sarajevo à la faveur du match de la finale de l'UEFA Manchester-Munich. Sans rire ? Le ministère de la Justice bosniaque a reconnu dans un communiqué lapidaire que les deux fugitifs «ont scié les barreaux d'une fenêtre de la cuisine de la prison et se sont enfuis par la cave de l'immeuble du tribunal régional de Sarajevo».

— Un mauvais film n'aurait pas osé! gueule Attia en tambourinant sur son bureau.

— Les flics bosniaques sont en relation avec les Hongrois, tente Hocq. Ils pensent que Dumont a coupé à travers les bois jusqu'à la frontière. Ils vont réussir à le serrer.

— Mon cul, ouais! Des incapables, ces Bosniaques. Et les Hongrois ne valent pas mieux.

Il secoue la tête de dépit.

— Tiens, si ça se trouve, ils l'ont laissé filer volontairement. Dumont devait en savoir, des choses, sur les manigances du gouvernement Izetbegovic avec les djihadistes.

Son grand corps semble lui être inconfortable.

— Et comme par hasard, il se fait la belle soixante-douze heures avant d'être remis à un juge français...

Riva Hocq s'étonne de voir son chef aussi enragé par cette histoire d'évasion. Après tout, ils ont d'autres casseroles sur le feu : la nuit précédente, Ben Arfa, sorti de prison depuis quarante-huit heures, a tiré sur deux flics belges, blessant grièvement l'un d'entre eux. On a demandé à Attia de retrouver Ben Arfa, mais c'est la cavale de Dumont qui le met dans tous ses états.

— Tu pourrais passer un coup de bigo à ta copine?

— Ma copine? Quelle copine?

— La nana qui bosse à la DST, avec qui tu es allée voir Dumont en Yougoslavie.

Elle se retient, respire un grand coup.

— Et d'un, la Yougoslavie, c'est fini. Et de deux,

Fell n'est pas ma «copine». Où tu as vu que c'était ma copine?

— Ouais, ben, demande à ta *pas* copine si elle a quelque chose sur l'évasion de Dumont. Merci, capitaine, abrège-t-il en claquant la porte.

Un lieutenant passe le nez dans le bureau de Hocq.

— Il est furax, Jo. C'est encore Dumont? Je ne pensais pas qu'il l'aimait tant, le Ch'ti d'Allah.

Hocq hausse les épaules.

— Faut croire que si.

La flic regarde sa montre : pas de clope avant deux heures, selon son plan d'arrêt du tabac. Elle sent monter la nervosité dans les veines de ses bras, mais cette fois elle est déterminée.

*

Il n'y a pas de tombe où elle peut aller se recueillir. L'incendie de la maison à Pessan n'a rien laissé de sa mère et de sa sœur. Cendres parmi les cendres... Bien sûr, il n'est pas nécessaire d'avoir un corps pour disposer d'une sépulture, mais chez les Benlazar et chez les Crouzeix, le bon Dieu n'a pas sa place à table. Sa mère était complètement athée, une tombe dans un cimetière n'aurait pas été en accord avec ses convictions. Alors son père et sa tante ont décidé de répandre les cendres à quelques mètres du rivage, sur la plage de Boulgueff.

C'est la maison de Paimpol qui sert de lieu de souvenir pour Vanessa. Le pèlerinage se fait à la plage de Boulgueff, là où son père a répandu les cendres. Si son père venait à mourir, Vanessa ne saurait pas où répandre ses cendres. Dans la plaine de la Médina ou sur une plage d'Alger ? Elle ne sait presque rien de son père.

Elle, c'est à Paris qu'elle se sent chez elle. Elle s'est installée rue du Douanier-Rousseau. Elle n'en pouvait plus des transports en commun matin et soir. Et puis, pour sa troisième année, elle a décroché un stage au *Parisien*. Rien que ça ! Elle pense que Laureline Fell a fait jouer ses relations – elle connaît l'un des rédacteurs en chef – mais elle se sent à la hauteur, prête à faire ses preuves. Et puis, *Le Parisien*, c'est là où a débuté Réif. Elle lui a dit qu'elle avait l'impression de suivre ses traces, de mettre ses pas dans les siens. Il n'a pas l'air de la croire et il se peut qu'il ait été un peu jaloux, au début.

Réif a emménagé rue du Douanier-Rousseau. Ils ont convenu tous les deux que l'appartement était assez grand pour ne pas se marcher sur les pieds et qu'ainsi il pourra mener à son terme le roman qu'il écrit. Ou qu'il envisage d'écrire. Parce que, à part les premières pages qu'il lui a fait lire, Vanessa n'a jamais pu voir la suite. Réif dit qu'il prend son temps, qu'il ne veut pas se planter pour son premier roman. « Tout est sous contrôle », affirme-t-il. Il est plutôt d'une agréable compagnie et il s'évertue à préparer le repas tous les soirs. Vanessa n'est pas fan : elle trouve que ça fait un peu vieux couple, la table dressée lorsqu'elle arrive. Elle préfère manger une pizza devant la télé ou, si elle n'est pas trop crevée, sortir boire un verre à Denfert-Rochereau.

Mais ce n'est rien. Réif est plutôt rigolo quand il veut, et il a une culture générale à toute épreuve. « Normal, il a déjà des cheveux gris » : elle éclate de rire à cette pensée d'un Réif vieux. Elle, elle va bien, très bien.

*

Vanessa est partie tôt ce matin, dès six heures. Arno a traîné au lit encore une heure après son départ. Le café et les clopes ne le réveillent pas vraiment, plus aussi vite qu'avant. La suite de la matinée sera difficile.

Il utilise l'ancien bureau du père de Vanessa. C'est son antre, son refuge, ça lui permet de faire croire à Vanessa qu'il bosse. Heureusement, elle est très occupée par ses heures de cours et bientôt par le stage qu'elle a dégoté chez ces tocards du *Parisien*. *Le Parisien*, rien que ça… Ça lui ferait mal à la gueule de travailler à nouveau pour ce canard. Il a dû rapidement se l'avouer, il ne parvient pas à écrire. En vérité, le format long ne lui convient pas. Son truc à lui, ce sont les articles, les textes de 15 000 signes au maximum. Un roman lui apparaît comme une étendue d'eau trop vaste dont il ne peut apercevoir les rives. Comment se plonger dedans, et surtout vers où se diriger ?

Il assure donc à Vanessa qu'il prend son temps, qu'il bétonne son plan, ses sources, que tout est sous contrôle. Elle croit tellement en lui, il s'en voudrait de réduire ses illusions à néant.

Mais ce matin, il a l'impression qu'il n'a plus de force, que son corps est extrêmement faible, que son cerveau fonctionne au ralenti. L'angoise de retomber en dépression commence à l'étreindre. S'il continue comme ça, il va devenir fou. Alors quoi ? Pourquoi il a envie de se lever le matin ? Pour être un petit romancier qui tire à la ligne ou pour être journaliste ? C'est pour ça qu'il est fait, le journalisme, l'investigation !

Il sort du bureau en traînant les pieds.

La cafetière est vide. Il s'allume une cigarette.

Par la fenêtre de la cuisine, il suit du regard les pigeons qui squattent le jardin de la résidence. L'hiver qui s'installe lui rappelle le froid de Tora Bora. Il tente de compter les mois depuis qu'il est revenu d'Afghanistan. Bientôt, il sera plus facile de compter les années. Quel gâchis ! Mais il lui reste une munition, un nom.

Il écrase sa cigarette, dépose sa tasse dans l'évier et décroche le téléphone. La carte de Laureline Fell est punaisée sur le petit tableau « Choses à faire aujourd'hui », dans l'entrée.

2000

Abu Khalid al Sahrawi est son nom de guerre. Mais quand il doute, quand il se moque de lui-même ou, au contraire, tente de se réconforter, Zacarias se nomme toujours Zacarias. Comme s'il ne pouvait pas renaître complètement, comme s'il devait être à jamais ce Franco-Marocain élevé hors de l'islam, dans une société française qui l'a toujours rejeté.

La nuit précédente, il a écouté les explosions des feux d'artifice. Il paraît que le plus grand a été tiré depuis le London Eye, la grande roue dressée sur les bords de la Tamise.

Il n'est pas sorti dans la rue. Couché sur son lit, il fermait les yeux en imaginant que les détonations étaient des coups de feu tirés par ses frères. Lui, il aurait bien vu ça comme ça : ce passage au XXIe siècle chrétien aurait pu être le moment d'un assaut général de l'islam contre l'Occident. Combien sont-ils en Europe, aux États-Unis et dans le monde entier à attendre l'ordre de partir au combat ? Comme lui, comme ses frères de Hambourg – car il a des compagnons à Hambourg qui lui envoient de l'argent et avec qui il parle parfois au téléphone. Combien sont-ils à porter un nom de guerre ? « Abu Khalid al Sahrawi est mon nom de guerre », répète-t-il, afin de se convaincre que son grand destin va s'accomplir.

Ou simplement pour lutter contre l'insomnie.

*

L'an 2000 a seulement cinq jours lorsqu'une dizaine d'officiers, membres d'Alec Station, se réunissent dans la salle 1 W01 au quatrième sous-sol du quartier général de la CIA, à Langley.

Alec Station est la seule station de la CIA à opérer sur le sol des États-Unis. Des agents détachés du FBI font partie de l'unité, mais ils sont sous l'autorité de la CIA.

L'agent spécial du FBI Mark Rossini est l'un d'eux. Son adjoint, Doug Miller, vient de lui transmettre un mémo d'alerte : Khalid al-Mihdhar et Nawaf al-Hazmi, des membres d'Al-Qaïda en provenance de Kuala Lumpur, sont sur le point de poser le pied sur le sol américain. Les deux hommes voyagent avec des passeports à leurs noms et disposent d'un visa d'entrée pour les États-Unis.

Rossini trouve l'information particulièrement inquiétante et décide de la transmettre au FBI. Mais au dernier moment, un responsable de la CIA, Michael Casey, lui interdit d'envoyer son e-mail.

Casey lui fait face.

— Si vous envoyez cet e-mail, agent Rossini, vous enfreignez la loi, gardez ça à l'esprit.

S'il ignore cet ordre, Rossini peut être condamné pour trahison.

— Je garde ça à l'esprit, monsieur, ne vous inquiétez pas.

Il doit y avoir une bonne raison pour que la CIA retienne cette information, tente-t-il de se convaincre.

— Pourriez-vous cependant m'expliquer pourquoi ?

Casey n'apprécie pas, ça se voit dans son regard. Ses collègues de la CIA, non plus : ça se voit dans leur raideur soudaine.

— Ça ne vous regarde pas, lâche Casey. Quand nous voudrons informer le FBI, nous le ferons.

Rossini hoche la tête. Rien à faire, rien à dire, obéir, seulement obéir en espérant que ces hommes savent ce qu'ils font.

*

Les dix pages écrites par Arno ne valent rien, elles ne constitueront jamais l'ossature d'un roman, en tout cas. D'ailleurs, Arno les relit depuis presque dix jours sans pouvoir les modifier ou les augmenter. Jamais il ne sera un bon écrivain. Il est pourtant un bon journaliste.

Il craint que Vanessa ne se lasse de lui. C'est ce qui lui pend au nez s'il n'arrive pas à faire quelque chose de sa vie. Perdre Vanessa, il ne veut pas, et c'est pourquoi, ce matin, il a décroché la carte de visite de Laureline Fell sur le tableau « Choses à faire aujourd'hui ».

Il lui faut deux heures de réflexion et de concentration avant de composer le numéro de téléphone.

À l'autre bout du fil, Laureline Fell ne paraît pas surprise de son appel. Le ton de sa voix est même bienveillant. Arno a bien conscience qu'il ne peut l'aborder de front, lui demander de l'aide pour reprendre son flambeau de journaliste : elle pourrait lui répondre qu'elle n'est pas conseillère à l'ANPE, elle pourrait l'envoyer chier…

— Je traîne un sentiment bizarre depuis mes visites à la DST, un sentiment d'inachevé, vous voyez ?

Fell écoute, Arno sent que son silence est intéressé, il croit comprendre qu'elle aussi reste sur sa faim.

— Vous êtes certaine que Zacarias Moussaoui *a. k. a.* Abu Khalid al Sahrawi ne nous a pas filé entre les doigts ? Que si quelque chose arrive – je veux dire quelque chose d'énorme –, ce ne sera pas parce qu'on l'aura laissé filer ? Vous, en tant que flic, moi, en tant que journaliste ?

Elle ne lui rit pas au nez. Au contraire.

— Passez donc à la DST cet après-midi, dit-elle seulement. On discutera de tout ça…

— Mes passages dans vos locaux ne m'ont pas laissé une forte impression, commandant. On pourrait peut-être se voir en terrain neutre.

Fell n'apprécie pas ce trait d'humour, sa voix se durcit légèrement :

— Rendez-vous à 14 heures devant le métro Bir-Hakeim. On trouvera un café.

Trois heures plus tard, Réif Arno et Laureline Fell sont assis de part et d'autre d'une table dans la salle du fond d'un café. Le serveur dépose deux expressos devant eux et disparaît sans un mot.

— Le roman, je n'y arrive pas, j'étais meilleur journaliste.

Fell le fixe d'un regard perçant. *On dirait celui d'un chat qui s'amuse avec une souris*, se dit Arno.

— Et qu'est-ce que j'y peux ?

— J'aimerais reprendre mon enquête sur Zacarias Moussaoui...

— Quelle enquête ?

Arno manque de se lever et de quitter les lieux en courant. Fell doit s'en rendre compte, car elle lui sourit.

— Moi aussi, je pense que Moussaoui pourrait nous mener quelque part. Mais mes supérieurs n'y croient pas.

Arno a une grimace de mépris.

— Les cons..., murmure-t-il en remuant lentement son café.

— Mes supérieurs pensent qu'Al-Qaïda est un danger, mais que votre histoire d'attentat de grande envergure, c'est du bidon.

Une vieille dame vient s'asseoir non loin d'eux. Elle traîne un vieux bichon au bout d'une laisse. Le serveur s'approche, la vieille commande une menthe pastille.

— Moi, je ne pense pas comme eux, reprend la flic. J'ai essayé de vérifier vos infos, et pour l'instant la piste Moussaoui nous mène à Londres. Finsbury Park, vous connaissez ?

Arno se frotte les mains, quelque chose se réveille en lui.

— Un peu que je connais : à Finsbury Park, il y a une mosquée de radicaux. On appelle le coin « Londonistan », c'est dire ! Moussaoui est là-bas ?

Fell sort une photo de sa poche. Elle la glisse sur la table : on y voit un homme photographié au téléobjectif.

— C'est lui, Zacarias Moussaoui *a. k. a.* Abu Khalid al Sahrawi?

— Oh putain! s'exclame un peu trop fort Arno, ce qui suscite un regard noir de la vieille au bichon. C'est lui, c'est le mec que j'ai croisé à Tora Bora.

Les lèvres de Fell se déforment légèrement, elle se retient de sourire.

— Il est suivi par différents services de renseignement européens. On piste aussi d'autres types qui étaient avec lui dans les zones tribales. Des mecs qui sont restés un certain temps à Hambourg et qui ont rejoint les États-Unis. À Londres, Moussaoui a reçu de l'argent de Hambourg, et quelques appels téléphoniques.

Arno frétille.

— Putain, putain, putain…, murmure-t-il.

— Mohammed Atta, ça vous dit quelque chose?

Le journaliste secoue la tête.

— C'est peut-être le chef de ces hommes, les types de Hambourg.

Arno boit lentement son café. Il doit donner quelque chose à Fell pour qu'elle l'aide, la flic ne fait pas ça pour ses beaux yeux, elle a besoin d'y gagner quelque chose.

— Il y a un truc que je ne vous ai jamais dit…

Ils se regardent comme s'ils se voyaient pour la première fois.

— Là-bas, à Tora Bora, Khalid Cheikh Mohammed a mentionné un certain Anwar al-Awlaqi, l'imam de la mosquée de San Diego. C'est lui qui doit faire le lien avec les membres du commando.

Fell fait un effort pour ne pas exploser, elle serre les poings à en faire blanchir les jointures de ses doigts.

— Merde ! Vous savez que ça, c'est une information de première bourre. Comment vous avez pu la garder pour vous ?

— Ça va, hein. Vous m'avez tout pris, je pouvais quand même me garder un petit truc.

— Tedj Benlazar avait peut-être raison, finalement…

Ce nom tire une moue à Arno.

— Benlazar est dans le coup ?

— Comment il s'appelle, cet imam ? demande Fell en sortant un petit carnet.

— Anwar al-Awlaqi.

La flic prend note.

— Bon, alors voilà ce que je peux faire pour vous aider : je vous trouve un peu de fric et un passeport, et on tente de retrouver Zacarias Moussaoui. Si on y parvient, je suis certaine qu'on remontera jusqu'aux autres, ceux du commando de Hambourg. Vous êtes partant ?

Arno serre les poings à son tour, mais en signe de victoire.

— Carrément, que je suis partant !

— Comprenez bien qu'on agit sans filet. Ou presque.

Arno fait signe au garçon qui vient vers lui, il commande un demi.

— Bon, je vous recontacte, dit Fell en se levant. Tout ça doit rester entre nous, OK ? Pas un mot, même pas à Vanessa. Surtout pas à Vanessa.

Le serveur dépose le verre de bière sur la table.

Fell s'apprête à s'éloigner.

— Qu'est-ce qu'il a dit, Tedj Benlazar ? Qu'est-ce qu'il a dit pour avoir raison ?

La flic hausse les épaules : « Après tout... », semble-t-elle penser.
— Il a dit que vous étiez sans doute un excellent journaliste.

Un sourire idiot se dessine sur la face d'Arno.
— Sacré beau-papa ! Moi aussi je l'aime bien, finalement.

Fell quitte le bar.

Le journaliste s'envoie une grande gorgée de bière.

*

Le SRPJ a décidé de faire ça en « petit comité ». En petit comité, ça veut dire les hommes du commandant Attia, Hocq en chef de sous-groupe, quelques gars de la BAC, et quelques flics en tenue de combat pour le soutien. Une trentaine de flics, quand même. Il faut bien ça pour éviter que Saïd ben Arfa ne leur file entre les doigts. Ou que l'opération ne se termine en bain de sang.

Le sang, Ben Arfa l'a déjà fait couler. Quelques mois plus tôt, à la frontière, il a allumé deux douaniers belges. Ils ont eu de la chance, mais l'un d'eux a failli y passer. Il y a dix jours, c'est un lieutenant des stups qui a ramassé. Une balle dans la bouche, une autre dans la nuque, alors qu'il était déjà à terre.

Quand Attia et Hocq sont arrivés sur place, un collègue de la victime leur a dit : « Il l'a exécuté, il ne lui a laissé aucune chance. Qui c'est, ce mec, un animal ? »

Le SRPJ a déjà vu des individus basculer de la petite délinquance vers le grand banditisme. Dans le cas de Ben Arfa, on dirait plutôt qu'il a sombré dans la folie. Attia a demandé des effectifs supplémentaires : on lui a répondu que la menace terroriste était au plus haut, Vigipirate écarlate. Lorsqu'un indic a balancé la planque de Ben Arfa, le commandant de la PJ lilloise s'est donc résigné à faire ça en petit comité, pas le choix.

Pour l'heure, Saïd Ben Arfa pionce dans un appartement d'un petit immeuble à la limite de la commune de Roubaix. Le bâtiment fait deux étages et l'appart de Ben Arfa se trouve au premier. Deux fenêtres côté rue, deux fenêtres côté jardin.

Attia adresse un regard à Hocq lorsqu'il rejoint le parking, à l'arrière de l'immeuble, avec quelques gars.

— Tu es prête, capitaine ?

Hocq répond seulement :

— Ne t'inquiète pas pour moi. Fais gaffe à tes miches, toi.

— Fais gaffe à ton cul, Riva, sourit encore Attia. Ben Arfa est une saloperie.

Le dispositif policier se met en place dans un silence presque complet. Seul un jeune gardien de la paix heurte le portail de fer de la résidence avec la crosse de son pistolet. Hocq lui lance un regard mauvais, l'autre regarde ses pieds, piteux. Tous les flics s'immobilisent quelques secondes en retenant leur souffle. Mais rien n'a changé dans le paysage : les petits immeubles sont sales, aucune lumière ne filtre des fenêtres qui donnent sur la rue, aucun rideau n'a bougé. Le silence d'une fin de nuit banale dans une banlieue merdique.

— On aurait dû demander l'aide de la BRI-BAC, non ? marmonne Hocq en arrivant sur le palier, devant la porte de l'appartement.

Dans le parking, Attia et une dizaine de flics bloquent toute sortie.

Six policiers en uniforme s'assurent que la rue est sécurisée.

Hocq fait signe à deux de ses subordonnés de s'approcher; l'un d'eux porte un bélier.

— C'est parti, murmure-t-elle.

Le bélier n'a pas le temps de percuter la porte que des coups de feu éclatent du côté du parking.

— Vas-y! gueule Hocq.

Le bélier fait sauter la serrure.

Une rafale les reçoit dans l'entrée de l'appartement. Le major Quévert prend plusieurs projectiles dans la poitrine, il est comme aspiré vers l'arrière. Ses collègues le saisissent et le traînent sur le sol. Son gilet pare-balles a tenu le coup.

Hocq vide son chargeur en aveugle.

D'autres détonations claquent sur le parking. Cette fois, une fusillade intense répond.

— On entre, grogne Hocq en s'engouffrant dans l'appartement.

Un de ses flics la couvre.

C'est n'importe quoi, pense-t-elle au comble de l'effroi.

Dans la rue, une dizaine de coups de feu résonnent. Les détonations rebondissent sur les façades des immeubles.

— On l'a eu! hurle une voix.

Mais ça tire toujours à l'arrière de l'immeuble.

— Ils sont plusieurs, dit Hocq en avançant à tâtons.

Elle entend des cliquetis et un rire.

— On sort, les gars. Vite!

Les flics se ruent à l'extérieur, dévalent les premières

marches de l'escalier tandis qu'un bruit métallique court derrière eux sur le sol.

On aimerait croire que c'est grâce à leur entraînement, à leur expérience, à leur professionnalisme qu'ils échappent à la menace. En réalité, c'est une histoire de chance, un coup de pouce du hasard. Le bruit métallique, ce sont les quelques rebonds d'une grenade offensive sur le carrelage du couloir.

Le fracas est assourdissant.

L'effet blast, ça doit ressembler à ça : l'air est irrespirable, non pas parce qu'il est saturé de plâtre ou de fumée, mais parce que les poumons de Hocq ne peuvent l'aspirer.

Elle s'effondre en bas de l'escalier.

Aucun éclat ne l'a atteinte.

Une histoire de chance, un coup de pouce du hasard.

Ses hommes l'entourent, la protègent en braquant leurs flingues en direction de la porte de l'appartement.

— On dégage, on dégage ! aboie l'un d'eux.

Une fois dehors, Hocq s'abrite derrière une voiture.

Une autre explosion secoue les vitres de l'immeuble. Des coups de feu suivent, des cris incompréhensibles.

— Jo se fait allumer. Appelez des renforts ! gueule-t-elle.

Elle se lève, reprend son souffle.

Ce qu'elle va faire, ce n'est pas du courage, c'est une obligation morale. Ou une connerie… Dans un mouvement brusque, elle s'élance vers le parking.

— Putain, capitaine ! hurle un flic.

Elle court comme jamais. Elle se précipite dans un

tunnel : rien n'existe que le parking au fond de son champ de vision.

Elle a juste le temps de recharger machinalement son Sig-Sauer avant de débarquer sur un véritable champ de bataille. Deux véhicules sont en feu, elle distingue quatre corps sur le sol à la lueur des flammes. C'est comme si une flèche transperçait l'arrière de son crâne.

Ça hurle, ça demande de l'aide, ça crie au secours, ça gueule «enculés de flics de merde», «fils de pute et crevez tous». Et surtout, ça tire au hasard, depuis le parking vers l'immeuble, et depuis l'immeuble vers le parking.

Un type, à une vingtaine de mètres d'elle, au fond du tunnel.

Il tient un Famas équipé d'un lance-grenade.

L'image s'imprime dans le cerveau de Hocq, mais l'instant d'après elle n'est plus certaine que ce n'est pas un de ses collègues, armé d'un fusil à pompe. Sauf qu'elle vient de tirer quatre balles dans sa direction. L'une se fiche dans le mur de l'immeuble, deux autres disparaissent dans la nuit et la dernière emporte une partie du crâne du type.

Puis on l'attrape par le cou, et elle s'écrase dans l'herbe fraîchement tondue.

— Vous êtes dingue, capitaine, ou quoi?

Au-dessus d'elle, un brigadier, les jambes ridiculement écartées, descend le dernier tireur.

— Ben Arfa...

C'est effectivement Saïd Ben Arfa qui tombe à genoux, la main à sa gorge, les yeux exorbités. Est-ce qu'il gueule «enculés de flics de merde» en tentant d'empêcher le sang de gicler de sa carotide sectionnée ? Est-ce qu'il gueule vraiment « enculés de flics de merde » au moment de mourir ?

Les flics se relèvent çà et là au milieu des bagnoles en feu ou criblées d'impacts. Ils marchent comme des zombies. Aux fenêtres éclairées des petits immeubles, des silhouettes observent la scène d'apocalypse.

— Kisdés assassins ! lance quelqu'un.

Les jambes de Hocq ne la porteront plus. Elle pleure. Elle reste assise dans l'herbe rase avec cette douleur dans le cerveau, cette sensation qu'une flèche y est plantée.

Une douleur qui ne cessera jamais. Cette douleur, c'est la vision d'un des quatre corps sans vie couchés sur le parking qui l'a provoquée : celui du commandant Joël Attia. Celui que ses amis appelaient Jo.

*

À Narbonne, il pleut et il vente comme dans une Toussaint de film.

Un brigadier des Renseignements généraux est venu accueillir Réif Arno à la gare. C'est Fell qui les a mis en contact. Le brigadier a accepté de lui « faire la visite » de Narbonne. Ils se sont immédiatement rendus chez Aïcha el-Wafi, la mère de Zacarias Moussaoui.

Les RG ont constitué une fiche sur les Moussaoui après que le MI5 britannique a signalé Zacarias aux autorités françaises. Aïcha el-Wafi a trois autres enfants en plus de Zacarias : un garçon et deux filles.

Arno et le flic sont garés sur le parking de la résidence où vit Aïcha.

— Le commandant Fell m'a dit que vous bossiez sur ces salafistes français.
— On peut dire ça.
— Avant, on craignait les Algériens, ceux qui pouvaient être envoyés par le GIA. Maintenant, ce n'est plus pareil : ces types viennent de partout. Les Moussaoui sont marocains. Mais vous avez vu les mecs de Roubaix : ils étaient tous français. Certains avaient même été élevés chez les cathos.

Un grand type sort de l'immeuble.

— Tiens, justement, c'est le grand frère. Abd Samad. Selon nos sources, il fait partie d'une secte prosélyte, il est moins rigoriste que son frère. Mais bon, puisque maintenant des Français se mettent à faire le djihad…

Le flic remet le contact.

— Et sa mère, elle en dit quoi, du radicalisme de Zacarias ?
— Elle n'en dit rien, elle n'a plus de contact avec son fils. Abd Samad et les deux sœurs non plus.

La voiture des RG de Perpignan traverse Narbonne.

Le flic a une quarantaine d'années, il a une gueule de prof blasé par son travail.

— Là, vous voyez, fait-il en montrant du doigt un immeuble. Ça, c'est ce que les musulmans appellent la mosquée : ni plus ni moins qu'un appartement transformé en salle de prière.

Il relance la voiture.

— Là, quand Moussaoui est rentré à Narbonne, après cinq années passées à Londres, il s'est engueulé avec l'imam. Il n'avait pas la même vision de l'islam que les gens du coin.

La voiture roule lentement sur l'avenue Carnot.

Le trafic est ralenti par le mauvais temps. Les gens désertent les trottoirs. Des feuilles grasses viennent se coller sur le pare-brise.

— Moussaoui s'est apparemment lancé dans un prêche violent, à la mode salafiste. Il s'est fait sortir de la mosquée un peu brutalement.

La voiture s'arrête devant la gare.

— Fin de la visite, monsieur Arnotovic.

Il s'aperçoit que le journaliste l'observe.

— Zacarias Moussaoui n'est plus à Narbonne. Il est à l'étranger, Londres il paraît. Ici, vous ne trouverez rien. Nous, aux RG, on ne peut rien faire contre ces types-là.

— Je ne comprends pas.

Le flic se redresse derrière le volant.

— On n'a pas les moyens de tracer tous ces mecs, d'anticiper leurs mouvements. À mon avis, on est sur des multinationales du djihad, maintenant.

*

Pas de cliché aujourd'hui : il ne pleuvra pas, un soleil indécent commence d'ailleurs à chauffer les pierres tombales et les vêtements noirs de la nombreuse foule. Entre le nouveau quartier d'affaires Euralille et les résidences tranquilles de Saint-Maurice-Pellevoisin, le cimetière de l'Est fourmille en effet de costumes trois-pièces sombres et plus encore d'uniformes.

Le capitaine Riva Hocq a revêtu le sien. L'odeur de naphtaline lui file l'envie de vomir. En fait, elle a envie de gerber depuis la fusillade, trois jours auparavant. Et elle n'y arrive pas.

Elle piétine un peu devant une tombe qui porte le nom de Raymond Marras.

— Tu tiens le coup, Riva ? lui demande un de ses hommes.

Riva hoche silencieusement la tête et observe tous ces gens, flics, femmes ou maris de flics, notables et politiques, femmes ou maris de notables et de politiques remontant lentement les allées au milieu des sépultures. On dit qu'il y a plus de 35 000 tombes ici. Un trou supplémentaire a été creusé pour accueillir le cercueil de Joël Attia. Tous ces gens continueront leur petite vie alors que son ami, son ex-collègue, celui qui l'a si souvent protégée, est mort. Ça aussi, c'est indécent.

Devant le cercueil, Hocq aperçoit l'ex-femme et les deux garçons de Jo. Les gosses doivent avoir treize ou quatorze ans, elle ne se souvient plus exactement ; Attia ne parlait pas beaucoup de sa famille. Elle croit se rappeler que son divorce avait été compliqué et que ses fils (*comment ils s'appellent, bon Dieu ?*) lui en avaient beaucoup voulu. Il faut dire qu'il était parti avec une autre femme et que son boulot l'empêchait de s'occuper d'eux.

Cependant, on n'en dira rien ici, devant ce trou pour l'instant béant.

On dira qu'il était respecté de ses hommes et de ses supérieurs, qu'il était un grand professionnel, soucieux de la justice et de l'équité, parce que l'on dit toujours ça quand un flic meurt.

On dira aussi qu'il était un père aimant et un ami à l'écoute, qu'il savait rigoler et profiter des bons moments de la vie, parce que l'on dit toujours ça quand un homme meurt.

On dira qu'il n'aurait pas voulu que les gens pleurent à son enterrement, qu'il aurait souhaité que chacun prenne au contraire conscience de la beauté de l'existence, parce que l'on dit toujours ça.

Riva Hocq ne trouve pas le courage d'aller jusqu'à l'ex-femme de Jo. Encore, son ex-femme, ça irait, mais ses gosses, elle ne peut pas les affronter. Qu'est-ce qu'elle leur raconterait, d'ailleurs? Elle serait capable de dégueuler là, sur le cercueil de Jo.

Loin du premier cercle de la famille, de la direction de la police lilloise, du maire et de ses principaux adjoints, au-delà même des rangs des collègues plus ou moins proches du défunt, et derrière ceux et celles qui pourraient être considérés comme des presque curieux, dissimulée derrière un caveau, une femme sanglote. Hocq la reconnaît pour l'avoir croisée deux ou trois fois, de loin, lorsqu'elle venait chercher Jo au commissariat de Roubaix : c'est la femme pour laquelle Attia a quitté son épouse. Elle berce une poussette dans laquelle dort un nouveau-né. Le bébé n'a que quelques mois. Riva Hocq déglutit péniblement : *Merde, Jo, c'est quoi ça? Merde, Jo, il est à toi ce gosse? Merde, Jo.*

Et elle dégueule sur une tombe.

La tristesse, ses jambes qui se dérobent encore, les larmes qui l'aveuglent, elle manque de chuter. Elle réussit à s'extraire de la foule agglutinée autour du carré réservé au défunt. Les regards sont bienveillants, quelques mains amies caressent l'épaule de la flic qui défaille.

— Tout va bien aller, dit quelqu'un avec un sourire presque tendre.

Riva Hocq ne croit pas que tout ira bien, elle a

même l'impression qu'elle ne va pas réussir à remonter à la surface, qu'elle va se noyer dans son chagrin.

Parce que l'on dit toujours ça, quand un ami meurt.

*

Vanessa n'en peut plus. Elle crie à Réif :
— Je lâche !

Et Arno se retrouve au milieu de l'escalier avec sur les bras tout le poids du carton contenant les différentes pièces de la bibliothèque Bestå. Il serre les dents, contracte tous ses muscles.

— T'inquiète, j'assure.

Oui, il assure. C'est nouveau, cette assurance. *Il y a un an, il aurait probablement tout laissé tomber*, se dit Vanessa. Là, il tient le coup et se permet même un large sourire.

— Reprends ton souffle, on a le temps. Tu m'aides à l'emporter jusqu'au palier et après je m'en occupe.

Il se prendrait pour Superman, même.

Vanessa sait qu'il voit Fell régulièrement. Ils se retrouvent en dehors des locaux de la DST pour parler boulot. « Elle est bien, pour un flic, cette Laureline », a-t-il reconnu. Depuis, il s'enferme dans la pièce qui sert de bureau, rue du Douanier-Rousseau. Et quatre heures plus tard, il en ressort heureux. Il tient sa compagne au courant de ses avancées, et Vanessa semble fière de lui.

Elle, elle a trouvé ses marques dans son école de journalisme et au *Parisien*. Avec Réif aussi.

En saisissant à nouveau le carton qui lui martyrise les doigts, Vanessa Benlazar a l'impression que sa vie avec lui est devenue confortable. Se voir parcourir les rayons d'un Ikea un dimanche matin, bras dessus bras dessous avec Réif, l'étonne. Elle trouve que ça fait un peu trop «adultes qui s'assument», mais il y a du plaisir dans ce train-train. Cette bibliothèque, c'est pour que Réif range tous ses livres, son «bordel» comme elle dit.

— Il ne faudrait pas qu'on s'embourgeoise, lâche-t-elle à haute voix.

Réif pousse sur le carton et le dépose sur le sol, devant la porte d'entrée de leur appartement.

— Ça m'étonnerait : je te rappelle que je suis au RMI.

— Tu as déclaré qu'on vivait ensemble ?

Il sourit, content de lui.

— C'est pas ce qu'on fait ?

Vanessa ouvre la porte et abandonne le carton sur le palier.

— On dirait, oui...

*

Laureline Fell se retient d'engueuler Tedj Benlazar. *Tu déconnes, là! Je veux bien que tu sois en cavale, mais ça fait presque six mois que je n'ai pas de nouvelles…*

Mais ça n'aurait pas de sens. Dès son premier appel téléphonique, elle a accepté d'être celle qui attend l'appel de son amant en fuite. Elle sait que Tedj voudrait bien faire autrement.

Fell a ouvert une bouteille de morgon.

Comme toujours, Tedj commence par discuter boulot. Il est plus à l'aise dans ce domaine que dans celui des sentiments, évidemment.

— J'ai cru que le Concorde qui s'est écrasé à Roissy,

c'était le début de cet attentat d'ampleur exceptionnel dont t'a parlé Arnotovic.

— Ben non, rien à voir. Arnotovic dit que c'est aux États-Unis que ça va se passer.

— Il en est où de son roman, celui-là ?

Fell plonge ses lèvres dans le vin, en boit une petite gorgée : il est agréable en bouche.

— Le roman, c'est fini, dit-elle. Il reprend le journalisme, Al-Qaïda, ses infos ramenées de Tora Bora.

Benlazar siffle dans le combiné.

— Et vous le laissez faire ? J'espère qu'il ne va pas attirer des ennuis à Vanessa parce que...

Le silence, une dizaine de secondes nécessaires à l'ex-capitaine de la DGSE pour réaliser.

— Attends... Laureline, c'est vous, c'est la DST qui l'a remis en selle. C'est la DST qui l'envoie à la recherche de ces mecs, c'est ça ?

Là, Laureline Fell boit son verre cul-sec, elle va en avoir besoin.

— La DST, si on veut. Je me suis entendue avec lui pour qu'il m'aide. Et je crois qu'il aurait besoin d'un nouveau coup de pouce...

Cette fois, Tedj éclate de rire. Ses yeux verts doivent pétiller. Ses yeux verts manquent à Laureline Fell. Elle se verse encore un verre.

— Je ne suis plus en service, Laureline. Et même si je l'étais, je ne maîtrise pas du tout la question Al-Qaïda.

— Je parlais de moi, Tedj. Tu crois que je peux faire avec lui ce que faisait Bellevue avec toi quand il était à Paris et toi en Algérie ?

Tedj reste muet. Un peu trop longtemps.

— Tu risques gros à jouer à ce jeu avec Arnotovic. En Algérie, Bellevue savait ce qu'il faisait, moi aussi…

Tedj Benlazar est touché dans sa fierté professionnelle, pense Fell, amusée.

— Et Bellevue est mort.

— Bellevue est mort d'une saloperie de cancer. Rien à voir.

Benlazar s'allume une autre cigarette.

— La clope, ça te tuera, reprend-elle.

— J'ai presque arrêté.

Il tire deux ou trois taffes.

— Je crois que tu pourrais lui donner un coup de pouce, en effet. Je crois qu'il peut réussir. Mais tu dois savoir dans quoi tu t'engages, Laureline : tu vas lui faire courir des dangers dont on n'a aucune idée. Et te mettre toi-même dans une position risquée vis-à-vis de tes chefs…

Fell garde le silence un long moment, le temps de digérer les paroles de Tedj.

— Laureline, t'es toujours là ?

— Oui, oui. Arnotovic est déjà en mouvement. Il est allé à Narbonne, chez la mère de Zacarias Moussaoui. Rien d'intéressant.

— Il est où, Moussaoui, en ce moment ?

— Peut-être à Londres, Finsbury Park.

— Arnotovic doit y aller. Peut-être réussira-t-il à faire bouger tout ce bordel, à provoquer un affolement général.

Faire sortir Réif Arno du territoire français inquiète un peu Fell. Bien sûr, elle savait qu'ils devraient en passer par là, elle lui a même proposé un passeport. Mais elle ne pourra plus le protéger.

— J'ai besoin de réfléchir. Sinon, toi, ça va ?

Elle a dit ça comme pour couper court à la conversation. Elle n'aime pas se voir agir ainsi : elle a obtenu le sésame de Tedj et, trop contente, elle parle d'autre chose pour éviter qu'il mette un bémol à son «autorisation».

Tedj émet un borborygme pour signifier qu'il pourrait aller plus mal, pour un mec en cavale.

— Ça s'arrangera, dit-il.

L'appartement est complètement plongé dans le noir. La bouteille de morgon est presque vide. Elle se fiche de l'autorisation du capitaine Benlazar, elle n'en a pas besoin : Tedj Benlazar n'est plus capitaine.

Et Fell aimerait beaucoup que tout s'arrange, que Tedj revienne...

— Tu ne devrais pas picoler seule, Laureline.
— À qui la faute, Tedj?

*

— Vingt ans, c'est pas un peu jeune pour avoir un gamin?

Vanessa vient s'asseoir sur la petite table basse, bien en face de son grand imbécile, dépressif et malade imaginaire de Réif.

— Je vais le garder, ce gamin. Avec ou sans toi. Maintenant, la question, c'est : avec ou sans toi?

Réif sourit bêtement, mais son sourire a l'air franc.

— Je te laisse du temps, tu réfléchis, tu te mets en colère, tu en parles à ton psy, tout ce que tu veux. Mais tu réponds à cette question : je l'ai avec ou sans toi, ce bébé?

Ce matin, Vanessa a fait un test de grossesse. Il s'est révélé positif. Ça explique les nausées et les vertiges, rien à voir avec la cuite phénoménale qu'elle s'est prise il y a quinze jours. Encore que c'est parce qu'ils étaient complètement bourrés que Réif et elle ont baisé dans les chiottes d'un bar, faubourg Saint-Honoré.

Elle n'a pas eu à réfléchir très longtemps : elle a su presque tout de suite qu'elle allait le garder, ce bébé. Prendre une telle décision, c'est plus facile quand on a une mère et une sœur mortes, un père évaporé dans la nature. Bien sûr que c'est jeune, vingt ans, pour avoir un enfant, mais elle se sent prête. Et, oui, ça peut compliquer son début de vie professionnelle. Mais Vanessa ne veut pas rentrer dans ce cliché : la femme devrait faire carrière – ou dans son cas, terminer ses études – avant d'avoir des gosses.

— Je n'ai pas besoin de temps.

Elle a un petit sursaut d'étonnement : Réif a l'air enthousiaste.

— C'est la meilleure chose qui pouvait m'arriver… nous arriver : un bébé de l'an 2000 !

— Il naîtra en 2001, idiot !

Elle se précipite sur lui, l'enjambe, l'embrasse à pleine bouche, l'enlace, plonge sa main dans son pantalon.

*

Déjà qu'il a du mal à cacher à sa femme que quelque chose merde au boulot, comment Mark Rossini pourrait-il mentir à son adjoint ?

Tous les deux, leur rôle est d'informer le FBI des avancées de la traque de Ben Laden par Alec Station, par la CIA. Et là, ils n'ont qu'à fermer leur gueule.

— Hein, Mark, le mémo n'a toujours pas été envoyé au FBI?

Rossini hausse les épaules.

— Non, toujours pas...

— On pourrait en parler discrètement à Quantico?

Rossini regarde Doug Miller : comme lui, il sait que seul un Central Intelligence Report aurait valeur d'alerte. S'ils allaient trouver quelqu'un au siège du FBI, cela reviendrait aux oreilles de la CIA, et ils risqueraient de se retrouver en prison pour trahison. Et rien n'assurerait que la nouvelle de l'arrivée de deux terroristes sur le sol américain serait prise au sérieux.

— Laisse-moi régler ça, Doug. Tu as fait ton boulot, c'est à moi de faire le reste.

Miller n'a pas l'air convaincu, mais lui aussi veut croire que la CIA sait ce qu'elle fait.

Rossini donne une tape amicale sur l'épaule de son adjoint et retourne à son poste de travail.

Il fait semblant de feuilleter des documents sur son bureau, mais il n'arrive pas à se concentrer. Déjà, avant même que les deux membres d'Al-Qaïda, Khalid al-Mihdhar et Nawaf al-Hazmi, n'arrivent aux États-Unis, des agents de la CIA et de la Special Branch malaise les avaient mis sous surveillance pour avoir participé à une ou plusieurs réunions sous la direction d'un lieutenant d'Oussama Ben Laden, Khalid Cheikh Mohammed.

Depuis le début de l'année et le blocage du mémo de Doug, il est tenu à l'écart de tout ce qui concerne al-Mihdhar et al-Hazmi. Cependant, il a pu compulser les Telegraphic Dissemination, les rapports internes accessibles aux agents d'Alec Station : Richard Blee, le chef d'Alec Station, n'a jamais mentionné à ses supérieurs l'arrivée des deux terroristes aux États-Unis.

Rossini a du mal à cacher son inquiétude à sa femme et à son adjoint. La CIA n'a aucun agent infiltré dans l'organisation terroriste de Ben Laden. Autrement dit, elle est aveugle.

Il en est à se demander si la CIA n'aurait pas dans l'idée de recruter comme indicateur l'un des deux membres d'Al-Qaïda. Alors que ce type d'opération est parfaitement illégal sur le territoire américain.

Quoi qu'il en soit réellement des objectifs de la CIA, Mark Rossini se sent mal. Il subodore que les choses sont en train de changer. Il ne croit pas disposer d'un sixième sens, il ne croit qu'au travail d'investigation. Quelque chose de très fort va frapper les États-Unis, il en est convaincu. Souvent la salive lui manque, son souffle se fait plus court : c'est comme si un volcan était sur le point d'exploser…

*

Vanessa Benlazar marche pieds nus sur les galets de la page de Boulgueff. Lorsque la mer n'est pas trop basse, elle se mouille jusqu'à mi-mollet. Elle aime la douleur des pierres pointues sous sa voûte plantaire. Elle a toujours aimé ça, mais depuis qu'elle est enceinte, elle trouve cette douleur presque jouissive. *Enfin, bon, disons agréable ; jouissive, c'est un peu trop*, reconnaît-elle en souriant à l'horizon.

Depuis qu'elle se sait enceinte, elle se surprend à parler à sa mère sur cette plage. Parfois à sa sœur.

Il ne lui a pas fallu longtemps pour admettre que

parler à des morts, c'était faire preuve d'une extrême solitude. Son père lui manque plus que jamais.

À sa mère, elle explique qu'à vingt ans elle saura être une bonne mère. Elle dit aussi qu'elle n'a aucune certitude quant au sexe de l'enfant : certaines femmes enceintes affirment qu'elles ressentent le sexe de leur fœtus. «Des conneries», rigole-t-elle, les pieds dans l'eau froide de fin septembre. Elle, elle attendra l'échographie des trois mois.

Depuis qu'elle se sait qu'elle enceinte, Vanessa est optimiste. Le monde risque de sombrer dans ce que Réif qualifie de guerre de civilisation, mais elle ne peut s'empêcher de croire en l'avenir.

— Tu ne te baignes pas aujourd'hui? demande-t-elle à Réif, assis sur un petit rocher.

Il lit quoi, comme bouquin? Sans doute un de ces pensums sur l'évolution géostratégique au Moyen-Orient. Depuis qu'il a arrêté d'écrire son roman, il paraît plus occupé, plus serein.

«Il fera un bon père, tu sais? Bon, son côté fan de foot m'exaspère, mais tu aurais vu quand Wiltord et Trezeguet ont mis leur but en finale de l'Euro : un gamin fou de joie! Le seul point noir dans tout ça, maman, c'est que toi et Nathalie vous n'êtes plus là. J'ai peur qu'un jour ou l'autre, dans quelques années, votre absence remonte en moi. À la manière d'un poison qui détruira tout sur son passage.»

Elle avance jusqu'à avoir de l'eau aux genoux. Son jean relevé est mouillé. Un tracteur de mareyeur apparaît sur la jetée dans un bruit de crécelle.

— On ne peut jamais être tranquille, merde! s'énerve Réif en glissant son livre dans la poche arrière de son short.

Vanessa dit «je vous aime» aux siens en jetant un regard circulaire sur la petite baie. Elle a un sentiment mitigé en sortant de l'eau : l'optimisme n'aura-t-il qu'un temps ?

*

À la fac, un assistant de cours a dit à Gh'zala Boutefnouchet :
— Tu espères toujours soutenir ta thèse ?
Elle plisse les yeux, perplexe.
— Tu n'écoutes pas les informations ?
Elle sait très bien ce qu'il sous-entend. Même à l'université, beaucoup estiment qu'une femme n'a pas à poursuivre des études.

Elle sent le regard du jeune homme peser sur elle tandis qu'elle s'éloigne : elle ne porte pas de voile – pas à l'intérieur de l'université – et elle ne se montre pas particulièrement intéressée par la politique conciliante du gouvernement. Serait-elle une mauvaise Algérienne ?

Dans le long couloir, elle croise quelques étudiantes voilées, de jeunes garçons portant une barbe clairsemée et quelques autres, plus vieux, vêtus de djellabas – ceux-là l'observent à la dérobée comme ils observent les mauvaises Algériennes.

Dans quelques semaines, elle doit soutenir sa thèse. Depuis le temps qu'elle la prépare, elle n'est pas inquiète du résultat. D'ailleurs, son directeur lui a assuré qu'elle aurait une belle mention. Pourtant, Gh'zala sait qu'elle ne pourra pas enseigner le droit. Elle continuera à faire cours à des enfants, ça ne la dérange pas. Son doctorat, elle le mettra au service du combat des femmes algériennes.

Gh'zala ne veut pas de concorde civile, d'amnistie générale comme l'ont votée les Algériens l'année précédente. Elle ne veut pas oublier Raouf, ni Slimane, elle ne veut pas oublier tous ces gens qui sont morts partout dans son pays, elle ne veut pas que l'histoire soit réécrite. La politique de la *rahma* mise en place en juillet 1999 par le gouvernement est un mensonge : la clémence nécessite la générosité de celui qui pardonne. La concorde dont on parle est une politique de rétablissement de l'ordre, c'est tout. Ce sont les ennemis qui s'entendent entre eux.

Le président Bouteflika parle de ceux que le gouvernement qualifiait de criminels, ceux dont la tête était mise à prix, que l'on abattait sans sommation il y a moins d'un an, comme de « braves et dignes enfants de l'Algérie ». *Non mais ils sont tous devenus fous ou quoi ?* s'emporte la jeune fille en pénétrant dans la bibliothèque universitaire.

Il n'y a personne entre les rayonnages ou autour des longues tables. Il est tôt, certes, mais sans doute aussi les étudiants, comme tous les Algériens, attendent-ils. Ils attendent de voir ce que va donner cette Concorde civile.

Elle ne croit pas que ses concitoyens acceptent de s'arranger avec les émirs du GIA, d'ignorer la culpabilité des militaires au pouvoir, elle veut croire que comme elle, ils refuseront la *rahma*. L'Algérie ne peut pas accepter ce pacte faustien.

Ce matin elle n'a pas envie d'ouvrir ses livres de droit, de vérifier une dernière fois les notes de bas de page ou les annexes de sa thèse. La grande salle est encore froide de la nuit, il y a un peu de buée en haut des baies vitrées. Les longs rayonnages sont déserts et des grains de poussière dansent dans les rayons du soleil.

Gh'zala se sent remplie d'espoir.

*

Les couleurs de la fin du mois de septembre dans les arbres lui rappellent presque l'automne algérien. En plus froid. Et en plus flou aussi, reconnaît Tedj Benlazar en remontant le col de son blouson.

Ici, à Craponne-sur-Arzon, Tedj Benlazar s'appelle Teddy Fiori. Il a rasé sa barbe, coupé ses cheveux court. Il s'efforce de marcher plus lentement – c'est un truc de la DGSE : ralentir son pas permet de se «désilhouetter», comme ils disaient…

Il loue un studio dans un immeuble défraîchi de la rue principale, faubourg Constant. Un jour, au bistrot, alors qu'il lisait la presse, un vieux a engagé la conversation. Ça s'est fait comme ça : le vieux avait le dos en vrac et il devait tondre la pelouse chez lui, couper quelques branches et ranger une remise. Benlazar a proposé de lui donner un coup de main. Gérard a répondu : «Tout travail mérite salaire.» Depuis, Benlazar travaille de temps en temps chez lui et chez quelques autres, à Craponne. Cent francs par-ci, deux cents par-là, ça paye le loyer. Ses «employeurs» lui offrent souvent le couvert, un poulet, quelques légumes ou une bouteille de côtes-du-forez. Il pourra passer l'hiver, on verra au printemps prochain.

Benlazar est serein, perdu dans ce bled de 2 200 âmes. La rue principale est plutôt animée, et chaque dimanche un grand marché occupe le centre-bourg. Les gens sont loquaces, loin du cliché des paysans taiseux, et leur accent est agréable. Il oublie peu à peu sa vie d'avant; parfois ça l'inquiète vaguement de s'être transformé aussi vite en Teddy Fiori. Mais la sérénité a un prix, non? Celui de l'amnésie?

L'amnésie pour retrouver la sérénité, c'est ce qu'ont choisi les Algériens. Après la victoire du référendum pour la Concorde civile, un véritable plébiscite pour Abdelaziz Bouteflika a suivi. Il n'y croit pas, lui. Gh'zala non plus ne doit pas y croire, pense-t-il, ce matin, au comptoir du bistrot, *Le Monde* déplié devant lui.

En fait, Benlazar ne comprend pas : pourquoi les autorités algériennes qui mènent une politique sécuritaire depuis le début des années quatre-vingt-dix ont-elles subitement décidé d'entreprendre un processus de réconciliation et d'amnistie, alors que depuis cinq ans elles ont l'avantage, acculant le GIA dans des bastions de plus en plus réduits?

Gérard et un autre vieux de ses amis entrent dans le bar et s'attablent.

Benlazar les salue d'un geste.

Cette vieille canaille de Bouteflika a déclaré que les islamistes des maquis sont de «braves et dignes enfants de l'Algérie». Benlazar retient un rire. Quelque chose lui dit que le pardon et l'oubli ne font pas partie du même domaine : le pardon découle d'une volonté dont les militaires au pouvoir en Algérie sont dépourvus; l'oubli, c'est une pathologie, non?

— Ho! Teddy!

Il se retourne vers la table des deux vieux.

— Avec Joseph, on va aux champignons après le café, tu nous accompagnes ?

Il hoche la tête : il aime se promener dans les sous-bois quand le brouillard est encore prisonnier des basses branches des sapins. Gérard et son copain revendent les champignons sur le marché, ça fait un billet, c'est toujours ça de pris. Et puis, ça lui changera les idées : l'Algérie, les militaires, le GIA et la Concorde civile, ce ne sont pas les affaires de Teddy Fiori. Les affaires de Teddy Fiori, c'est de trouver un beau coin avec un maximum de cèpes, de girolles, de trompettes-de-la-mort, de pieds-de-mouton ou de coulemelles.

Et d'oublier, lui aussi, sa vie d'avant.

*

À Paris, la Toussaint est un cliché pour les pleureuses de cimetière : il pleut, les feuilles collent aux semelles et les gens tirent une gueule de six pieds de long – enfin, plus que d'habitude. Une ou deux semaines de plomb.

Laureline Fell déteste la Toussaint.

Plus encore depuis que les gamins (et leurs parents), répondant aux sirènes mensongères de la publicité et de la consommation, se sont mis à se déguiser et à sonner aux portes du voisinage pour quémander des bonbons. *Halloween, mais vous déconnez ou quoi ?* enrage chaque année Fell. Halloween, qui en connaît la signification ? Les départements marketing des multinationales de la bouffe, oui. Mais ces gosses et leurs parents, qu'est-ce qu'ils en ont à foutre d'Halloween ?

Dès qu'elle quitte son boulot, elle s'enferme chez

elle et s'écroule devant la télé, dans le noir. Elle ne répond pas aux coups de sonnette des gamins. C'est sa période «rien à foutre des autres».

Sauf que cette année, à cette période, elle ne peut s'empêcher de penser à Vanessa. Il faut qu'elle s'accroche à l'idée que la théorie de l'attentat de grande envergure est la bonne, pour ne pas renvoyer Réif Arno à l'écriture de son roman et lui ordonner de s'occuper de sa compagne. Il lui faut se faire violence pour ne pas se considérer comme une putain d'arriviste.

*

Qui se souvient de Khaled Kelkal? Qui se rappelle qu'un gamin français a importé le djihad en France? Pas grand monde. Les Français ont la mémoire courte. Benlazar, lui, y pense parfois. Et encore, ce n'est pas Benlazar qui y pense, c'est un certain Teddy Fiori.

Assis au comptoir d'un bar, dans le centre-ville de Craponne-sur-Arzon, il est plongé dans *L'Humanité* du jour. On y fait le compte-rendu du procès de Boualem Bensaïd et Karim Koussa. Le premier est poursuivi pour la tentative de meurtre à l'encontre de quatre policiers lors de la fusillade du 15 juillet 1995 à Bron et la tentative d'attentat contre un TGV, le 26 août de la même année; le second, pour la fusillade de Bron et pour une autre au col de Malval contre des gendarmes, le 27 septembre suivant. Avec eux, lors de ces faits, il y avait Khaled Kelkal.

Benlazar, la main serrée sur la tasse de café, sait que les deux hommes ont payé pour leurs crimes. Mais il y a trois absents au procès: Kelkal, abattu en 1995 près de Lyon ; Ali « Tarek » Touchent, tué en Algérie en 1997 ; et Rachid Ramda, le financier présumé du réseau, que les Anglais ne veulent pas extrader.

L'avocat général a réclamé une période de sûreté de vingt ans pour Bensaïd et Koussa.

Teddy Fiori se demande si Laureline Fell et Réif Arno avancent. Mais il n'appellera pas Laureline juste pour avoir une réponse. Ses coups de fil sont précieux, il doit les limiter autant que possible.

Il termine son café, paye le patron qui lui rend son sourire. Aujourd'hui, Teddy Fiori doit ramasser les fruits qui pourrissent sur le sol des jardins de deux maisons appartenant à des Parisiens. « Ça évitera tout risque de maladies cryptogamiques », lui a expliqué Gérard. Les touristes ne viendront plus avant le printemps.

*

Fell lui a payé un billet de train. Comme pour Narbonne. Elle a réservé l'hôtel sur Baker Street, un hôtel à la limite du confort minimal. Il a l'impression d'être à ses ordres. Il ne sait plus vraiment ce qu'il fait là, à pourchasser le fantôme de Moussaoui. Est-il journaliste ou essaye-t-il d'empêcher un attentat ?

Après avoir pris une douche, il appelle Vanessa. Ce matin, elle passait l'échographie du troisième mois.

— Alors ?
— C'est un garçon !
Un garçon ! Je vais avoir un fils !
— Je suis tellement désolé de ne pas être là, on aurait pu fêter ça ensemble...
— T'inquiète, va, je sais à quel point cette enquête

te tient à cœur. On fêtera ça à ton retour. Et puis, de toute façon, je n'ai pas le droit de boire...

En raccrochant, Réif se dit qu'il a de la chance. Sa femme (oui, depuis qu'elle est enceinte, c'est comme ça qu'il l'appelle dans sa tête) est la plus extraordinaire des femmes. Il n'a plus qu'une hâte, boucler son enquête au plus vite pour la rejoindre. Et puis écrire son article, vendre son scoop pour qu'elle soit fière de lui.

Mais à Londres, Arno se fait l'impression d'être l'invité de la dernière heure, celui qui arrive lorsque la fête est terminée. Pendant une semaine, il tente de trouver la trace de Zacarias Moussaoui. Il apprend qu'il a fréquenté assidûment la mosquée de Finsbury Park, mais ça, tout le monde le sait.

Devant la mosquée, un homme lui confirme que des Français sont venus écouter l'imam Abou Hamza. Il reste poli, mais ses yeux brillent de colère contenue. Il dit que ces jeunes gens sont sur la bonne voie. Arno le salue et s'éloigne. Quelques minutes plus tard, il voit l'imam sortir de la mosquée, entouré de quatre jeunes hommes costauds. Abou Hamza est borgne, ses mains ont été remplacées par des crochets de fer. Arno préfère quitter les lieux : on le dévisage trop. Ce sont les flics qui ont surnommé Finsbury Park le «Londonistan». C'est dire s'ils craignent l'endroit.

Plus tard, à la chambre de commerce et d'industrie, il repère le nom Moussaoui Zacarias sur la liste des employés d'Infocus Tech, une société malaisienne de consulting. Moussaoui touchait un salaire mensuel de 2 500 dollars. Arno se demande si c'était un boulot factice, si cet argent lui était versé par Al-Qaïda.

La seule chose nouvelle qu'il peut transmettre à

Fell, c'est que Moussaoui s'est envolé pour le Pakistan au début du mois.

— Il va falloir que je le suive au Pakistan ?

— Vous avez la nostalgie de vos glorieuses heures de grand reporter ? tacle la flic.

— On va courir derrière Moussaoui encore longtemps ? On n'a pas d'autres choses plus importantes à faire ? Genre : empêcher que des tarés se balancent contre des immeubles à Washington, Paris ou Berlin ?

— Vous devriez rentrer chez vous, reprend Fell. Passer les fêtes de Noël avec Vanessa.

Peut-être, oui...

2001

Cette fin de février est froide. Il neigeait sur l'Illinois lorsqu'il a atterri à l'aéroport international O'Hare de Chicago. Mais le froid n'est rien. Il a même dû retenir un sourire quand il a déclaré à la douane détenir 35 000 dollars en liquide. Il a loué une voiture et rejoint Oklahoma City. Le lendemain, il ouvrait un compte dans une banque de Norman et y déposait 32 000 dollars.

À la fin du mois de septembre 2000, Zacarias a envoyé un e-mail à l'école de pilotage Airman à Norman, Oklahoma. Il s'est servi de sa nouvelle couverture : consultant en marketing. Au début de décembre, on lui a demandé de revenir au Pakistan. Il a ensuite rejoint l'Afghanistan où on lui a expliqué qu'il serait le vingtième homme d'une mission très importante. Il était serein.

Cette fois, il n'a pas eu à supporter les effusions de joie des Occidentaux : pour le passage à l'an 2001, il se trouvait dans un camp d'entraînement non loin de Kaboul.

Qu'ils s'amusent encore une fois, a-t-il pensé, *cette*

année va changer leur vie de kâfirs. Le changement arrive parfois sans crier gare.

Aujourd'hui, Zacarias attend devant l'école de pilotage de Norman. On est le 26 février, le premier jour de sa formation.

*

Tedj Benlazar a emprunté le Renault Express de Gérard pour descendre à Saint-Étienne. Il ne va que rarement dans une grande ville. Le risque est trop important de se faire repérer. Mais ce matin, il n'a pas pu s'en empêcher.

La veille, Laureline lui a annoncé qu'il allait être grand-père. Ça l'a bouleversé, il n'en a pas dormi de la nuit. Sa toute petite fille va être maman… Alors, ce matin il a décidé de risquer le tout pour le tout : il faut qu'il voie Vanessa, qu'il lui dise de vive voix qu'il ne l'a pas oubliée, qu'il ne désespère pas de pouvoir la contacter plus souvent dans un avenir proche (même s'il n'y croit pas vraiment). Il a vissé une casquette sur son crâne, légèrement taillé sa barbe et glissé quelques affaires de rechange dans un petit sac.

Il gare l'utilitaire non loin de la gare de Saint-Étienne. Le soleil chauffe le pare-brise et Benlazar se cale au fond du siège. Il ferme les yeux, laisse la chaleur l'envahir comme il faisait à Alger.

À quoi va ressembler ta vie ? Es-tu certain de vouloir te cacher jusqu'à la fin de tes jours ? De ne plus serrer Vanessa et Laureline dans tes bras, de ne pas voir ton petit-fils ou ta petite-fille grandir ?

Là-bas, sur le fronton de la gare, il y a deux caméras de sécurité. S'il pénètre dans le bâtiment, il y a de fortes chances que son visage remonte jusqu'à la DGSE. Peut-être n'arrivera-t-il même pas jusqu'à Paris ou se fera-t-il choper sur le quai, gare de Lyon ?

Tu es prêt à risquer vingt ans de taule, là, maintenant ?

Il ne sait pas répondre à ces questions. Il veut revoir Vanessa, mais ne veut pas aller en prison. Il aimerait ne plus continuer à se cacher, mais ne veut pas aller en prison. Il voudrait reprendre une vie normale, mais ne veut pas aller en prison. Et puis, là, on parle de vingt ans de taule. Vingt ans, peut-être pas, mais au moins cinq ou huit ans. Benlazar sent qu'il ne tiendrait pas un an derrière des barreaux.

Il sort une Gitane, l'observe quelques secondes puis l'allume.

— Il y a beaucoup de choses qu'il faudrait que j'arrête…

La fin de l'hiver est glaciale et la bagnole de Gérard se change vite en chambre froide. Il remet en marche le moteur, manipule le chauffage, remonte le col de sa veste, enfonce un peu plus son bonnet sur sa tête. Mais ce n'est pas le froid, il a des fourmis dans les jambes : s'il prend un train, dans quatre heures il peut serrer Vanessa contre lui. Peut-être Laureline aussi. Mais il y a ces putains de caméras…

L'habitacle ne se réchauffe pas, mais la fumée de sa cigarette oblige Benalzar à baisser la fenêtre de sa portière.

— Excusez-moi, monsieur…

Benlazar a encore ses réflexes d'agent de terrain : il parvient à maîtriser les signes extérieurs de sa stupeur en voyant le flic en uniforme qui s'est baissé vers l'entrebâillement de la vitre.

Ça se finit comme ça ? Ou je démarre en trombe ?

Il se maudit, se filerait des claques : *Pas les grandes villes, où les flics et les caméras de surveillance peuvent te repérer, tu le savais pourtant !*

— Excusez-moi, monsieur, reprend le flic, vous êtes stationné sur une place réservée aux handicapés. Et je crois que ce monsieur voudrait se garer.

De la main, il montre une voiture portant un macaron blanc et bleu, à l'effigie d'un individu assis sur un fauteuil roulant.

— Ah... Je n'avais pas fait attention, désolé, s'étonne Benlazar sans que sa voix trahisse son trouble – oui, il a toujours ses réflexes d'avant.

Il enclenche la première vitesse.

— Pas de souci, monsieur, lui répond le flic. Bonne journée.

Tedj Benlazar s'éloigne lentement de la gare. Dans son rétroviseur extérieur, il voit l'agent de police faire signe au conducteur handicapé de venir parquer son véhicule.

Benlazar croise son propre regard dans le rétroviseur.

— C'est comme ça que tu veux vivre ?

Il jette son mégot par la vitre entrouverte. Le froid lui saisit le visage et les mains.

— C'est vraiment comme ça que tu veux finir ta vie ?

*

Le commandant Laureline Fell risque gros.

Elle vient de décaisser 15 000 francs de ce qu'on surnomme rue Nélaton « la caisse noire de la DST ».

Une réserve d'argent allouée par le ministère et destinée à couvrir les cas d'extrême urgence. Fell y a accès en sa qualité de responsable de la division de la surveillance du monde musulman et contre-terrorisme. Mais elle devra rendre des comptes. Elle estime disposer de six mois, un an peut-être, avant que quelqu'un lui demande où sont passés ces 15 000 francs.

Dans le café, rue Daguerre, elle glisse à Réif Arno l'enveloppe contenant les liasses.

Arno la prend, mais son regard traduit son inquiétude.

— C'est du fric ? C'est beaucoup de fric. Pour quoi faire ?

— Ça va, je ne viens pas de braquer une banque. Ce fric est intraçable, et pour l'instant il est légal.

Ils commandent deux allongés.

— Mohamed Atta a été localisé en Floride, son cousin Waleed al-Sheri aussi. Et on peut imaginer que Zacarias Moussaoui se trouve déjà sur le sol américain depuis plusieurs mois.

— Putain ! C'est pour ça que je n'ai trouvé personne à Londres…

— Évidemment ! le coupe Fell. Les deux premiers ont suivi des cours dans une école de pilotage, Huffman Aviation ; Moussaoui, lui, quand il était à Londres, a envoyé un mail pour se renseigner sur les cours dispensés dans une école de pilotage en Oklahoma.

La flic et le journaliste se regardent, muets quelques secondes.

— Putain… ça y est. Ils vont le faire.

— Oui, ils vont le faire, murmure Fell en regardant son café.

Arno la fixe. Il a une grimace de dédain.

— J'imagine que vous avez prévenu vos chefs. J'imagine qu'ils ne vous ont pas écoutée. Et j'imagine que ces 15 000 balles, c'est pour que j'aille me faire tuer aux États-Unis ?

Depuis quelque temps, Fell refuse de penser à Vanessa, à ce qu'elle doit penser d'elle qui accapare le père de son futur enfant. Mais enfin, Arno est majeur, il est assez grand pour faire son boulot et assurer son rôle de bientôt père. Ce n'est ni le premier ni le dernier homme à mener de front ces deux activités.

— Je crois qu'il faut en effet aller chercher du côté d'Anwar al-Awlaqi. Ça fait trop longtemps qu'on a perdu la trace de Moussaoui. Il peut être partout. Anwar al-Awlaqi est notre dernier lien avec lui, et avec Atta et les autres.

Elle ajoute :

— Ça ira avec Vanessa ?

Elle ne sait pas très bien pourquoi elle a demandé ça. La relation Vanessa-Réif n'est plus son problème. Son problème, c'est d'éviter une catastrophe. Son problème, c'est de faire son métier, de sauver des vies, envers et contre tous s'il le faut. Vanessa n'est plus un sujet de discussion.

Arno dodeline de la tête.

— Ouais, je vais lui expliquer.

*

Dans un sac de voyage, Réif Arno fourre quelques habits, quelques bouquins et le tas de notes qu'il a consignées depuis son départ pour le Pakistan.

— Tu te fous de moi et du petit, Réif! répète Vanessa.

Elle le contemple depuis la porte de la chambre.

— Vanesse, merde… Je reviens vite, deux semaines maximum. Je serai là pour l'accouchement.

— À un moment, j'ai vraiment cru que tu n'étais pas un connard.

Il se tourne vers elle, mais il ne trouve pas les mots.

— Je m'en fous! Ce gamin je peux l'avoir toute seule. Mais si tu pars, là, maintenant, ne viens pas essayer de te faire pardonner après.

Il vérifie ses affaires de toilettes.

— Je serai là, je te dis.

Par la fenêtre, il aperçoit le taxi qui l'attend dans la rue.

Son sac à la main, il cherche Vanessa dans l'appartement. Elle s'est enfermée dans le bureau.

— Vanesse, merde, ouvre. Le taxi est là et…

— Va te faire foutre, connard!

Quelques minutes plus tard, il s'assoit sur la banquette arrière du taxi.

— On va à l'aéroport de Roissy! lance-t-il sans parvenir à réaliser que c'est lui qui prononce ces mots.

Il se sent revenir à la vie. Ou plus exactement, il se sent remonter à la surface et reprendre sa vie où il l'avait laissée en revenant d'Afghanistan…

Dorénavant, il signera ses articles Arnotovic : ça aussi, il se l'est promis.

Le trafic est fluide. À la radio, on apprend qu'après l'attentat-suicide qui a fait six morts au nord de Tel-Aviv, l'aviation israélienne a bombardé la bande de Gaza et la Cisjordanie. Le journaliste parle de «première depuis la guerre des Six-Jours en 1967». Les bombardements auraient fait 12 morts et une centaine de blessés.

À l'aéroport, il tend un billet de 500 francs au chauffeur de taxi.

— Gardez tout, sourit-il.

Le type tapote son compteur.

— Vous êtes trop bon, monseigneur, mais ça fait 542 francs…

Arnotovic fouille ses poches et trouve juste les 42 francs manquant en petite monnaie.

Le chauffeur lui lance un regard de biais.

— Je garde tout, hein ?

Arnotovic descend du véhicule sans répondre.

Il l'emmerde, ce taxi, après tout. Lui, il a une dernière cartouche et il va la brûler à la gueule de tous les rédacteurs en chef qui l'ont pris pour un has-been, voire un complotiste.

Il pénètre dans le hall de l'aéroport et se fraye un passage dans une foule de vacanciers en partance pour quelque destination ensoleillée. Il repousse brusquement le sac à dos d'un blondinet déjà hâlé à la crème autobronzante.

Il se dirige vers un guichet d'American Airlines et pense que s'il croyait en Dieu, il le remercierait de ce coup de pouce, de ce nouveau départ. Mais Dieu, ce n'est pas vraiment son truc à lui.

Il se dit simplement que bientôt Vanessa et le bébé seront fiers de lui.

*

Si tout ça finit mal, s'il se fait flinguer dans une ruelle sombre, il ne connaîtra jamais son gamin. Mais s'il réussit, Vanessa et le petit seront fiers de lui. Et c'est finalement pour ça qu'il a accepté le contrat avec Fell, et particulièrement ce départ pour les États-Unis.

Fell l'a prévenu : il marchera sur le fil, sans filet. Elle n'a pas informé ses homologues américains de son arrivée. Pour l'instant, l'enquête n'est pas une enquête, c'est juste une recherche d'informations menée par un ex-journaliste. Pas de lien avec la DST ou la DGSE.

À New York, il est allé saluer un lointain cousin de son père qui tient un restaurant sur Canal Street. Le Buregdžinica est plutôt un snack qu'un restaurant, mais Almir l'a accueilli à bras ouverts.

Le lendemain, Arnotovic prend l'avion pour San Diego. L'impression que le temps joue contre lui l'a saisi au-dessus de l'Atlantique. Il entendrait presque le tic-tac de la minuterie dans sa tête.

Dès son arrivée à San Diego, il se rend à la mosquée Masjid Al-Rribat Al-Islami. Un homme, devant la mosquée, lui explique qu'al-Awlaqi prêche à présent à Falls Church, dans la banlieue de Washington.

Arnotovic prend alors conscience qu'il lui faudra plus que son flair de journalisme pour retrouver la trace des membres d'Al-Qaïda. Seule Fell peut l'orienter ; encore une fois, c'est elle qui mène le jeu. Il n'a pas le temps de trouver une cabine téléphonique pour l'appeler : comme il quitte Saranac Street pour reprendre son bus, trois individus barbus et vêtus de tee-shirts enfilés par-dessus leur qamis l'arrêtent.

Ils parlent français.

— Pourquoi cherchez-vous Anwar al-Awlaqi ? demande l'un d'eux sur un ton presque sympathique.

Les deux autres lui sourient, mais il y a une lueur de méfiance, peut-être de colère, dans leurs yeux.

Au milieu de la foule bigarrée sur le trottoir, ces trois hommes représentent une menace que seul Arnotovic devine. Sur la 70e Rue, la peur lui tombe dessus. Il prend ses jambes à son cou sans réfléchir et traverse le boulevard en manquant de se faire percuter par un taxi. Il court sans se retourner jusqu'à Mohawk Street. Là, il entre dans un café et demande à une serveuse où se trouvent les toilettes. Elle lui montre le fond de l'établissement, l'air un peu surpris par les yeux exorbités de ce client.

Un quart d'heure plus tard, il ressort et commande un Coca-Cola qu'il boit lentement, caché derrière une plante artificielle. Il se sent complètement à poil, ces types semblent l'avoir repéré en quelques minutes. Qui d'autre l'a repéré ?

Dans le fond de l'établissement, il appelle Fell. Il tremble légèrement, la peur est en lui. Fell ne répond pas chez elle, il essaye rue Nélaton.

— Il faut m'exfiltrer maintenant, supplie-t-il. Je vais y laisser ma peau. Putain, je vais avoir un gamin, je ne peux pas mourir ici ! Et ce putain de tic-tac-tic-tac dans mon crâne, j'en ai marre !

— Hé ! Ho ! Vous vous calmez et vous m'expliquez.

Fell est bien planquée dans son bureau, elle.

Il explique à Fell les trois mecs qui l'ont repéré, comment il vient de leur échapper de justesse.

— Il est imam où, maintenant, al-Awlaqi ?

Elle est bien peinarde dans son fauteuil à Paris, elle se fout complètement que je crève.

— Pas loin de Washington.

— OK, vous prenez le premier avion et vous vous

ressaisissez. Personne ne veut vous tuer, vous m'entendez. Vous vous êtes fait repérer par des membres de la mosquée, c'est tout. Un Français qui cherche l'imam, ça attire l'attention.

La salope... Elle serait même contente que je me fasse flinguer.

— Je veux rentrer, je crois.

— Vous arrêtez vos conneries, merde! Vanessa et votre enfant, plus tard, qu'est-ce qu'ils vont penser d'un type qui baisse les bras si près de la ligne d'arrivée?

Elle n'a aucune limite, la flicarde...

— Vous me rappelez quand vous l'avez trouvé, à Washington et...

Fell souffle dans le combiné. Elle vient de se rendre compte de son erreur.

— Et, bon sang! Vous n'appelez plus au bureau. Compris?

Elle raccroche.

Arnotovic n'a plus envie de s'enfuir. Cette flic a raison : comment supporterait-il de rentrer la queue entre les jambes à Paris? Et surtout, Vanessa l'accepterait-elle encore longtemps, lui, l'éternel perdant, le dépressif, le chômeur?

Ça lui laisse un goût amer dans la bouche, mais Fell a raison.

Dans la soirée, il prend un vol et, un peu avant minuit, il atterrit à Washington-Dulles.

La nuit dans un motel de Falls Church sur West Broad Street n'a en rien calmé sa nervosité grandissante. Lorsqu'il fermait les yeux, il avait l'impression d'entendre le tic-tac d'une horloge qui s'accélérait, comme si le temps, lui aussi, s'accélérait.

Il a mal dormi. Alors, tôt le matin, il passe sous la douche. Il s'arrête un instant devant le miroir de la salle de bains et a presque du mal à reconnaître l'homme en face de lui : sa barbe est devenue plus qu'une barbe de trois jours et ses traits sont creusés. Il ne parvient pas à se souvenir de son dernier repas. Il ne parvient pas non plus à se souvenir de la date de l'accouchement de Vanessa. Son rire le surprend, le rire idiot du type qui est heureux d'être père.

Le tic-tac dans sa tête reprend. Il est seul aux États-Unis, lancé dans une croisade que même lui a du mal à comprendre.

Si tout ça finit mal, s'il se fait flinguer dans une ruelle sombre, personne ne comprendra parce que Fell devra fermer sa gueule.

*

Laureline Fell a été dure au téléphone, mais elle l'a fait pour Arnotovic. S'il craque, elle va le perdre. Et il va craquer, elle l'a compris au son de sa voix. Il subit un stress énorme. Après avoir raccroché, elle s'est demandé comment elle pourrait sortir le journaliste de cette merde. Elle n'a trouvé qu'une solution.

Elle fait face au sous-directeur de la DST. Il s'est arrêté dans le long couloir qui mène à son bureau.

— Si j'avais un indic à l'étranger, monsieur, est-ce qu'on pourrait déclencher une coopération ex post avec les autorités de ce pays ? Disons une opération antidatée afin de le faire protéger.

Le sous-directeur n'a pas l'air commode, aujourd'hui. D'ailleurs, il n'a jamais l'air commode.

— Il serait où votre indic ?

— Aux États-Unis.

Les lèvres du directeur se tordent.

— La DST n'a aucune affaire en cours aux États-Unis, que je sache. Et c'est notre position officielle, on se comprend ?

Il la fixe de ses yeux sombres.

— Ne foutez pas la DST dans la merde, commandant. Et si vous «aviez» un indic dans la panade aux États-Unis, vous auriez intérêt à vous démerder pour que cela ne crée pas de remous jusqu'à Paris.

Il l'observe en se mordillant les lèvres.

— Vous êtes au courant que les Bretons ont fait péter un McDo l'année dernière, et qu'une jeune femme est morte ? Vous êtes au courant que le meurtrier du préfet Érignac est toujours en fuite ? Vous n'avez pas l'impression qu'on a d'autres choses à foutre ?

Et il la laisse en plan. Fin de non-recevoir : sa propre maison ne l'aidera pas.

Comment a-t-elle pu croire qu'elle réussirait, seule, face à tous ses collègues, tous ses chefs qui se foutent du danger imminent ?

Elle remonte le long couloir de la direction, un peu comme un zombie.

Elle s'enferme dans son bureau et cherche en vain ses cigarettes.

Elle imagine Réif Arnotovic seul aux États-Unis et a un mauvais pressentiment.

— Cet idiot va se faire tuer.

Et elle pense tout à coup à Vanessa. À son bébé à naître.

— Ou il va finir en taule.

Elle décroche le téléphone, compose un numéro direct et demande à parler au colonel Chevallier. L'ex-supérieur de Tedj Benlazar s'occupe désormais, en partie, d'une cellule Al-Qaïda qui aurait été mise en place à la DGSE dès 1996.

Une demi-heure plus tard, elle se présente à l'entrée de la DGSE, boulevard Mortier. Par rapport aux locaux de la rue Nélaton, l'armée peut s'enorgueillir de disposer de bâtiments ultramodernes. Et ultrasécurisés : le planton en costume civil à l'entrée masque à peine un petit sourire de condescendance devant la carte de la DST.

Fell patiente quelques minutes, assise sur un siège orange et vert. Elle sait que sa direction prendra sa démarche comme un refus d'ordre direct, ou presque. Elle s'en fout : elle doit bien ça à Vanessa.

— Commandant, si vous voulez me suivre. Je suis le capitaine Marek Berthier, je travaille avec le colonel Chevallier.

D'accord, c'est l'abruti dont lui a souvent parlé Tedj, le type qui avait déserté l'Algérie la queue entre les jambes. Tedj avait l'ambition de lui mettre un jour son poing dans la gueule.

Ils prennent un ascenseur, s'arrêtent au troisième étage et débouchent sur un open space. C'est la mode, ces grandes pièces ouvertes où plus personne ne peut être tranquille.

Dans un coin, il y a un bureau fermé avec trois

murs pleins et une baie vitrée. Le colonel Chevallier observe l'extérieur par les fenêtres.

Berthier frappe à la porte vitrée, entre.

— Colonel, le commandant Fell est arrivée.

Chevallier fait un signe de la main.

Berthier s'écarte de l'entrée et laisse passer la flic.

— Commandant, ça fait longtemps, dit Chevallier en lui serrant la main.

Il lui propose un siège et s'assoit derrière son bureau.

— Pas de nouvelles de Tedj Benlazar, j'imagine, lâche-t-il avec un sourire entendu.

— Non. Et vous ?

— Lorsque Tedj Benlazar voulait disparaître à l'époque où il était sous mes ordres, il disparaissait. Qu'il ne soit plus à la DGSE n'y change rien, je crains. Comme ça, vous avez un type aux États-Unis ? embraye immédiatement Chevallier. Il est avec des membres d'Al-Qaïda, c'est ça ?

Fell dodeline de la tête.

— C'est un peu plus compliqué. Ce type, c'est le journaliste Réif Arnotovic, vous vous souvenez ?

D'un mouvement du menton, Chevallier acquiesce.

— Il est parti là-bas sur les traces de gens qu'il a rencontrés à Tora Bora et qui sont susceptibles de passer à l'acte.

— Il est fiable ?

— Oui, on peut estimer qu'il est fiable. Mais là, il est en train de craquer. Je crois qu'il s'est fait repérer.

Elle se demande si elle ne va pas aller trop loin. Trop tard, de toute façon.

— C'est plutôt la direction de la DST qui n'est pas fiable, si vous voyez ce que je veux dire.

Le chef de la cellule Al-Qaïda semble sceptique. Mais il ouvre un dossier qui se trouve devant lui et le pousse vers son interlocutrice.

— Vos chefs ne veulent pas vous suivre ?

— Non, ils considèrent que la possibilité d'un attentat de grande envergure aux États-Unis n'est pas leur priorité.

Chevallier tapote du doigt sur les documents.

— Moi je vous prends au sérieux, commandant. Cette note de synthèse datée du 5 janvier dernier à été transmise à tous les services de renseignement français et des pays amis. Le service des relations extérieures de la DGSE l'a remise à la CIA. Comme il le fait chaque fois qu'une menace sur les intérêts américains nous parvient. Ça m'étonne que vous ne l'ayez pas vue passer.

Fell lit : « Projet de détournement d'avions par des islamistes radicaux ». Selon les services secrets ouzbeks, un projet de détournement d'avions aurait été discuté au début de l'année 2000 lors d'une réunion à Kaboul entre des représentants de l'organisation d'Oussama Ben Laden.

— J'étais au courant de ce truc, oui. Vous bossez avec les renseignements ouzbeks ?

— On bosse avec tous ceux qui ont quelque chose à gagner à la neutralisation d'Al-Qaïda. Et il existe une opposition islamiste à Tachkent qui aurait reçu la promesse de Ben Laden d'importer le djihad en Asie centrale, et notamment en Ouzbékistan.

— Les Américains sont au courant ?

Chevallier hausse les épaules.

— J'ai personnellement rencontré le chef de poste de la CIA à Paris. Bill Murray, vous connaissez ?

— La CIA suit-elle Zacarias Moussaoui ou Mohammed Atta, les deux mecs qu'elle devrait pister ?

Chevallier se lève, referme le dossier et le glisse dans un des tiroirs d'un classeur sur le mur de son bureau. Les noms l'ont fait tiquer, elle en mettrait sa main au feu.

— On n'a aucune nouvelle. Et j'imagine que si votre direction ne donne pas suite à votre petit stratagème, c'est que beaucoup de services de renseignement considèrent un attentat de ce type comme impossible.

— Ma direction n'est pas au courant de mon petit stratagème, murmure Fell.

Le colonel vient se rasseoir dans son fauteuil.

— Je ne veux pas avoir l'air de vous apprendre votre métier, commandant, mais vous allez vous faire taper sur les doigts.

— Et on ne pourrait pas faire comme si Réif Arnotovic était votre indic ? Quelque chose comme ça ? Après tout, vous dirigez la cellule Al-Qaïda à la DGSE, et Arnotovic a approché de près Ben Laden et ses hommes.

Chevallier la fixe quelques secondes.

— Ici, commandant, c'est l'armée. Ici, on obéit aux ordres de nos supérieurs ou on se retrouve à la 12ᵉ région militaire.

Fell ouvre la bouche, interdite.

— En 14-18, la 12ᵉ région militaire comprenait, je crois, la Charente, la Corrèze, la Creuse, la Dordogne et la Haute-Vienne, donc Limoges, vous voyez ? C'était là qu'on envoyait les officiers dont on voulait se débarrasser.

Ce type est un putain de cabotin, pense Fell en se levant.

— Moi aussi je peux me retrouver dans la Creuse, colonel.

Les sourcils de Chevallier se froncent.

— Votre Arnotovic, je peux le balancer à nos collègues américains. On dit qu'on le soupçonne de détenir des éléments intéressants sur Al-Qaïda et il se fait embarquer. C'est tout ce que je peux faire.

— Merci. Je vous revaudrai ça.

Chevallier paraît sceptique.

Fell rejoint l'ascenseur.

Avant que les portes coulissantes se referment, le pied du capitaine Berthier s'interpose.

— Le colonel Chevallier vous fait donner ceci, commandant.

Il tend une enveloppe kraft.

— C'est quoi ?

Berthier ne relâche pas la porte.

— Je n'en sais rien : je n'ouvre pas les courriers du colonel.

Et il relâche la porte.

Fell ouvre l'enveloppe : une coupure de presse parle d'un marché aux champignons, quelque part en Haute-Loire. Une photo illustre l'article. Derrière un étal, on reconnaît Tedj Benlazar.

*

Vanessa pleure en serrant contre elle ce minuscule bonhomme. Il s'appellera Arthur.

Elle pleure de fatigue et de bonheur. Parce que tout s'est bien déroulé : la péridurale lui laisse encore un engourdissement dans les jambes, mais l'accouchement s'est fait en une demi-heure. Et parce que finalement, elle n'est pas seule. Dans la chambre, il y a son oncle et sa tante.

— Il ressemble à ta mère, débloque Marie-Laure Crouzeix en pleurant, elle aussi.

Son mari hausse les sourcils, un peu gêné.

Il y a aussi Laureline Fell. Elle est plus émue que Vanessa l'aurait imaginé. Elle a plus de quarante ans et n'a pas d'enfant, peut-être cela ravive-t-il chez elle des regrets. Possible.

Et il y a Gaspar. Il est rentré de San Fransisco exprès. Il est assis à côté d'elle et dit des choses un peu étranges :

— Quand ce petit mec aura mon âge, j'en aurai quarante-deux, tu te rends compte ?

Ou :

— La naissance, quelle expérience philosophique radicale, quand même.

Vanessa est heureuse qu'il soit là. Qu'ils soient tous là. Elle est contente, mais tout de même, elle n'oublie pas que Réif ne sait pas qu'il est père.

Son oncle et sa tante s'éclipsent au bout d'une heure.

— Moi, il me rappelle ton père. En plus *peace and love*, raille encore Gaspar.

Il se lève du lit, caresse délicatement le visage tout violacé du bébé et, dans un mouvement plus délicat encore, la joue balafrée de Vanessa.

— Je vais y aller, moi aussi. Je repasserai demain matin, d'ac ?

— Fais ça oui. Et achète-moi un paquet de blondes.

Gaspar joue les offusqués en glissant jusqu'à la porte.

— Mauvaise mère, va ! sourit-il en disparaissant.

Son père ne sait pas qu'il est grand-père, lui non plus. Vanessa ne parvient pas à se faire une idée : est-ce qu'il s'en fout et considère que sa liberté a un prix ? Que ne plus rien savoir de ce qu'il lui reste de famille est une obligation ?

— Tu sais où il est, mon père ?

— Non.

Soudain, Arthur se met à hurler. Comment un si petit corps peut-il produire autant de décibels ?

Ça fait sourire les deux femmes.

Vanessa prend un petit biberon sur la table de nuit, le secoue et l'insère entre les fines lèvres. Elle n'allaitera pas, elle ne le sent pas. Ça lui paraît même un peu déplacé de se faire sucer les tétons par son fils.

— Et Réif ?

Fell lève les yeux vers la jeune femme. Elle a compris où celle-ci voulait en venir. Vanessa s'en fout, elle n'a pas pour habitude de louvoyer, de prêcher le faux pour savoir le vrai.

— Quoi, Réif ?

— Tu l'enverrais en prison, Réif ? Tu le mettrais en danger si tes chefs, ton boulot, ta mission, je sais pas, moi, te le demandaient ?

Dans un mauvais film, l'infirmière entrerait dans la chambre et demanderait aux visiteurs de sortir pour donner les soins à la maman et au bébé ; ça aiderait Fell. Ça l'empêcherait d'avoir à répondre :

— Disons que je veillerais à ce qu'il ne soit pas trop en danger.

Il y a un long silence.

Le biberon est terminé, Vanessa soulève lentement Arthur et pose sa tête sur son épaule pour l'aider à expulser un rot.

— Fais ça, oui : veille à ce qu'il ne mette pas sa vie en danger.

Ce n'est pas une faveur, c'est comme un ordre donné par quelqu'un qui n'en aurait pas l'autorité et ne saurait pour autant être contrevenu. Fell doit s'en rendre compte : elle se lève.

Fell fait un petit signe de la main, regarde encore le nouveau-né et sort de la chambre en manquant bousculer l'infirmière qui vient, un peu trop tard, donner ses soins à la maman et au bébé.

*

Le tic-tac de l'horloge résonne encore dans son crâne. Il quitte rapidement l'hôtel de Falls Church.

Un taxi le dépose devant le centre islamique Dar Al-Hijrah, sur Row Street.

L'immense bâtiment blanc est surmonté d'un minaret de facture moderne, aux lignes épurées. Arnotovic fait signe à un jeune croyant qui se dirige vers la mosquée.

— Est-ce que l'imam s'appelle Anwar al-Awlaqi ?

Le jeune homme l'observe quelques secondes et secoue la tête comme s'il ne comprenait pas l'anglais. Une femme coiffée d'un hijab bleu nuit passe à côté lui.

— Anwar al-Awlaqi est l'imam de cette mosquée ? répète-t-il.

La femme baisse la tête et trottine jusqu'à l'entrée de la mosquée.

Il arrête un homme plus âgé et réitère sa question. Mais l'homme, encore une fois, esquive et s'éloigne.

Mais qu'est-ce qui se passe ? C'est marqué sur ma gueule que je cherche un terroriste, ou quoi ?

Puis il avise un groupe d'hommes qui discutent en riant un peu plus loin.

Il s'approche d'eux, mais le muezzin appelle à la prière du *dhuhr*. Rien à voir avec ce qu'il a connu au Pakistan ou en Afghanistan : c'est un appel pas plus fort qu'une annonce commerciale dans un magasin. Les fidèles un peu en retard se pressent vers le lieu de culte, les hommes qu'il voulait interroger l'ignorent. Il reste seul sur le parvis. Doit-il attendre la fin de la prière ? Doit-il laisser tomber et rentrer à son hôtel ?

Une main ferme l'empoigne alors par le bras. Il se sent un instant défaillir, mais – tu le crois, ça ? – le mec lui dit :

— FBI.

Il tend une vraie plaque du FBI, comme dans les films.

*

De l'autre côté de l'Atlantique, tout se met en place.

Comme la mer qui s'insinue lentement dans un immense château de sable construit patiemment par des enfants. Les fondations ont été consolidées par des galets et des algues, les murs sont hauts et parfaitement aplanis. Les premiers assauts des vagues paraissent inoffensifs, mais rien n'empêchera l'eau de grignoter la friable construction, rien n'empêchera la nature de faire son œuvre.

Lorsque le commandant Laureline Fell de la DST et le lieutenant-colonel Chevallier de la DGSE s'avouent impuissants face à l'inertie de leur hiérarchie et de leurs collègues étrangers, ils sont loin d'imaginer que le FBI et la CIA refusent d'envisager que des terroristes puissent attaquer directement le sol des États-Unis.

Tout se met en place de l'autre côté de l'Atlantique. Mais ce n'est pas la mer qui reprend inéluctablement possession de la plage, c'est la côte qui va s'effriter, s'effondrer, disparaître sous les coups de boutoir d'une tempête que tout le monde a préféré sous-estimer.

Sur la plage, Célia l'observait sans trop s'en cacher. Elle pouffait même avec sa copine en se prélassant devant la mer translucide du golfe de Thaïlande. L'homme qu'elle regardait restait de longues heures au soleil, seul.

Ça a duré plusieurs jours, puis elle s'est approchée. Elle s'est présentée.

— Christophe, je m'appelle Christophe, a répondu l'homme.

Plus tard, beaucoup plus tard, Célia Dos Santos apprendra que son vrai nom est Lionel Dumont et qu'il est recherché par toutes les polices du monde, ou presque ; qu'il a combattu pour le djihad en Bosnie et en France. Ça ne changera rien pour elle.

— Mais tu dois m'appeler Sami.

Célia a froncé les sourcils.

— Pourquoi je dois t'appeler Sami ?

— Je me suis converti à l'islam, mon nouveau nom est Sami.

Elle n'a paru ni étonnée ni gênée.

— Je ne cherche pas à me faire des filles, a-t-il encore précisé.

Il lui a dit être étudiant à Francfort.

— Ça tombe bien, je vis à Munich, s'est-elle enthousiasmée.

Sami n'a pas relevé, il a expliqué qu'il comptait faire de l'import-export en Thaïlande ou en Malaisie. Il lui a donné son adresse mail.

Ils ont correspondu pendant deux mois. Sami lui a répété que pour un musulman, il n'y a pas de relation hors mariage.

Célia Dos Santos a accepté de se convertir. Elle a trente-trois ans, c'est un bel âge pour se marier, et le temps passe vite, trouve-t-elle depuis quelques années. Sami est beau, athlétique, et son regard est incroyablement doux.

Le 30 juin, elle le rejoint en Malaisie. Le lendemain, Lionel Dumont l'épouse à la mosquée.

*

Ça frappe quelque part. Des coups sourds, nerveux.

Zacarias ouvre les yeux, une pâle lumière traverse les rideaux de la fenêtre. On dirait qu'il y a des hommes devant l'appartement, sur la coursive.

Ça frappe à nouveau. À la porte.

Un homme dit :

— *Police, open the door!*

Zacarias se lève, marche jusqu'à l'entrée. Il respire profondément comme pour s'assurer qu'il ne rêve pas. Il se demande ce qui a pu le trahir. Est-ce qu'il a été balancé ?

Il comprend qu'il ne peut s'enfuir, alors il se résout à ouvrir la porte.

Un homme pointe un pistolet à quelques centimètres de son visage.

— *Special agent Steeve Nordmann. You're under arrest.*

On le plaque violemment contre le mur, ça lui rappelle les films qu'il a vus en France, il y a longtemps. Le flic lui passe les menottes en lui demandant de décliner son identité.

— Je suis français, dit Zacarias.

L'agent Nordmann répète sa question en lui maintenant la tête contre le mur. Ça fait mal, très mal.

— Zacarias Moussaoui.

— Vous êtes accusé d'infraction au droit de séjour, monsieur Moussaoui.

Le visa de Zacarias a expiré, et il utilise de faux papiers, mais il ne croit pas que ce soit la véritable raison de son arrestation.

D'autres flics le poussent brutalement à l'extérieur. Il manque de tomber dans l'escalier et se retrouve rapidement assis à l'arrière d'un gros 4 × 4 aux vitres fumées.

On est le 16 août et aujourd'hui Zacarias n'ira pas suivre les cours de vol à la Pan Am International Flight Academy.

Par les vitres du véhicule, il voit défiler Minneapolis qui se réveille.

— Vous êtes du service d'immigration ? demande-t-il aux deux hommes à Ray-Ban noires qui l'encadrent.

La dernière chose qu'il voit du monde libre est le fronton du portail d'entrée de la prison de Minneapolis.

Quelques minutes plus tard, les deux types aux lunettes noires le sortent brusquement du 4 × 4. Ils le forcent à avancer dans un couloir aux murs gris, éclairé par une longue file de néons au plafond. Deux gardes en uniforme, des Noirs au visage méchant, sont postés de part et d'autre d'une porte. Zacarias et les deux flics entrent dans une petite pièce. On le place devant une toise et un flash d'appareil photo claque quatre fois.

Les mains entravées, il remonte un autre couloir. Les deux gardiens noirs l'accompagnent, sans un regard pour lui. Une grille s'ouvre, puis une deuxième. On entend des cris, des sifflements au loin, des prisonniers qui demandent à voir un toubib, leur avocat ou leur femme.

Quelques pas encore et l'un des gardiens le pousse dans une cellule. L'autre lui retire les menottes.

La porte se referme derrière lui.

Zacarias n'a pas peur. Seule la colère brûle en lui. Comme depuis de nombreuses années, maintenant. Mais la colère d'aujourd'hui est générée par la certitude qu'il ne mènera jamais à bien sa mission.

*

— Dès qu'Arthur sera un peu plus costaud, je viendrai te voir avec lui.

Tous les soirs depuis que le FBI l'a relâché, Arnotovic appelle Vanessa. Elle lui a tout pardonné. Son absence. Sa bêtise. Maintenant, elle se moque gentiment de lui, de ses ambitions de grand reporter, de justicier.

— Oui, l'été à New York, c'est vraiment chouette. Et Almir, c'est un peu ce qui me reste de ma famille, c'est bien que tu le rencontres, qu'Arthur le rencontre.

— En parlant de famille, tes parents vont venir te voir ?

Arnotovic ne le dira pas, mais ses parents sont effrayés par les voyages en avion. Ils ont trop regardé les informations à la télévision. Ils sont trop vieux.

— Je ne sais pas.

— Les flics te foutent la paix ?

Il a fait deux semaines de prison – « détention préventive », l'équivalent d'une longue garde à vue en France. Il a raconté ce qu'il savait sur l'imam Anwar al-Awlaqi, sur Moussaoui *a. k. a.* Abu Khalid al-Sahrawi, et sur Khalid Cheikh Mohammed et Al-Qaïda. Il n'avait de toute façon pas grand-chose à cacher et n'a pas appris grand-chose aux gens qui l'interrogeaient. Et le tic-tac dans sa tête était trop fort. Il a encore une fois tenté d'informer ceux qui pouvaient peut-être y faire quelque chose.

Fell et un colonel de la DGSE ont pesé en sa faveur, le FBI a relâché le Français. Mais il ne peut pas quitter le territoire américain jusqu'à ce que l'enquête sur Zacarias Moussaoui soit close. Moussaoui est accusé d'infraction à la législation sur l'immigration.

Enfin, Arnotovic ne croit pas que les flics retiennent Moussaoui juste pour une histoire de faux papiers. Il y a autre chose, autre chose qui le dépasse, lui, le petit journaliste français. Fell pense que le FBI et la CIA se bouffent le nez. Selon elle, l'une des officines est prête à croire à l'hypothèse d'un attentat préparé par Moussaoui, l'autre ne veut pas en entendre parler. Les compétences de Fell s'arrêtent là.

Fell lui téléphone souvent.

— Je suis désolé pour tout ça, Réif, lui a-t-elle dit ce soir. Pour la prison, pour Arthur et Vanessa.

— On a réussi, non ? Moussaoui ne commettra pas cet attentat. On peut imaginer que ses collègues se sont planqués, maintenant.

— Oui, on peut l'imaginer.

Réif Arnotovic va continuer à effectuer ses quatre heures de plonge tous les soirs, week-end compris, en échange d'une chambre derrière le restaurant du cousin de son père. Almir y propose des böreks à la façon fast-food, rien de très élaboré, mais son petit commerce marche plutôt bien. Assez pour qu'il ait accepté d'embaucher le fils d'un cousin de son père. Certains soirs, Almir raconte aussi sa famille bosniaque au Français.

En face du Buregdžinica, par-dessus le toit des immeubles, on peut apercevoir les gratte-ciel du sud de Manhattan, le quartier des affaires. Lorsqu'il sort du restaurant pour appeler Vanessa, Réif Arnotovic voit même les deux tours jumelles. Il pense chaque fois que c'est absurde, mais qu'un jour elles ne seront plus là. Dans quelques jours, dans un an, dans un siècle… Il sent qu'un jour elles disparaîtront.

Comme tout finit toujours par disparaître.

*

New York, 8 h 46 (14 h 46, heure française)
L'employé d'American Airlines décroche son téléphone. À l'autre bout de la ligne, Madeline Amy Sweeney, la voix déformée par la terreur :

— Je vois l'eau ! Je vois des immeubles ! On vole bas. On vole très, très bas ! On vole beaucoup trop bas. Oh mon Dieu, on est bien trop bas. Oh mon Dieu !

Madeline est hôtesse de bord du vol AAL 11 qui a

décollé de Boston quarante-sept minutes plus tôt. Elle n'a pas le temps de terminer sa phrase : le Boeing 767 s'encastre dans la tour nord du World Trade Center, entre les 94ᵉ et 98ᵉ étages.

Le 11 septembre 2001 semblait pourtant être une journée comme les autres.

Vanessa Benlazar se lève doucement du canapé où elle s'est assoupie une vingtaine de minutes. Elle prend soin de ne pas faire craquer le parquet de chêne du couloir en se rendant dans la cuisine. Arthur dort. En principe, il dormira encore une heure, et elle pourra être tranquille pendant ce temps. Ça lui arrive deux fois dans la journée : le matin, très tôt, lorsque Arthur termine sa nuit, et l'après-midi lorsqu'il finit sa sieste.

Le reste de la journée, c'est dur. Elle ne croyait pas que ce serait aussi dur d'élever seule un bébé. Arthur n'est pas spécialement difficile, mais il peut pleurer pendant une heure sans s'arrêter, refuser de manger, refuser de dormir. Elle pense à sa mère, à sa sœur, toujours. Elle aimerait qu'elles soient là pour l'aider. De temps en temps, elle a beaucoup de mal à ne pas en vouloir à son père.

L'eau du thé chauffe, et elle allume une cigarette. *Il faudra arrêter, tôt ou tard*, se dit-elle en regardant la fumée s'élever vers le plafond. Mais elle fondrait un plomb si elle devait arrêter la clope en ce moment.

Elle tire sur sa cigarette. Elle se sent apaisée comme les marins doivent l'être avant d'affronter la tempête. C'est ça : ses journées sont des tempêtes plus ou moins fortes. Il est déjà arrivé que ce soit un cyclone, qu'elle manque de s'écrouler, qu'elle finisse la journée en larmes.

Elle allume la radio.

« Un avion a percuté un gratte-ciel à New York à 8 h 46 heure locale », dit le journaliste sur France Inter.

Cette journée sera pire qu'un cyclone.

*

New York, 8 h 48 (14 h 48, heure française)
Au 106ᵉ étage de la tour nord du World Trade Center, Garth Feeny appelle sa mère.

— Maman, je ne t'appelle pas pour papoter. Je suis dans le World Trade Center, il a été touché par un avion…

Sa voix tremble, le jeune homme ne peut se calmer.

— On est environ 70 dans une seule pièce. Ils ont fermé les portes pour essayer de maintenir la fumée à l'extérieur.

Le 11 septembre 2001 semblait pourtant être une journée comme les autres.

Le lieutenant Riva Hocq a repris le boulot à la fin de l'été. « Ça va, ça passe », répond-elle quand on lui demande comment elle va. C'est surtout le commandant Beuve, son nouveau chef, qui lui pose la question. Un peu trop souvent. Mais ça part d'un bon sentiment.

Et oui, ça va, ça passe. Elle pense beaucoup à Jo Attia. Encore, parfois, le soir, elle pleure. Elle pleure parce qu'elle est seule. Elle sent bien que s'il y avait un homme dans sa vie, elle formulerait sa tristesse, prononcerait des mots, et les larmes seraient moins fréquentes. Oui, ça va, ça passe.

Le matin, son petit déjeuner est constitué d'une cigarette, d'un café et d'un Xanax. L'anxiolytique, c'est pour casser le fond d'angoisse qu'elle ramène du sommeil. Durant la journée, de plus en plus, elle parvient à repousser les petites pointes d'anxiété qui la titillent encore.

Aujourd'hui, il fait beau. Le capitaine Roméo Verdi conduit d'un air pensif. Lui aussi est bienveillant avec elle. Tous les gars du SRPJ sont bienveillants avec elle.

— Verdi, t'es au courant de ce truc aux States, crache soudain le brigadier Simon Lupin sur la bande passante.

Verdi décroche le micro.

— Il se passe quoi de si important, Lupin, pour venir interrompre mon doux tête-à-tête avec Riva ?

— Putain, mettez la radio, tu vas halluciner, capitaine.

Verdi ouvre la radio et la voix tressaillante d'un journaliste d'Europe 1 annonce que les serveurs informatiques du monde entier sont saturés, sans aucun doute à cause des connections des internautes. « On estime que 80 % du réseau Internet est hors service », dit-il au comble de l'excitation.

— C'est quoi, ces conneries ? lâche Hocq en montant le son de l'autoradio.

*

New York, 9 h 02 (15 h 02, heure française)
Lee Hanson décroche le téléphone : c'est Peter, son fils.

— Papa, ça se gâte. Une hôtesse a été poignardée. On dirait qu'ils ont des couteaux…

La communication est mauvaise, le jeune homme a du mal à respirer.

— Je crois que nous descendons…

Lee Hanson sait que son fils est en ce moment dans un avion parti de Boston pour rejoindre Los Angeles.

— Ne t'inquiète pas, Pap'. Si ça se produit, ça va se passer très vite.

Fin de l'appel : le vol 175 d'United Airlines percute la tour sud du World Trade Center, entre les 77e et 85e étages.

Le 11 septembre 2001 semblait pourtant être une journée comme les autres.

C'est d'abord une rumeur qui est montée de la Casbah. Gh'zala Boutefnouchet lisait une brochure demandant l'abrogation du Code de la famille. C'est elle qui l'a rédigée pour son association, Tharwa N'Fadhma N'Soumeur.

Un peu avant les vacances d'été, elle a enfin décroché son doctorat. Cela s'est fait tranquillement, devant un jury atone. Sur le visage de certains des professeurs qui la regardaient présenter sa thèse, Gh'zala avait l'impression de lire l'incrédulité : à quoi bon devenir docteur en droit quand on est une femme, en Algérie ?

« Pour changer l'Algérie, justement », répondait *in petto* la jeune femme. Parce qu'elle continue à y croire. Elle risque sa vie, mais elle continuera. Elle a peur, comme la plupart de ses concitoyens. Rien que de très banal.

Son maître de thèse lui a proposé d'envoyer un dossier de candidature postdoctorale à l'université de Paris 13. Gh'zala a refusé. Ses amis n'ont pas compris ; ils ne pensent qu'à fuir l'Algérie, eux.

Elle entend crier plusieurs fois « *Allahou akbar !* » *Encore un attentat dont se réjouissent les islamistes de la basse Casbah*, pense-t-elle.

Elle s'est penchée au-dessus de la rambarde de la fenêtre et a vu de petits groupes d'hommes se former devant les commerces de la rue Arbadji-Abderrahmane, en bas de chez elle. Les hommes commentent un événement qu'ils suivent sur les postes de télévision des snacks et des cafés. Les attentats sur le territoire algérien ne donnent plus lieu, depuis longtemps, à de tels rassemblements. Et surtout à de tels commentaires à voix haute. Cet attentat devait être terrible.

Gh'zala pose sa brochure et tourne le bouton de sa petite radio.

Maintenant, elle comprend : des avions se sont encastrés dans les tours du World Trade Center et les tours viennent de s'effondrer ; d'autres avions ont touché le Pentagone, peut-être la Maison-Blanche. « L'Amérique est attaquée », répète le speaker.

*

New York, 9 h 14 (15 h 14, heure française)
CNN passe en continu les images du World Trade Center qui s'enflamme. Les journalistes parlent désormais d'attaques terroristes. Le monde entier est saisi par la panique ou l'effarement.

Soudain, c'est l'horreur en direct : des individus pris au piège dans les étages situés au-dessus des impacts des avions se jettent dans le vide.

Le 11 septembre 2001 semblait pourtant être une journée comme les autres.

Réif Arnotovic et Almir étaient arrivés tôt au Buregdžinica. Le boulot de préparation est aussi important que la cuisine elle-même, affirme Almir. Chaque matin, les deux hommes sont là deux heures avant l'ouverture ; ils vérifient les ingrédients, préparent la pâte et les garnitures. Ils prennent le temps de se fumer quelques cigarettes devant l'établissement en buvant leurs premiers cafés.

— Ta femme vient bientôt ? demande le patron du petit restaurant. J'aimerais bien voir le petit.

— Et moi donc !

Un bruit d'explosion. Un bruit terrible, inimaginable.

Puis une multitude de plus petites explosions, comme des répliques sismiques.

— C'est quoi, ça ? lâche Arnotovic, livide.

Sur Canal Street, les passants hurlent en montrant du doigt le sud de l'île de Manhattan.

Almir, les mains sur son crâne chauve, a des larmes dans les yeux. Il sautille sur place.

Une grosse femme s'est laissée tomber sur le bord du trottoir, elle geint comme si elle avait été touchée par l'explosion.

Un groupe d'hommes en bleu de travail partent en courant vers les tours du World Trade Center qui s'embrasent.

« Ainsi, ça n'aura servi à rien », murmure Arnotovic.

*

Washington, 9 h 36 (15 h 36, heure française)
Barbara Olson est l'une des 64 passagers du vol

AAL 77 qui relie Washington à Los Angeles. Elle compose le numéro de son mari sur son téléphone portable. Ted est procureur général au ministère de la Justice, il saura quoi faire face à ces pirates de l'air armés de couteaux qui ont pris le contrôle de l'avion.

Ted lui demande de rester calme et l'informe que des attentats viennent d'avoir lieu à New York.

— Que dois-je faire ? hurle-t-elle.

La communication est interrompue. L'avion d'American Airlines s'écrase sur le Pentagone.

Le 11 septembre 2001 semblait pourtant être une journée comme les autres.

Au volant de sa voiture, l'agent spécial Mark Rossini du FBI se rend au siège de la CIA, à Langley. Il siffle *Can't Help Falling in Love* d'Elvis Presley, le ciel est bleu et la journée s'annonce belle.

Son téléphone sonne. C'est un ami, un type qui bosse à Manhattan, au World Financial Center, croit-il se souvenir. Rossini se sent bien, il décroche.

La nouvelle le cueille comme un uppercut au menton, même stupeur, même douleur : un avion vient de percuter la tour nord du World Trade Center.

— C'est gros, c'est énorme, Mark! panique l'autre au téléphone.

Rossini enfonce l'accélérateur et déclenche son gyrophare sur le tableau de bord.

Quelques minutes plus tard, il traverse au pas de course les bureaux de la direction de la CIA. Et il voit alors en direct sur CNN un avion frapper la tour sud du World Trade Center. Il reste pétrifié devant l'écran.

*

New York, 9 h 58 (15 h 58, heure française)
La standardiste du 911 répond à Kevin Cosgrove que les secouristes essayent d'atteindre les étages supérieurs – lui, il se trouve au 105e étage de la tour sud du World Trade Center, en compagnie de deux autres personnes.
— Ça n'en a pas l'air, je suis désolé, ça n'en a pas l'air…
Cosgrove s'énerve, il panique. Le ton monte.
— Nous surplombons le Financial Center. Nous sommes trois. Deux fenêtres cassées. Oh Dieu! Oh…
À l'autre bout du fil, un bruit dantesque se fait entendre, comme si une montagne s'écroulait. La tour sud du World Trade Center vient de s'effondrer sur elle-même.

Le 11 septembre 2001 semblait pourtant être une journée comme les autres.
Depuis quelque temps, Laureline Fell se fait la dégueulasse impression d'être sur le chemin de la rédemption. Que fait-elle d'autre qu'essayer de se racheter?
Elle téléphone souvent à Réif Arnotovic et s'assure que le FBI ne l'inquiète pas trop. Elle s'est renseignée sur l'obtention d'un visa pour Vanessa et Arthur Benlazar. Pour Réif, tout devrait bientôt rentrer dans l'ordre. Moussaoui a été arrêté il y a trois semaines, il devrait être condamné à quelques mois de prison. Puis il sera mis dans un avion en direction de la France. À son arrivée, la DST le cravatera et on lui collera une peine d'emprisonnement pour association de malfaiteurs en relation avec une entreprise terroriste. Réif pourra revenir en France et tout rentrera dans l'ordre.

Ensuite, elle s'est penchée sur le cas Tedj Benlazar. Mais là, ce n'est plus de la rédemption : elle répond à son manque à elle, surtout.

Elle a pris contact avec les RG qui bossent sur la Haute-Loire : ce sont eux qui ont fait parvenir la coupure de presse à la DGSE, celle que le lieutenant-colonel Chevallier lui a fait remettre. Fell est toujours étonnée de voir comment les types des RG parviennent à mailler le territoire : il leur a fallu trois semaines pour retrouver le grand type qui vendait des champignons sur un marché en compagnie de deux petits vieux. Ils ont vite établi qu'il s'agissait d'un certain Teddy Fiori. *Teddy Fiori... c'est quoi ce nom de mafieux de cinéma ?* Il habite un minuscule appartement du faubourg Constant, la rue principale d'un bled du nom de Craponne-sur-Arzon. Selon leur rapport, il vit paisiblement au sein de la communauté, de petits boulots et de la vente de champignons. Il entretient des relations avec certains habitants et participe même parfois aux concours de belote dans un bar du centre-ville. *La cueillette de champignons, les concours de belote, mais c'est quoi cette nouvelle vie, Tedj ?* Fell l'aurait plutôt imaginé en ermite irascible perdu dans les montagnes. Des parties de cartes et des promenades dans les sous-bois ? Elle en est restée perplexe.

Elle a pris la route un soir, après le boulot. *Chatterton* d'Alain Bashung comme musique pour la route, et cette question : *Qu'est-ce que je vais faire de Tedj quand je l'aurai en face de moi ?* Toute la nuit, sans trouver de réponse.

Vers 5 heures du matin, elle a atteint Usson-en-Forez.

Elle a attendu l'ouverture du Rival, l'hôtel du centre-ville, et y a pris une chambre. Il fallait qu'elle dorme un peu. Son sommeil a été agité, elle n'a pu arracher que quarante-cinq minutes de repos.

Il était presque 10 heures lorsqu'elle a repris sa voiture pour rejoindre Craponne-sur-Arzon.

Elle n'a pas eu besoin d'aller frapper chez lui : en passant devant un café, elle a aperçu Tedj assis au comptoir, le nez plongé dans un journal. Il portait la barbe, semblait amaigri. Elle a hésité moins d'une seconde et a poussé la porte.

Benlazar a levé les yeux machinalement, et son regard était tellement triste. Il aurait pu être dur : il était convenu entre Fell et lui que la flic ne tenterait pas de le retrouver, que cela mettrait sa liberté en péril.

Elle a levé la main en signe d'apaisement, un petit sourire est apparu sur ses lèvres.

— Bonjour, Laureline, a dit Benlazar en se levant.

Il l'a serrée dans ses bras comme s'ils s'étaient quittés la veille.

— Putain, Tedj, tu m'as tellement manqué.

Ils se sont embrassés rapidement, un baiser seulement.

Les clients autour d'eux souriaient, l'air indécis. Ça ne devait pas ressembler à Teddy Fiori d'embrasser une femme.

Ils se sont assis à une table, dans la salle du fond.

Fell s'est moquée de cette nouvelle vie. Et elle lui a appris qu'il était grand-père d'un petit Arthur.

Benlazar reste con, la bouche ouverte, retenant un sourire qui lui déforme déjà le visage. Il éclaterait de rire, mais dit juste :

— Faut que j'aille aux chiottes.

Il retourne dans la salle principale.

Fell se sent rassurée.

Autour du comptoir, les clients se sont soudainement amassés.

— Monte le son, merde! crie l'un d'eux.

Elle fouille dans son sac à main à la recherche d'une cigarette.

— Putain! Taisez-vous! braille un autre client.

Et un grand « Ooooh » idiot monte de la grappe des consommateurs agrippée au bar.

Tedj Benlazar apparaît devant elle. Son visage est blême. Son index est pointé vers la salle où la télé gueule à présent. Elle entend « World Trade Center », elle entend « avion », elle entend « acte de guerre », elle entend « milliers de morts », elle entend des mots qui la font frissonner, les yeux fixés sur les lèvres de Benlazar qui tremblent sans prononcer un mot.

— Tedj, qu'est-ce qui se passe? C'est la guerre?

— Ce n'est que le commencement, je crois. Les prémices...

Pennsylvanie, 10 heures (16 heures, heure française)

Todd Breamer fait partie des passagers du vol 93 d'United Airlines qui assure la liaison entre Newark et San Francisco. Au téléphone, il vient d'expliquer à Lisa Jefferson, une opératrice de la compagnie aérienne, que l'avion a été pris d'assaut par des pirates de l'air.

— Pouvons-nous prier ensemble, Lisa?

La jeune femme n'a pas le temps de répondre que Breamer s'emporte :

— Nous descendons! Oh mon Dieu, Lisa...

Promettez-moi d'appeler ma femme et mes deux enfants, David et Andrew, et de leur dire que je les aime...

Le téléphone roule au sol et la standardiste peut entendre Todd Breamer demander à d'autres passagers :

— Vous êtes prêts ? OK, c'est parti !

Un des passagers hurle :

— Dans le cockpit ! Si nous n'entrons pas, nous mourrons !

On peut imaginer ce qu'il se passe : les passagers se ruent en première classe, ils affrontent les pirates de l'air qui perdent le contrôle de l'avion.

Cette fois, c'est le pirate aux commandes de l'avion qui crie :

— Et maintenant ? Est-ce qu'on se crashe ?

— Oui, répond un autre. Fais-le ! Détruis-le ! Plonge ! Plonge !

L'avion part en piqué et se retourne.

— Allah est grand ! Allah est grand ! scandent les terroristes.

Le Boeing 757 s'écrase dans un champ, à 120 kilomètres de Pittsburgh.

FIN

GLOSSAIRE

Acronymes et principaux personnages réels apparaissant dans *Prémices de la chute* (ceux qui ne sont pas référencés ci-dessous sont, soit suffisamment connus des lecteurs, soit des inventions de l'auteur).

Une chronologie succincte suit, elle couvre les principaux événements évoqués dans *Prémices de la chute*.

Membres d'Al-Qaïda.

Oussama Ben Laden (1957-2011), chef d'Al-Qaïda ayant revendiqué les attentats du 11 septembre 2001. Ben Laden a d'abord pris les armes contre l'URSS dont l'armée occupait l'Afghanistan, avant de se retourner contre les États-Unis. Le 2 mai 2011, il est tué par un commando de forces spéciales américain, au Pakistan.

Khalid Cheikh Mohammed (1964-), responsable du Département des opérations extérieures d'Al-Qaïda et des opérations terroristes menées contre l'Occident. Arrêté au Pakistan en 2003 puis retenu dans la prison américaine de Guantanamo à Cuba, il est toujours en attente de procès.

Mohammed Atta (1968-2001), chef du commando de pirates de l'air lors des attentats du 11 septembre 2001, il pilotait l'avion qui a percuté la tour nord du World Trade Center.

Zacarias Moussaoui (1968-), considéré comme le 20ᵉ pirate de l'air du commando du 11 septembre 2001, il a été arrêté avant les attentats et condamné à la prison à perpétuité, sans possibilité de remise de peine.

Le gang de Roubaix, composé de Christophe Caze, Lionel Dumont, Mouloud Bouguelane, Bimian Zefferini et Omar Zemmiri, c'est un groupe de braqueurs proches d'Al-Qaïda qui a commis une série de vols à main armée extrêmement violents dans les environs de Lille en 1996.

Lionel Dumont (1971-), membre du gang de Roubaix responsable d'une série de braquages dans la région lilloise destinés à récolter de l'argent pour Al-Qaïda. Arrêté en mars 1997 en Bosnie, il s'évade de la prison de Sarajevo en 1999. Sa cavale le mène à Singapour, au Japon et en Malaisie ; il est arrêté par la police allemande en décembre 2003 et extradé vers la France quelques mois plus tard. Le 16 décembre 2005, il est condamné à trente ans de réclusion criminelle, peine assortie de vingt ans de sureté.

Agences de renseignement.

DST (Direction de la Surveillance du territoire), service de renseignement du ministère de l'Intérieur, au sein de la direction générale de la Police nationale, chargé du contre-espionnage en France, de la lutte antiterroriste, de la lutte contre la prolifération (matériels sensibles ou militaires), et de la protection du patrimoine économique et scientifique français.

DGSE (Direction générale de la Sécurité extérieure), service de renseignement extérieur de la France.

RG (Direction générale des Renseignements généraux), service de renseignement dépendant de la direction de la Police nationale, qui a pour mission de renseigner le gouvernement sur tout mouvement susceptible de porter atteinte à l'État ou à ses intérêts sur le sol français.

CIA (Central Intelligence Agency), agence de renseignement travaillant hors du territoire américain, chargée de récolter des renseignements et de mettre en place la plupart des opérations clandestines.

FBI (Federal Bureau of Investigation), principal service fédéral de police judiciaire et de service de renseignement sur le territoire américain.

Mark T. Rossini, agent spécial du FBI rattaché à Alec Station.

MI5 (Military Intelligence, section 5 ou Security Service), service de renseignement responsable de la sécurité intérieure du Royaume-Uni.

Chronologie.

26 février 1993 : premier attentat au World Trade Center à New York. Mis en œuvre par Ramzi Youssef, financé par son oncle Khalid Cheikh Mohammed.

Janvier 1995 : opération Bojinka, projet d'attentats terroristes sur des avions de ligne américains, considéré comme le plan précurseur des attentats du 11 septembre 2001.

11 juillet au 17 octobre 1995 : vague d'attentats en France (10 morts et 190 blessés) attribués au GIA (Groupe islamique armé algérien) et mis en œuvre, en partie, par Khaled Kelkal.

29 septembre 1995 : mort de Khaled Kelkal.

14 décembre 1995 : signature des accords de Dayton mettant fin à la guerre de Bosnie-Herzégovine.

8 janvier 1996 : création d'Alec Station, unité spéciale de la CIA chargée de la traque d'Oussama Ben Laden.

Janvier à mars 1996 : série de braquages du gang de Roubaix dans la région lilloise.

26 mars 1996 : enlèvement des moines de Tibhirine, en Algérie – *30 mai 1996* : découverte des têtes des sept moines non loin de Médéa.

Mai 1996 : Oussama Ben Laden et Khalid Cheikh Mohammed se rencontrent à Tora Bora, en Afghanistan, pour évoquer un projet d'attentats-suicides avec des avions de ligne, aux États-Unis.

22 septembre 1997 : massacre de Bentalha, banlieue est d'Alger – 400 habitants sont tués.

7 août 1998 : attentats de Nairobi et de Dar es-Salaam (224 morts et plus de 5 000 blessés). L'opération Infinite Reach, des bombardements de l'US Navy en réponse aux attentats, frappera des camps d'entraînement d'Al-Qaïda en Afghanistan et une usine «pharmaceutique» du Soudan, le 20 août 1998.

15 avril 1999 : élection d'Abdelaziz Bouteflika à la présidence de l'Algérie.

22 février 2001 : arrivée de Zacarias Moussaoui aux États-Unis. Moussaoui sera arrêté le 16 août 2001 par le FBI.

11 septembre 2001 : attentats-suicides sur le sol américain – 2 977 victimes.

DU MÊME AUTEUR

Aux Éditions Agullo

LA FABRIQUE DE LA TERREUR, 2020.
PRÉMICES DE LA CHUTE, 2019, Folio Policier n° 928.
LA GUERRE EST UNE RUSE, 2018, Folio Policier n° 905.

Aux Éditions Goater

LES CANCRELATS À COUPS DE MACHETTE, 2018.
LE MONDE EST NOTRE PATRIE, 2016.
600 COUPS PAR MINUTE, 2014.
LA GRANDE PEUR DU PETIT BLANC, 2013.

Aux Éditions Pascal Galodé

POUR UNE DENT, TOUTE LA GUEULE, 2012.
RAPPELEZ-VOUS CE QUI EST ARRIVÉ AUX DINOSAURES, 2011.

Chez d'autres éditeurs

LA PESTE SOIT DES MANGEURS DE VIANDE, La Manufacture de livres, 2017.
LES PENDUS DU VAL-SANS-RETOUR, Les Saturnales, 2012.
LA DIGNITÉ DES PSYCHOPATHES, Alphée, 2010. Réédition Éditions Goater, 2016.
LA GRANDE DÉGLINGUE, Éditions Les Perséides, 2009.

Tous les papiers utilisés pour les ouvrages des collections Folio sont certifiés et proviennent de forêts gérées durablement.

Composition APS-ie
Impression Maury Imprimeur
45330 Malesherbes
le 15 décembre 2021
Dépôt légal : décembre 2021
1er dépôt légal dans la collection : février 2021
Numéro d'imprimeur : 259315

ISBN 978-2-07-291264-1 / Imprimé en France.

440228